묵향 2
전쟁의 장

묵향 2

초판 1쇄 발행일 · 2007년 06월 22일
초판 4쇄 발행일 · 2020년 12월 30일

지은이 · 전동조
펴낸이 · 유용열
기　획 · 김병준
편　집 · 김민태, 김은희, 유지원
펴낸곳 · 도서출판 스카이미디어

주소 · 서울시 동대문구 용두동 234-35번지 대명빌딩 201호
전화 · (02)922-7466
팩스 · (02)924-4633
E-mail · skymedia62@hanmail.net
출판등록 · 제6-711호

Copyright ⓒ 전동조 2020

값 9,000원

ISBN · 978-89-92133-07-4　04810
ISBN · 978-89-92133-00-5 (세트)

※ 온라인상의 불법 복제물의 유포나 공유는 저작자의 재산권을 침해하는
　중대한 범죄 행위로 관련법에 의거해 처벌 대상이 됩니다.
※ 작가와의 협의에 의하여 인지는 생략합니다.
※ 잘못된 책은 본사나 구입하신 서점에서 교환해 드립니다.

DARK STORY SERIES I

묵 향

전동조 장편 판타지 소설

2 전쟁의 장

차례
전쟁의 장

구사일생의 기적 ·················7

되살아난 북명신공 ···············27

제자 ···························35

기루와 금(琴) ···················55

행운의 여신 I ···················70

행운의 여신 II ··················83

단편적인 과거와의 만남 ··········98

최초의 전쟁 ····················107

하부르 ·························122

다시 찾은 어검술 ···············135

텐령 평원 대회전의 서막 ········162

필승을 위한 작전 ···············172

차례
전쟁의 장

전쟁은 새로운 국면으로 …………………………183

장군 그리고 멍군 ……………………………196

서서히 다가오는 마의 손길 …………………203

텐령 평원 대회전의 결말 ……………………219

황홀한 정사 ……………………………………231

떨어지는 별 ……………………………………241

열락(悅樂)의 결과 ……………………………253

마교의 출현 ……………………………………259

해공공(海公公) ………………………………270

각성(覺醒) ……………………………………277

[부록]한중길 교주의 마교 세력 편제 …………289

구사일생의 기적

그는 엄청난 고통을 느끼며 몸을 일으키려고 했다. 하지만 이어지는 더욱 큰 고통에 신음하며 다시 누워야만 했다. 이때 누군가가 말하는 소리가 어렴풋이 들려왔다. 소리가 들리는 쪽으로 고개를 돌렸으나 희미한 기척만이 느껴졌다. 눈앞에 어른거리던 것들은 시간이 지나자 점점 더 또렷한 형상을 만들어 갔다.
"이제 정신이 드는 모양이군. 기적이야. 빨리 대인께 알리게."
"예."
"이걸 마셔 보게나."
어떤 사람이 그에게 쓴 한약을 줬다. 그 사람의 부드러운 눈빛을 보며 그는 입에 대어 주는 한약을 꿀꺽꿀꺽 마셨다. 그리고 그는 다시 누워 잠이 들었다. 한동안 그가 한 일은 약을 먹고 자는 일뿐이었다. 한 달 정도가 지나자 그는 그럭저럭 기운을 차렸다. 그가 사람을 만날 수 있을 정도가 되자 한 사내가 그를 찾아왔다. 사내는 학자풍의 아주 근엄하게 생긴 사람으로, 수염을 곱게 길렀으며 상당히 고급스런 옷을 입고 있었다. 사내는 인자하게 웃으며 말했다.

"이제 좀 정신이 드는가?"

"……."

그가 아무런 대답도 하지 않자 사내는 옆에 있는 의원(醫員)을 한 번 쳐다보고는 다시 말했다.

"내가 자네를 낚시하면서 건졌다면 믿겠나? 꿈에 아주 큰 잉어가 걸려 올라오기에 혹시나 하고 기대를 했더니, 이건 잉어가 아니라 인어(人魚)를 낚아 버렸군. 자네 이름은 뭔가? 이름, 이름 말일세."

"이름?"

그가 멍청한 표정으로 되묻자 상대는 의원을 바라보며 한숨을 쉬었다.

"후, 기억을 못 한다는 게 사실이구만. 설마 하고 왔는데……."

"그렇게 아쉬워하진 마십시오. 한 야인(野人)을 이 정도까지 돌봐 주셨는데, 그도 고마워할 것입니다."

"그래도 그런 게 아닐세. 저자의 몸에서 뽑아낸 검은 저자의 것이 확실한가?"

"예, 그 검(劍)은 기이하게도 도(刀)처럼 적당히 휘어져 있습니다. 그리고 아주 짧더군요. 하지만 대단한 명검입니다. 한번 보시겠습니까?"

"그러세나."

의원은 옆에 치워 둔 검을 사내에게 내밀었다. 사내는 검집에서 검을 약간 뽑아 보았다.

"과연 대단한 명검이군. 그런데 이자는 어찌해서 자신의 검에 단전을 찔렸을까?"

"그건 소생은 잘 모르겠습니다. 그 외에 심장에도 비수가 박혀 있었지만, 비수가 빠지지 않은 덕분에 출혈이 적어 살았지요. 침술로 그의 심장을 아주 서서히 뛰게 만들고 비수를 뽑아내어 명약으로 다스렸는데… 거의 살아날 가능성이 없는데도 살아났습니다. 그의 생명력은 대단한 것입니다."

"그 비수도 이자의 것일까?"

"그건 확실하지 않습니다. 비수의 집은 그의 품에서 발견되지 않았습니다. 대신 그의 몸에서 옥패(玉牌) 하나와 이것 하나만 발견했습니다."

의원은 기이한 문자가 적혀 있는 천을 사내에게 내밀었다.

"이건 어디의 문자인가?"

"잘 모르겠습니다. 저야 학문이 짧아서……."

"그에 대해 알 수 있는 단서가 될지 모르니 내가 보관하기로 하지. 이 정도 보검을 가지고 있는 인물이라면 무림에서도 잘 알려진 인물일 텐데, 혹시 자네는 들어 본 적이 없나? 과거에는 자네도 무림에서 활동한 적이 있다고 했잖나?"

"저야 그렇게 대단한 고수가 아니니까요. 하지만 이자는 얼굴은 대단히 젊지만 이빨이 누런 걸로 보아……. 실제 젊은이는 이 정도로 이빨이 상하지 않거든요. 혹시나 말로만 들어 본 반로환동(反老還童)의 고수가 아닌가 하는 생각도 듭니다."

"설마하니 그 정도 고수일라구."

"아닙니다. 그 「墨魂(묵혼)」이라는 글자가 음각된 보검이나 이 비수, 온 내장이 뒤틀릴 정도의 심한 내상(內傷), 그리고 제가 아무리 침술이 좋다하지만 전신 혈맥(穴脈)이 대부분 파괴되어 소생이 불가능하다고 여겨졌는데도 살아나는 대단한 생명력과 치유력. 이건 인간의 경지를 넘어선 고수가 아니면 힘들죠. 거기다 그의 상처도 대부분 무공에 의해 입은 상처입니다."

"대부분?"

"예, 물에 떠 내려오며 바위에 찍힌 상처를 제외하면 모두라는 뜻입니다."

"자네가 보기에 어느 문파의 무공인 것 같나?"

"확실히는 잘 모르겠습니다. 그 장력의 패도함을 가지고 말한다면 사파(邪派)의 무공 같지만, 정파(正派)라 자처하는 문파에도 이 정도로 악독한 무공이 약간씩은 있기에 짐작하기는 아주 어렵습니다. 무기에 의해 입은 상처가 아니고 대부분 장력을 통해 입은 것이기에 더욱 파악하기 힘들죠."

"참 안됐군. 보아하니 그런대로 잘생긴 얼굴인 것 같은데, 절반은 완전히 떡이 되었으니……."

"바위에 부딪치며 생긴 상처가 이만하길 다행이죠. 거기에 뼈도 여러 군데가 부러져서 지금 겨우 접골(接骨)이 된 상태인걸요."

"이자가 무림인이라면 무공을 회복할 수 있을까?"

"그건 불가능합니다. 대신 기억을 되찾는다면 자신이 익힌 비급의 내용을 알려 줄 수는 있겠죠."

"호… 맞아, 그 생각을 미처 못 했군. 나는 일이 있어서 이만 나가 볼 테니 잘 돌봐 주게."

"예."

사람들은 그를 병신이라고 불렀다. 그는 기억을 완전히 상실하여 말도 제대로 못 하는 데다 한쪽 다리를 절었으며, 왼손마저도 약간 이상하게 붙어 있었다. 그 병신은 상장군(上將軍) 옥상(玉桑) 대인의 저택에서 말 돌보는 일을 했다. 옥상은 자를 청영(淸永)이라 부를 만큼 대쪽처럼 꼿꼿한 위인이었는데, 그의 아버지 옥영진 대장군의 후광이 아니었으면 아마 그놈의 청렴한 성격 덕분에 간신배들의 모함을 받아 일찌감치 몸통과 목이 분리될 가능성이 다분할 정도였다. 그나마 지금까지 군무에만 종사해 와서 현감 등 가끔씩 아부성 뇌물이 필요한 관직을 거치지 않은 것이 그에게는 다행이었는지도 모른다.

옥청영에게는 네 명의 아이들이 있었는데, 둘은 사내였고 둘은 계집아이였다. 계집아이들은 경멸 어린 시선으로 병신의 모습을 한 번씩 훔쳐보곤 했다. 첫째 딸은 그런대로 명문의 대갓집 여인네처럼 다소곳하며 순해서 별 문제가 없었지만, 둘째는 괄괄할 성격으로 말타기를 즐겼으며 어쩌다 성질이 나면 말이 더럽다는 트집을 잡아 그 병신을 괴롭히면서 기분 전환을 하곤 했다. 첫째 아들은 무림의 한 방파에 가서 무술수련을 하고 있었기에 마주칠 일이 없었고, 막내아들은 제법 의젓한 게 도령의 풍도가 풍기는 아이였다. 이 아이는 말 타는 걸 좋아했는데, 자신의 애마(愛馬)를 잘 돌봐 주는 병신에게 먹다 남은 간식이 있으면 손수건에 싸 두었다가 가져다주곤 했다.

병신이 집에 들어온 지도 어언 여섯 달이 흘렀다. 병신은 힘이 점점 좋아지더니 이제는 보통 장정 두 명이 힘을 합쳐야 겨우 들 수 있는 것들을 혼자서 들어 옮겼다. 그 때문에 하인들은 힘든 일이 있으면 그를 불러 시키고는 술을 약간 사 줬는데, 특히나 고량주를 좋아해 고량주를 사 준다면 그 많은 짐을 혼자 나르라고 해도 열심히 날랐다. 그러다 보니 자연 그 모습이 옥청영의 눈에도 띄었고 그에 놀란 옥청영은 마구간을 책임지는 하인을 불렀다. 하인이 굽신거리며 다가오자 옥청영은 그에게 궁금한 것을 물었다.
"마구간에서 일하는 그 젊은이 정말 힘이 좋더군. 그래 처음부터 그랬던가?"
"아닙니다요. 처음에는 닭 한 마리 잡을 힘도 없더니, 하루 이틀 지나면서 이상하게도 비쩍 마른 놈이 힘이 세어져서 요즘에는 집 안의 온갖 무거운 물건은 그 녀석이 다 나르고 있습니다요."
"그래? 이상하군. 그래, 일은 잘하나?"
"아이구, 말도 마십시오. 기분이 내켜야만 하죠. 말 돌보는 일은 그래도 열심히 하는데, 그 외의 일은 아예 손도 안 대죠. 거기다 한번 하기 싫다고 생각하면 무슨 짓을 해도 안 합니다. 그놈이 원체 고량주를 좋아하는지라 물건 나를 때는 술로 꾀어서 일을 시키고 있습죠."
"자네 말을 들으니 그는 좋고 싫은 걸 꽤 가리는 모양이군."
"예, 하루는 한참 바쁜데 넋을 잃고 국화를 바라보고 있기에 소인이 화가 나서 엉덩이를 한번 차 줬을 정도로 국화를 좋아합죠. 물어보니 왠지 가슴이 뭉클한 게 따스한 느낌이 들어 좋다고 하더군입쇼."
"그는 꽃을 아주 좋아하는 모양이군."
"아닙니다요. 가을부터 지금까지 그 녀석과 함께 지내면서 알아낸 사실인데 매화(梅花)를 끔찍이도 싫어합니다. 꽃도 그렇고 나무도 그렇고 이상하게 싫다고 그러더군요."

"그래? 그럼 그 외에도 싫거나 좋다고 하는 게 있나?"

"그 외에는 거의 그저 그런 편입죠. 그렇게 좋아하지도 싫어하지도 않습니다만 원체 황소고집이라 자기가 한 번 싫다고 작정하면 뭐로 꾀어도 안 듣습니다. 그래서 처음부터, '고량주 줄 테니 부탁 좀 들어줄래?' 하는 식으로 꾀어서 나중에 일거리를 일러 주면 웬만한 일은 다 합죠."

"이 의원 댁에 사람을 보내 내가 좀 보잔다고 전해 주게. 그리고 이 의원이 도착하면 그 젊은이를 나한테 보내 주고."

"알겠습니다요."

"물러가 보게나."

"예, 나으리."

이 의원이 도착하자 옥청영은 그를 환대하며 말했다.

"좀 이상한 일이 있어서 자네를 불렀네."

"이상한 일이라뇨?"

"그 젊은이가 무공을 회복할 가능성이 있나?"

"만에 하나 정도의 가능성도 없을 겁니다."

"그런데 그의 힘이 점점 세진다니…, 이게 아마 공력(功力)이 돌아오는 증거가 아닐까 해서 자네를 불렀네. 좀 있으면 그가 올 테니 진맥을 해 주시게."

"예."

"마침 저기 오는군. 이리 오너라."

병신이 다가오자 옥청영은 그에게 손을 내밀라고 이르고 이 의원에게 진맥을 보게 했다. 이 의원은 한참 진맥을 하더니 말했다.

"기괴한 일이군요. 내력이 돌아오고 있습니다."
"그럼 언제쯤 회복될 것 같나?"
"지금 그의 몸에는 상당한 내력이 흐르고 있습니다. 하지만 몸의 여러 곳의 혈도가 파괴된 채인지라 아직도 몸이 불편한 것입니다. 그런데 희한하게도 예전과는 달리 상당수의 혈도가 다시 뚫렸군요. 이상한 일입니다."
"오랜 시간이 지나 막혔거나 파괴되었던 혈도가 자신의 내력으로 뚫릴 가능성이 없는 건가?"
"없다고 봐야죠. 안 그러면 왜 그렇게도 무림인들이 주화입마(走火入魔)를 겁내겠습니까? 그런데도 이자는 저절로 뚫렸으니, 믿을 수 없는 일이지만 스스로 뚫었는지도 모르죠."
 그러면서 이 의원은 병신의 얼굴을 향해 재빨리 주먹을 날렸다. 충분히 공력을 실어 날린 주먹질이기에 맞으면 소(牛)도 뻗을 정도로 강맹한 힘을 지니고 있었다. 그 병신은 의원의 주먹을 간발의 차로 피하며 순간적으로 의원의 면상을 향해 오른 주먹을 날렸다. 의원은 반격까지 있을 거라고는 예상하지 못한지라 경악성을 지르며 왼손으로 병신의 주먹을 흘렸다. 그리고는 본격적으로 초식을 사용하여 상대하기 시작했다. 하지만 실질적으로 초식을 사용하여 권을 날리자 병신은 더 대응하지 못하고 뒤로 물러서려 했지만 한쪽 다리가 말을 잘 안 듣는지라 고스란히 다섯 대를 얻어맞고 말았다. 쓰러진 병신이 몹시 아픈 듯 맞은 곳을 주무르는 걸 보며 이 의원이 물었다.
"어떻게 처음의 주먹을 피했지?"
"너는… 너는… 나쁘다……. 왜 나를 때리냐? 나는 잘못한 게…

없어."
 병신이 억울한 듯 씩씩거리자 이 의원은 깊은 숨을 쉬며 옥청영에게 말했다.
 "대단하군요. 모든 기억을 소실한 지금도 여태까지 쌓아 둔 수련에 따라 몸이 반사적으로 움직이다니. 거기다 그의 주먹질에는 대단한 공력이 실려 있었습니다. 그의 몸동작 하나하나에 공력이 실려 있습니다. 자세히 보니 모든 걸 알겠군요."
 "동작 하나하나에라니. 그렇다면 저자의 모든 동작이 초식이란 말인가?"
 "믿을 수 없지만 사실입니다. 많고 적고의 차이가 있을 뿐, 그의 움직임에는 공력이 실려 있습니다. 세상에 들어 본 적이 없는 일입니다."
 "아무리 그래도 그렇지, 무의식적인 모든 몸동작에 공력이 실려 있다면…, 뜻이 일어나면 진기가 흐르고 진기가 흐르는 데 따라 몸이 움직인다는, 그 무림에서 말하는 현경의 경지라는 것인가?"
 "그렇다고 볼 수 있지요. 하지만 현경의 경지에 오른 자는 정파의 기둥으로 추앙받던 구휘 대협뿐입니다. 만약에 이자가 현경의 고수였다면 벌써 무림에 소문이 자자하게 퍼졌을 것입니다. 그러니 이자가 현경의 고수일 리는 없죠. 하지만 어쨌든 그에 근접한 경지까지 이루었던 자임에는 틀림없습니다."
 "……."
 옥청영이 생각에 잠긴 듯하자 이 의원이 갑자기 말했다.
 "참 좋은 생각이 있습니다."
 "뭔가?"

구사일생의 기적 15

"그에게 무공을 가르쳐 보는 겁니다. 혹시나 예전에 한 번이라도 익힌 적이 있는 무공이라면 반응이 약간 다를 겁니다. 그러다 보면 그의 사문(師門)을 알아낼 수도 있겠죠."

"그것 참 좋은 의견이네. 그런데 그렇게 잡다한 무공을 알고 있는 사람이 있을까?"

"큰 나으리께 부탁해 보시죠."

"아버님도 지금 눈코 뜰 새 없이 바쁘셔서 내 부탁을 들어주실 수는 없을 거야. 지금까지도 찬황흑풍단의 잃어버린 세력을 반도 회복 못 한 상태라······. 참! 비급을 좀 보내 달라고 하면 되겠군. 그리고 각 파의 고수 몇 명을 함께 보내 달라고 해서 가르쳐 볼 수도 있겠군. 하지만 그들이 도착하기 전에 자네가 좀 가르쳐 볼 수는 없나?"

"예, 좋습니다. 한번 해 보겠습니다."

다음 날부터 병신에 대한 무공수련이 시작되었다. 그런데 이 의원의 성질을 건드리는 것은 그 병신이 도무지 무공에 대해 관심이 없다는 사실이었다. 여러 가지 검법도 가르쳐 보고, 장법, 지법, 조법(爪法), 권법, 각법(脚法) 등도 가르쳐 봤으나 도무지 관심이 없는 상대를 가르치는 것은 무리였다. 그래서 이번에는 머리를 써서, 병신이 있는 곳에서 막내아들에게 무공을 가르쳤다.

막내아들은 평소에 병신에게 잘 대해 주어 꽤 신뢰를 받고 있었기에, 그를 통해 병신의 호기심을 불러일으키려고 생각한 것이다. 막내아들에게 무공을 가르치면 병신은 근처에서 그 모습을 구경하기도 하고 국화를 보기도 했다. 아직 국화가 필 때가 아니라 파릇하게 잎만 무성할 뿐 봉오리조차 없는데도, 병신은 국화를 좋아했고 자주 국화를 돌보는 데 시간을 보냈다.

그러던 어느 날도 이 의원은 막내아들에게 무공을 열심히 가르치고 있었다. 요즘 들어서는 제법 가르침을 소화해 냈으므로 그로서도 관심도 안 보이는 병신보다는 이 붙임성 있는 아이에게 흠뻑 빠져들어 막내를 가르치는 데 쏠쏠한 재미를 느끼고 있었다. 그는 아이에게 토납법(吐納法)을 가르치고 있었다.

"단전에 호흡을 천천히 끌어들였다 내뱉는 것을 토납술이라 하는데, 그럴 때 온몸에 기를 일주천시키는 방법에 따라 수많은 운기행공법들이 존재한단다."

"일주천이 뭐예요?"

"그러니까 기를 어떤 정해진 혈도를 따라 몸 전체를 한 바퀴 돌리는 것을 일주천이라 하지. 기를 통과시켜야 하는 혈도는 각 문파의 운기조식법에 따라 조금씩 다르다. 그리고 언제 숨을 내뱉고 마실지도 세심하게 정해져 있어서 만약 조금이라도 틀리면 큰 화를 당할 우려가 있다."

"그런데 왜 꼭 호흡을 도중에 정확히 분배해야 하죠?"

"왜냐하면 대자연의 기를 호흡을 통해 몸속에 끌어들여……."

병신은 대자연의 기라는 말을 듣고는 뭔가 떠오르는 듯 머리를 감싸 쥐며 괴로워했다. 병신은 날마다 꾸는 악몽 때문에 밤을 겁냈다. 그때와 비슷한 느낌이 들자 그는 온몸을 떨며 구석으로 몸을 숨겼다. 악몽의 내용은 언제나 거의 비슷했다. 그런데 그로서도 도저히 이해할 수 없는 것이 깨고 보면 악몽의 내용을 기억하기 힘들다는 것이었다.

언제나 악몽의 시작은 수많은 사람들이 있고 거기에 남자인지 여자인지 알 수 없는 두 사람이 그의 몸에 시커먼 칼을 찔러 넣는 것이었다. 그러면서 그들과 이야기를 하는데 대화의 내용은 알 수 없고, 그냥 공포와 후회, 살아야 한다는 생각 등 수없이 많은 불가사의한 감정들이 솟아올랐다. 끝에는 언제나 국화꽃이 그를 포근히 감싸 주지만 곧이어 그 국화꽃도 악당들의 손에 찢어져 나가고, 그는 공포에 질려 식은땀을 흘리며 잠에서 깨어나는 것이다.

　병신은 구석진 곳에 숨어들자 마음이 놓였고 자신에게 공포를 안겨 줬던 단어를 머리에 떠올렸다.

　'대자연의 기? 대자연의 기를 끌어들여… 대자연의 기를 끌어들여…….'

　한 번 맴돌기 시작한 그 단어들은 그의 마음속을 끊임없이 헤매기 시작했고 그는 어느새 무아의 경지에 빠져 들어갔다. 그러면서 그에게는 엄청난 변화가 일어나기 시작했다. 무시무시할 정도의 기가 병신의 몸에 모여 들어 어느 한순간 단전에 차오르자 그 기는 순식간에 깨어진 단전을 회복시켰다. 그 엄청난 기는 몸속을 용솟음치며 막히거나 파괴된 혈도를 차례차례 뚫고 지나갔다. 그때마다 엄청난 고통이 있었지만 이미 병신은 그 고통을 느끼지 못할 만큼 깊은 세계에 들어가 있었다.

　모든 혈도가 뚫리자 몸 전체가 뜨겁게 달아오르기 시작했다. 순식간에 의복은 재가 되어 흩날렸고 피부도 새카맣게 타 버렸다. 병신이 일으키는 무시무시한 기의 회오리를 감지한 이 의원은 놀라서 다가갔다가, 병신이 뭔가를 행하며 엄청난 기를 방출하고 있는 걸 보고 질리고 말았다.

　'정말로 이자는 상상할 수조차 없을 정도의 고수로구나. 저건 아마 말로만 듣던 환골탈태(換骨奪胎)인 모양인데……. 환골탈태하려면 거의 화경의 경지에 이르러야 가능하다. 그렇다면 저자는 진짜 화경의 고수란 말인가?

어느덧 병신의 기는 점점 잦아들어 밖으로 뿜어 나오던 기는 사라져 버렸다. 그런 후에도 오랫동안 병신은 눈을 뜨지 않았다. 그걸 보고 혹시나 죽은 게 아닌가 해서 막내아들이 만져 보려 하자 이 의원이 그의 손길을 막았다.

"그를 방해하면 안 된다. 조금이라도 잘못되어 주화입마(走火入魔)를 당하면 지금의 그로서는 감당할 수가 없어."

"주화입마가 그렇게 무서운 거예요?"

"그럼, 잘못하면 생명을 잃거나 병신이 되기도 하지. 고수들은 그 나름대로 폭주하기 시작하는 기를 한곳에 가두어 생명을 구하는 기법들을 알고 있지만 저자는 그걸 모두 잊어버렸기에 잘못되면 바로 죽게 된단다."

이윽고 그 병신이 눈을 떴다. 구석에 숨어 있는 자신을 두 사람이 뚫어져라 보고 있음을 느낀 그는 창피하다는 생각이 들어 자리를 피하려고 슬그머니 일어섰다. 그러자 그의 의복이 가루가 되어 아래로 떨어져 내렸고, 그의 피부를 덮고 있던 검게 탄 부분이 떨어져 내리면서 백옥과도 같은 피부가 드러났다. 또 얼굴 한쪽을 흉악하게 만들고 있던 상처도 완전히 사라져 버렸다. 그걸 보고 가장 놀란 것은 막내아들이었다. 병신은 자신이 완전히 발가벗은 상태라는 걸 깨닫자 나는 듯이 달려서 자신의 방으로 도망쳐 버렸다. 하지만 그는 이미 병신이 아니었다.

이 일이 있고 며칠이 지나자 병신이라 불리던 사내의 이빨이 몽땅 다 빠져 버렸다. 그리고는 하얗고 예쁜 이빨이 새로 자라나기 시작했다. 그가 한동안 이빨이 없이 돌아다니자 사람들은 그를 할아범이라고 놀려 댔다. 하지만 시일이 지나 그의 이빨이 완전히 다 자라나자 그가 제법 미남이라는 사실에 경악을 금치 못했으며, 전보다 젊어졌다는 사실을 깨닫고는 더욱 놀랐다. 일이 이 지경에 이르자 옥청영은 자신의 아버지인 옥영진 대장군에게 이 사실을 고했다. 그 이야기에 옥영진은 만사를 제쳐 놓고 달려왔다.

"어서 오십시오, 아버님."

오랜만에 만난 아들은 본체만체하고 옥영진은 먼저 '그'의 행방부터 물었다.

"네가 말한 그는 어디 있느냐? 한번 만나 보고 싶으니 이리 불러오너라."

"그 전에 보실 게 있습니다. 청아!"

"예, 아버님"

"묵혼검을 가져오너라."

"예."

그러더니 둘째딸은 마지못해 묵혼검을 그의 아버지에게 건넸다. 말괄량이 아가씨는 아버지의 방에 있던 묵혼검을 보고 한눈에 반해 버려서, 며칠을 졸라 겨우 얻어 냈던 것이다. 그는 검을 옥영진에게 주면서 말했다.

"처음 그자를 발견했을 때 단전에 박혀 있었는데 그자가 허리에 차고 있던 검집에 꼭 맞는 걸로 보아 그자의 검인 것이 확실합니다."

옥영진은 검을 뽑아 보며 탄성을 질렀다.

"아주 좋은 검이다. 조금 짧은 것이 흠이라면 흠이랄까. 여기에 음각으로 쓰여 있군. 「墨魂(묵혼)」이라……. 이건 완전히 현철(玄鐵)로 만들었구나. 거기다 이 섬세한 솜씨는 정말 보기 드문 명장(明匠)이 만든 거야."

이어 묵혼검의 검집을 살펴보며 말했다.

"투박한 듯하면서도 고고한 기상이 어려 있으니 이 검집 또한 이 검을 만든 사람이 같이 만든 듯하구나."

"아버님, 그렇다면 이건 누가 만든 것인지 짐작하실 수 있겠습니까? 그자의 심장에 박혀 있던 것입니다."

그러면서 그는 탁자에서 하나의 비수를 꺼내어 옥영진에게 보여 주었다.

"비수의 집은 제가 부근의 장인에게 부탁하여 만들었습니다. 그자의 몸에서 비수의 집은 발견되지 않았습니다."

"흠 이건 「墨影(묵영)」이라 음각되어 있군. 이 묵영비(墨影匕)를 만든 자의 세심하고도 섬세함은 과연 묵혼검을 만든 자의 실력과 비슷해. 거기다 묵 자를 같이 넣어 만든 이름이나 손잡이의 모양까지 거의 유사함이 많구나. 내가 생각하기에도 이건 한 벌로 만들어진 것이다."

"그자는 기억을 잃고 있으나 대단한 경지의 무공을 몸으로 기억하고 있는 듯합니다. 환골탈태하여 자신의 몸을 스스로 치료하는 걸로 보아 최소한 화경의 고수라고 생각됩니다. 그밖에 그에 대해 아는 것이라고는 그가 매화를 아주 싫어하며 국화와 고량주를 아주 좋아한다는 것, 그리고 한 번 싫다고 생각되면 돌이키지 않는다는 것뿐입니다."

"매화? 너는 매화란 말을 듣고 떠오르는 게 없느냐?"

"글쎄요……."

옥청영이 멋쩍은 듯 미소를 짓자 옥영진이 아들을 나무랐다.

"멍청한 녀석! 너는 현 무림맹주가 누군지도 모르느냐?"

"그거야 무극검황(無極劍皇) 옥청학(玉靑鶴)이 아닙니까?"

"그렇지. 그의 절기는 뭐냐?"

"백류매화검법(白流梅花劍法)……. 아! 제가 멍청했습니다."

"이걸로 그자에 대한 정보가 최소한 무림맹에만 흘러 들어가게 해서는 안 된다는 것을 알 수 있구나. 그의 사문은 어디인 것 같더냐?"

"그건 직접 보시죠. 소자로서는 도저히 짐작조차 할 수 없습니다. 거기에 이수량(李修良)이라는 의원이 있는데, 그는 무림인 출신이라 그에게 부탁하여 여러 가지로 알아봤지만 도저히 추측이 불가능했습니다. 여봐라."

"예."

"가서 국광(菊狂)이를 데려오너라."

"예."

"국광이라니?"

"저도 몰랐는데 그가 이름조차 기억하지 못하니까 모두들 그를 병신이라고 부른 모양입니다. 그러다가 요즘 들어 모든 상처가 없어져 버리자 그가 국화를 광적으로 좋아한다고 붙여 준 이름인 모양입니다."

"국광이라……. 그것도 괜찮군."

이때 밖에서 나지막한 목소리가 들려왔다.

"부르셨습니까요?"

"들어오게나."

옥영진 대장군에게 국광과의 만남은 충격적이었다. 우선 그자의 몸과 두 눈에서 흘러나오는, 숨기지 않는 정심한 기에 압도되는 자신을 느낀 것이다.

'정말 대단한 고수! 그렇지만 저 정도에 이르면 기를 숨기는데 이자는 숨기려 들지 않는구나. 하지만 몸속으로 갈무리되어 미미하게 흘러나오기에 고도로 무공을 익히지 않은 사람들이 알아채기는 힘들 거야.'

"자네가 국광인가?"

"예, 모두들 그렇게 부릅죠."

"자네, 노부를 도와 일을 할 수 없겠나?"

"그건 나으리의 부탁이십니까? 아니면 주인 나으리의 부탁이십니까?"

"노부의 부탁일세."

"그렇다면 싫습니다."

"왜?"

"저는 이 집이 좋고 말들도 좋거든요."

국광이 이렇게 말을 뱉어 버리자 옥청영은 기겁을 해서 국광의 생각을 돌리기 위해 진땀을 뺐다.

"아버님을 따라가게."

"왜 제가 저 나으리를 따라가야 합니까?"

"그건, 그건…, 나보다는 아버님이 자네를 필요로 하기 때문이지. 아버님을 잘 모실 수 없겠나?"

"주인 나으리의 부탁이라면 들어드립지요. 대신……."

"대신?"
"그 부탁은 주인 나으리가 살아 계신 동안만 지켜질 것입니다."
"만약 내가 죽는다면?"
"제 생명의 은인은 주인 나으리뿐 그 누구도 아닙니다. 그다음은 제가 마음 내키는 대로 할 겁니다. 그 점은 이해해 주시기를 바랍니다."
"자네의 생각이 그렇다면 어쩔 수 없지. 하지만 내가 오랫동안 살아 있다면 자네에게는 손해가 아닌가?"
"그거야 어쩔 수 없는 노릇입죠."
옥청영은 그제야 한숨 돌린 듯 옥영진에게 말했다.
"아버님, 언제 떠나실 건지요?"
"내일 아침에 떠날 거다. 오랜만에 만났으니 서로 간의 회포나 풀자꾸나."
"자네는 나가 보게나. 아참! 이건 자네 것이니 가져가게."
국광은 검은색의 검과 비수를 보면서 약간 망설이는 것 같더니 물었다.
"이게 제 것이 확실합니까?"
"그렇네. 이제 와서 말이네만 이 검은 자네의 아랫배에 박혀 있던 것이야."
그 말을 들은 국광은 몸을 부르르 떨었다. 하지만 그에 아랑곳하지 않고 옥청영은 말을 계속했다.
"그리고 검집은 자네의 허리의 검대(劍帶)에 묶여 있던 것이고. 두 개가 완전히 일치하는 걸로 보아 이 묵혼검은 자네의 것이 확실하네. 그리고 이 묵영비는 자네의 심장에 박혀 있었는데, 집은 자네에게 없었지만 그래도 묵혼검을 만든 사람과 똑같은 사람이 만든 것이 분명하니 그것 또한 자네 것이야. 자네가 가져가게. 이 둘은 대단한 보검으로 이만한 걸 다시 구하기도 힘들 걸세."

국광은 혹시나 하는 마음에 살며시 묵혼검을 약간 꺼내 봤다. 검은색의 검신이 빠져나오자 국광은 속으로 비명을 질렀다. 그렇게 오랫동안 꿈에서 보며 의문을 품었던 그 검이었던 것이다. 묵혼이라는 이름이 전혀 낯설지 않은 걸로 보아 아무래도 자기 것이 분명한 것 같기에 검대를 허리에 차고 비수를 품속에 넣었다. 국광이 주섬주섬 챙기는 모양을 보던 옥청영이 문득 생각난 듯 말했다.

"참! 이것도 자네 것일세."

그러면서 서랍 속에 보관해 뒀던 천 조각과 옥으로 섬세하게 다듬은 자그마한 옥패를 가져와 국광에게 내밀었다.

"그 외에 다른 종잇조각들도 자네 품속에 들어 있었지만 원체 오랜 시간 물에 불은 탓인지 뭔지 알 수 없었네. 이상한 건 자네 품속에 돈이 한 푼도 없다는 점이었어. 어쩌면 은표나 금표만 가지고 있었는지도 모르지만 종이는 완전히 물에 녹아 버렸으니 확인할 수는 없는 노릇이지. 오직 남아 있는 건 이것뿐이었네.

이 천 조각에는 기이한 문자가 쓰여 있는데, 지금은 자네가 읽을 수 없겠지만 나중에 기억을 되찾는 데 보탬이 될지도 모르니 소중하게 간직하게. 그리고 이 패는 아마 자네의 신분을 나타내는 걸 거야. 붉은 옥에 용이 살아 있는 듯 생동감 있게 조각되어 있는데, 대단한 솜씨의 작품이지. 이것 또한 잘 간직하다 보면 아마 자네의 과거를 알아내는 열쇠가 될 걸세. 거기에 자네의 몸에 꽂힌 것들이 자네의 검과 비수였으니 아주 잘 아는 사람에게 암습당했을 가능성이 커.

그러니 될 수 있으면 자네를 드러내지 않는 게 좋을 거야."
"마음 써 주셔서 감사합니다."
"그리고 이건 여태까지 열심히 일해 준 보답일세."
하지만 국광은 옥청영이 내미는 은자를 거절했다.
"생명을 살려 주신 것만도 고마운데, 그것까지 받을 수는 없습니다. 그리고 제가 그냥 집을 나서는 것도 아니고 큰 나으리를 따라가는 것이니 먹고 자는 데는 불편이 없을 테고, 돈은 필요 없습니다. 그럼 이만 물러가겠습니다."
황급히 인사를 하고 국광이 나가 버리자 옥청영은 쓴웃음을 지었다.
"아버님, 한 가지 확실한 건, 저자는 완전한 무인일 것이라는 점입니다. 돈 자체를 우습게 보는 것 같으니까요. 국광을 잘 부탁드립니다. 여태까지 같이 지내면서 알아본 바로는 처음부터 살살 구슬리는 방법이 저자를 다루는 최고의 방법이죠. 어떤 말을 꺼냈을 때 거부하겠다고 말한다면 그걸 뒤집는다는 건 불가능할 겁니다. 그러니 하고 싶다는 대로 그냥 놔두는 게 좋을 겁니다.
아무리 기억을 잃었다고 해도 그 타고난 성격은 아마 지속되는 모양이지요. 아마 과거에도 저자는 제멋대로이고 융통성이 하나도 없었을 게 분명해요. 그렇지 않다면 저 정도의 고수가 이름도 알려지지 않았을 리 없고, 또 자신의 검에 찔린 채로 떠 내려오지도 않았을 겁니다."

되살아난 북명신공

 다음 날부터 국광에게는 완전히 다른 인생이 펼쳐졌다. 그가 아는 거라고는 말을 돌보는 것뿐. 그런 그에게 옥영진은 무공을 익혀라! 뭘 해라 하면서 많은 지시들을 해 댔다. 국광도 처음에는 그 말을 듣는 것 같더니 곧 지겨워졌다는 듯 모든 지시를 한 귀로 흘려 버리고 빈둥거렸다.
 조금 더 지나자 빈둥거리기도 질렸는지 이 사람 저 사람 찾아다니며 글을 배우기 시작했다. 그제서야 옥영진은 국광이 글을 모조리 잊어버렸다는 걸 눈치 챘다. 그런 그에게 무공비급을 던져 줬으니 짜증을 낼 만도 한 것이었다. 옥영진은 여러 명의 우수한 선생들을 붙여 줬고 국광의 지식은 급속도로 성장했다.
 그는 한 번 하려고 마음먹으면 밤을 새워서라도 해냈고, 죽자고 책을 읽어 대는 바람에 옥영진이 그의 내력을 몰랐다면 과거에 서생이었으리라고 착각할 정도였다.
 그는 여러 가지 책들을 읽더니 나중에는 병서(兵書)를 주로 읽기 시작했고, 그다음에는 진법(陣法)을 기록한 서적들을 열심히 읽었다. 며칠이고 서고(書庫)에서만 생활하니 옥영진은 그의 얼굴을 보기도 힘들었다. 그는 읽고 읽고 또 읽어 끝내는 서고 안의 모든 책을 다 읽은 다음에야 서고에서 나왔다. 국광이 서고에서 나왔다는 말을 전해들은 옥영진은 그를 만나고 싶어 수하에게 물었다.
 "그는 지금 어디에 있나?"
 "서고에서 나오더니 국화를 심어 놓은 후원에서 국화만 뚫어져라 들여다보고 있습니다. 속하가 불러올까요?"
 "아니, 내가 가 보지."
 옥영진이 후원에 들어섰을 때도 국광은 계속 국화를 들여다보고 있었다. 옥영진은 그를 방해하기가 미안해서 기척을 숨기고 뒤로 다가섰다. 국광의 3장 뒤쯤 다가섰을 때 갑자기 국광의 신형이 번쩍이더니 옥영진의 코앞으로 다가왔다. 국광은 푸른색으로 빛나는 오른손을 뻗어 옥영진의 멱줄을 거머쥐려고 하다가 순간 그가 옥영진이라는 사실을 알고는 급히 초식을 회수하며 뒤로 물러섰다. 국광이 물러선 다음에도 옥영진의 창백해진 안색은 회복되지 않았고, 그제서야 사지가 떨려 왔다. 그는 아직도 자신이 살아 있는 것 같지 않았던 것이다. 그를 보면서 국광이 퉁명스럽게 말했다.
 "그렇게 기척을 죽이고 제게 접근하지 마십시오."
 "자네의 무공이 놀랍군. 그게 무슨 초식인가?"
 "그냥 본능적으로 펼쳤을 뿐입니다. 저 자신도 제가 방금 무슨 행동을 했는지 알기 어려우니까요."

"그렇다면 그게 무의식중에 펼쳐진 것이란 말인가? 그런 자네가 어찌해서 등 뒤에 칼을 맞았는지 도대체 이해할 수가 없군."

"그건 저도 모르겠습니다. 그런데 무슨 일로 오셨습니까?"

국광이 의심스러운 눈초리로 자신을 바라보자 옥영진은 자신이 좋은 뜻으로 국광의 뒤로 조심스럽게 다가간 것이 치명적인 실수였다는 것을 깨달았다. 국광이 자신의 행동을 의심하기 시작했으니 아마 한동안은 조심해야 그 의심이 풀릴 것이었다. 옥영진은 한숨을 쉬며 말했다.

"자네가 너무 열심히 국화를 바라보기에 부르기가 미안해서 조용히 다가간 것뿐일세. 그런 눈초리로 보지 말게나. 이번에 온 건 혹시 황궁무고(皇宮武庫)에 들어가 볼 생각이 없는지 물어보려고……."

"황궁무고란 뭡니까?"

"황궁 안에 무림에서 모아들인 무공비급을 쌓아 둔 장소를 이르는 말이지. 한번 가서 읽어 보고 마음에 드는 무공이 있으면 가져다 익혀도 상관없네. 대신 황궁의 3대 무공은 자네가 익힐 수 없어."

"한번 읽어 보는 거야 뭐 별 상관없겠죠. 그 황궁무고란 건 어디에 있습니까?"

"내일 노부가 안내해 주겠네."

다음 날 국광은 황궁무고로 들어갔다. 황궁무고로 국광을 넣어 놓고, 옥영진 대장군은 감시자를 보내 그를 지속적으로 살펴보며 그가 어떤 비급에 특이한 반응을 보이는지 알아보게 했다. 혹시나 눈에 익은 비급이 있다면 그는 당연히 그 비급에 반응을 보일 것이라고 생각했기 때문이다. 며칠 후 국광을 감시하기 위해 보낸 수하가 돌아와서 보고했다.

"그는 열심히 비급을 읽고 있습니다."
"그래, 어디 특정 비급에 관심을 보이던가?"
"아닙니다. 그냥 한쪽 귀퉁이에서부터 계속 읽고만 있습니다. 한 권의 비급을 읽고 나면 그 옆의 것을 읽고, 그걸 다 읽고 나면 또 옆에 있는 책을 집어 읽고, 이런 식으로 밥 먹는 시간과 자는 시간, 용변 보는 시간을 제외하고는 모두 다 그냥 읽고만 있습니다."
"그자가 비급을 보고 초식을 흉내내 보든가 하는 행동은 하지 않던가?"
"아뇨, 그냥 계속 제자리에 앉아 읽고만 있습니다. 도대체가 무공을 익힐 생각이 없는 것 같던데요. 어찌 하면 좋겠습니까?"
"그냥 계속 놔두게나. 시간이 지나면 좀 달라질지도 모르지."
"예."
하지만 옥영진의 예상은 빗나갔다. 국광은 그냥 계속 비급을 읽어댔고 열 달의 시간이 흐르자 비급의 절반 정도를 읽었다. 그러고도 그는 계속 비급을 읽어, 2년이 흐르자 무고 안의 3천여 가지 비급 중에 읽지 않은 것이 없었다. 비급을 모두 다 읽어 버린 후에도 뭔가 달라진 점이 있나 했더니 그것도 아니었다.
그는 옥영진 대장군의 저택으로 돌아와서 방에 틀어박혀 있거나 아니면 그가 가장 제일 좋아하는 장소인 국화밭에 가 있었다. 국광에게 거의 2년여의 시간을 들였는데도 아무런 진척이 없자 옥영진은 초조해져서, 급기야는 그가 있는 곳으로 찾아갔다. 국광은 바닥에 돗자리를 깔고 앉아서는 느긋한 표정으로 꽃도 피지 않은 국화를 보고 있었다. 전에 한 번 뜨거운 경험을 한 적이 있는지라 옥영진은 짐짓 헛기침을 하여 인기척을 내면서 그에게 말을 걸었다.

"안녕하셨는가?"
"……."
"그래 무고에 들어갔다 나오니 뭔가 깨달은 점이 있나?"
"……."
상대로부터 아무런 반응이 없자 그는 속이 부글부글 끓었다.
하지만 국광은 그의 수하도 아니었고, 자신의 아들이 그냥 돌봐주기를 부탁해서 데리고 있는 상태이니 성질을 부릴 수도 없어서, 그는 그저 조금 더 큰 소리로 물어봤다.
"그래 무고에 들어갔다 나오니 뭔가 깨달은 점이 있나?"
"…예, 책이 정말 많더군요."
옥영진은 약간 자랑스런 표정으로 말했다.
"그걸 모으는 데 정말 오랜 시간이 들었지."
"하지만 그 내용이 그 내용이던데…, 왜 그렇게 많은 책들을 썼을까요?"
"무슨 말인가? 각 비급은 좀 비슷한 점이 있더라도 각각의 장단점을 가지고 있는 완전히 다른 것들이라구."
"저것들이 다 다르다면, 그럼 그때 나으리가 말한 3대 무공도 그 정도라는 말입니까?"
"아니야, 황궁의 3대 무공은 여태까지 모아들인 무림의 비급들을 토대로 집대성하여 독특한 황궁만의 것으로 재편성해서 만들어 낸 아주 패도적이고 강력한 비급이지. 너무 강한 무공이라 익히도록 허락받은 사람의 수가 적은 거야."
"그렇다면 그 황궁의 3대 무공을 익힌 사람은 천하무적이란 말인가요?"

"노부의 생각으로는 천하무적이란 말은 아무도 쓸 수 없지. 물론 현경의 경지에 오른 구휘 정도의 인물이라면 몰라도……. 모든 무공의 비급들은 각각의 장단점이 있어. 그러니까 갑이란 무공을 을로 이긴다면 그 을은 병에게 지고 또 병은 다시 갑에게 지는 식으로 말이야. 아직까지도 무림에 무상(無上)의 신공(神功)은 만들어지지 않았다네."

국광은 무상의 신공이란 말을 듣자 몸을 부르르 떨었다. 그의 뇌리에는 계속적으로 한 가지 단어만이 휘몰아치듯 돌아다녔다.

'무상의 신공… 무상의 신공……. 무상의… 무상… 무상… 무상…….'

국광이 잠시 멍청한 상태로 있자 옥영진이 뭐라고 몇 마디 더 했지만 아무런 반응도 찾아볼 수 없었다. 또다시 무시를 당하자 더 이상 노화를 억누르기 힘들었던 옥영진이 외쳤다.

"지금 노부의 말을 듣고 있는 거야?"

하지만 국광은 멍청한 표정으로 중얼거렸다.

"무상의 신공……. 무상… 무상이란 말이 아주 마음에 와 닿는군요. 아무래도 예전에 무상이란 말이 들어가는 무공을 익혔다고 생각돼요. 무상신공? 무상장법? 무상지법? 무상지공? 참 내가 검을 가지고 있으니 무상검공? 무상검법? 무상검결? 또 뭐가 있지? 그중에서 무상검법이 가장 입에 익은 것 같은데 무상검법…, 무상검법…, 무상검법…, 무상검법…, 무상검법…, 무상검법…, 무상검법…, 무상검법……."

국광이 계속 무상검법이란 말만 중얼거리자 더 이상 참기 어려워진 옥영진은 꽥 소리를 질렀다.

"갈! 무상검법이라니? 그런 검법은 노부가 태어나서 지금까지 들어 본 적도 없다. 무슨 얼어 죽을 무상검법이야. 지금까지 무상의 신공이라 불릴 만한 건 노부가 조사해 본 결과 구휘 대협이 만든 북명신공(北冥神功)밖에 없어."

북명신공이란 말이 튀어나오자 국광은 멍청한 눈으로 말했다.

"북명신공? 북명신공…, 북명신공……. 장자는 「소요유 편」에서 이렇게 말씀하셨다. 북극에 큰 바다[冥]가 있으니 그 이름은 천지(天池)라고 한다. 거기에 큰 물고기가 사는데 그 길이는 천리(千里)에 이르고 수명은 길어 헤아릴 길이 없다. 이 고기의 이름은 곤(鯤)이라고 하는데, 어느 날엔가 큰 새로 변하니 그 새를 붕(鵬)이라 한다. 붕이 나래를 펴면 그 길이가 9만 리에 이른다. 붕은 드넓은 창공을 날아서 남쪽으로 간다. 무릇 물이 모여 깊게 되면 큰 배를 띄울 수 있나니 큰 바다도 결국은 한 잔의 물이 모여서 이루어진 것이다.

북명의 무공은 장자에서 나오는 비유와 같이 대자연(大自然)의 진기(眞氣)를 체내에 축적하여, 바닷물이 큰 배를 띄우듯 축적된 진기로 큰 힘을 발휘하는 데에 첫 번째 묘용이 있다. 진기가 쌓여 내력이 웅후하게 되면 천하의 무공을 모두 자신의 것으로 소화시켜 응용할 수 있으니 이는 북명(北冥)과 마찬가지로 크고 작은 배를 모두 띄우고 곤과 같이 큰 물고기도 포용할 수 있는 이치다. 따라서 진기를 으뜸으로 하고, 치고받는 동작은 하찮은 것으로 여긴다. 우선 낮에는 태양의 양기를 밤에는 달의 음기를 흡수하며 대자연의 기를 흡수하는 요령을 익혀……."

국광이 멍청한 얼굴로 중얼거리기 시작하자 경악한 옥영진은 비명을 질렀다.

"악! 너는, 너는… 북명신공을 봤구나!"

옥영진이 외치자 그 소리에 놀란 국광은 한순간에 제정신으로 돌아왔다. 그가 입을 다물자 뒷부분이 궁금해진 옥영진이 그를 달래며 뒷부분을 들려 달라고 했지만 국광은 막무가내였다. 한 번 다문 입은 더 이상 열리지 않았다.

'세상에……. 실전(失傳)된 것으로 알려진 북명신공을 익힌 자가 있을 줄이야. 이건 생각보다 더 대단한 거물(巨物)일지도 모르겠는걸?'

옥영진은 국광을 설득하기 시작했다.

"북명신공은 무림의 무상지보(無上之寶)라 할 수 있다. 그걸 자네가 알고 있다니 잘되었군. 내가 서기(書記)를 붙여 줄 테니 그걸 불러 비급으로 만들면 황궁의 무공은 더욱 발전하게 될 거야."

"이 무공은 무상지보인지는 모르나 제 마음속에서 누구에게도 알려서는 안 된다고 말하고 있습니다. 더 이상 저에게 묻지 말아 주십시오."

국광은 다시 국화를 바라보기 시작했다. 옥영진은 국광이 국화로 시선을 못 박으며 입을 다물자 별수 없이 물러서고 말았다.

"저 자식은 꽃도 안 핀 국화가 뭐 볼 게 있다고 저렇게 열심히 바라보는지 원……. 지겹지도 않나?"

괜한 국화만 옥영진의 원망을 들을 뿐이었다.

제자

 오랜만에 중경(中京)에 온 옥항(玉恒)은 혼잡한 거리를 바라보며 뿌듯한 기분에 괜히 나오는 웃음을 참을 수 없었다. 그는 지금까지 검의 명가로 알려진 청성파(靑城派)에 가서 검을 수련하고 자신감을 얻어 돌아온 것이다. 하지만 그는 적전제자(適傳弟子)가 아니었고 또 장문인이 원해서 받은 제자도 아닌 장군가의 후광과 위압에 의해 받은 제자였기에 그가 배운 무공의 깊이는 얕을 수밖에 없었다.
 그의 아버지인 옥청영은 꼿꼿한 성격에 비해 무공의 깊이가 얕아 흑풍단에 들어가지 못하고 장군으로서 일반 군무에 종사하고 있었으므로 그는 이번의 수련을 통해 익힌 무공으로 흑풍단에 들어가려는 생각이었다. 대단한 무공이 없이는 들어갈 수 없는 흑풍단은 그만큼 관부의 젊은이들에게 매력적인 존재였다.
 옥항은 관부의 고관대작들이 모여 사는 주작로에 들어섰다. 그는 줄지어 서 있는 으리으리하고 거대한 건물들 중에서 그렇게 크지는 않지만 제법 위용 있게 지어진 집으로 들어갔다.
 그의 할아버지 옥영진 대장군은 그를 반겨 맞아 주었다. 하지만 그에게 거처를 정해 준 다음부터는 만나기도 어려웠다. 집사에게 물으니 요즘 흑풍단의 재건으로 눈코 뜰 새 없이 바쁘시다는 것이었다. 그도 그럴 것이 흑풍단에 걸맞은 고수를 수천 명이나 구하는 일이 하루아침에 해결될 리도 만무했고, 또 새로 받아들인 고수들을 훈련시키는 데도 많은 시간이 들었던 것이다.
 할아버지의 집에서 가장 그의 눈에 거슬리는 존재는 국광이라는 젊은이였다. 그는 여태껏 장군가의 손자라 하여 모두에게 깍듯한 존경을 받아 왔는데, 국광이라는 미친 녀석에게는 싸늘한 눈총만을 받았고 그가 질문을 해도 돌아오는 건 모른다는 말이나 싸늘한 비웃음뿐이었다. 성질 같아서는 주리를 틀겠지만 할아버지의 손님이라는 말에 참고 있었던 것이다. 하기야 국광은 거의 자신의 거처에서 나오지 않았기에 옥항이 그곳으로 찾아가지 않는다면 그 녀석을 볼 가능성은 없었다. 그래서 그는 '똥이 무서워서 피하나 더러워서 피하지' 하는 굳건한 믿음을 가지고 국광의 처소 근처에는 가지도 않고 있었다.
 그러던 어느 날 옥영진이 애지중지하는 손자를 불렀다. 옥항이 문 앞에서 인사를 드리고 방문을 열고 들어섰다. 내부는 그렇게 넓지 않고 오히려 아담한 편이었다. 여러 무기들이 벽에 장식되어 무인이 기거하는 방이라는 것을 한눈에 알 수 있었다. 이 방은 옥영진의 서재로, 각종 병서 등 한쪽 벽에 있는 서가에 서책이 빽빽이 꽂혀 있었고, 다른 벽 쪽으로 여태껏 옥영진이 사용하던 두 자루의 검이 차례로 용의 형상으로 새겨진 흑색 좌대 위에 가지런히 놓여 있었다.

그리고 그 좌대의 왼편에는 세 개의 갑주가 놓여 있었는데, 하나는 호화로운 예식용 경갑주(輕鉀冑)였고, 또 하나는 흑색의 전투용 중갑주(重鉀冑), 그리고 근래에 이르러 사용하기 시작한 흑색의 경갑주였다. 갑주들과 그 뒤쪽에 놓여 있는 네 개의 방패도 손질이 잘 되어 있어 옥영진이 이들의 보관에 대단한 신경을 쓴다는 것을 알 수 있었다.

방 안에는 무기들을 제외하고는 거의 가구가 없었지만 등이나 책상 등, 놓여 있는 것들은 모두 오래된 최상품으로 이 소박한 무인의 가문이 오랜 전통을 가진 명가임을 드러내 주고 있었다.

옥영진은 근래에 사용하는 애검을 언젠가 사냥해 온 호피(虎皮) 위에 앉아 닦고 있었다. 옥영진은 과거에는, 관부의 장교들이 그렇듯이, 좌대 위에 놓여 있는 30근 정도되는 중검(重劍)을 사용했다. 하지만 요즘은 기운이 딸려서 길이 3척의 13근 정도 나가는 '청영(靑影)'이라는 보검을 구해서 사용하고 있었다.

무림인들과는 달리 관부의 무사들은 무거운 중병(重兵)을 애용한다. 그래야 좀 힘이 들더라도 단번에 두터운 갑주를 꿰뚫고 상대에게 타격을 입힐 수 있기 때문이다. 거기에 대부분의 병사들이 두터운 방패까지 사용하기에 웬만한 고수가 아니라면 관부의 정병(精兵)과 맞붙어 싸우려는 사람은 없었다.

장교급 정도 되는 장사(壯士)들은 힘이 좋아 두터운 갑주 외에 심장을 보호하는 둥그런 강철판인 엄심갑(掩心甲)을 착용하고 가죽을 몇 겹으로 덧대어 어깨부터 아랫배까지 내려오게 만든 보호의(조끼와 비슷하게 생겼음)를 입으며 그 위에 두터운 갑옷을 착용한다.

갑옷은 보통 두 가지로 나뉘는데, 하나는 갑옷 전체를 용린(龍鱗)과 같이 만든 비늘 갑옷이다. 기운이 좋은 사람일수록 두터운 비늘의 갑옷을 선호한다. 그리고 또 한 가지는 어깨나 옆구리 부분, 그리고 허벅지 부분은 비늘 갑옷이지만 복부(腹部)와 배부(背部)는 둥그런 철판을 통짜로 댄 갑옷으로 어떤 이들은 배부의 철판을 없애고 비늘을 사용하기도 한다. 배부에 철판을 댄 갑옷은 그 철판에 각종 문양을 양각하여 멋을 내어서 젊은이들이 선호하며, 또 통짜 철판이기에 방어력도 좋다. 하지만 노장(老壯)들은 훨씬 움직임이 자유로운 비늘 갑옷을 즐겨 입는다.

이런 중갑주나 방패는 무림인들이 사용하는 얄팍한 도검으로 꿰뚫기 어렵다. 그리고 갑주나 방패는 무림인들이 자랑하는 호신강기(護身剛氣)처럼 2각 정도만 유지되는 것이 아니라 마르고 닳도록 사용자의 몸을 지켜 주기에 무림인들로서도 관부와의 충돌은 될 수 있으면 피한다. 이런 이점 때문에 관부에서는 무거운 중병을 애용했고, 중병을 사용함으로써 생기는 체력 저하를 방지하기 위해 황궁무예는 날카롭지만 단조로운 방향으로 발전해 왔다.

신병이기(神兵異器)는 가벼우면서도 쇠를 가볍게 베어 낼 수 있어서 돈이 많은 노장들이 즐겨 이용했고, 또 그들은 군을 통제하여 효율적으로 작전을 수행하는 데 첫째 목표를 두고 있기에 직접 싸울 일이 거의 없으므로 갑주도 얇은 것을, 그리고 검도 될 수 있으면 가벼운 것을 선호했다.

할아버지가 검을 닦고 있는 동안 옥향은 뒤편에 세워져 있는 할아버지의 전투용의 흑색 중갑주를 힐끔힐끔 훔쳐봤다.

'흑색 갑주…….'

그가 두근거리는 가슴으로 혹시나 하고 조바심을 치고 있는데 드디어 옥영진이 입을 열었다.
 "청성파에서 얼마나 수련을 했느냐?"
 "5년이옵니다."
 "5년이라……. 길다면 길고 짧다면 짧은 세월이구나. 그래 좀 진전은 있었느냐?"
 "예."
 "대답이 자신 있구나."
 "예, 소손(小孫)이 그래서 흑풍단에……."
 "흑풍단은 나중에 생각하기로 하고, 조금 더 검술을 배우거라."
 "다시 청성파로 가란 말씀이십니까?"
 "아니야, 그보다 더 좋은 상대가 있지. 국광이란 사내를 본 적이 있냐?"
 "예."
 '아주 건방진' 이라는 말이 따라 나오려는 것을 황급히 얼버무리며 옥항은 고개를 숙여 당황한 자신의 얼굴을 숨겼다.
 "그에게 검술을 좀 더 배워라."
 "그에게 말씀입니까? 제가 보기에 그는 체격이 별로……."
 "무공이란 체격으로 하는 게 아니야. 아무리 겉모습이 나약해 보인다 하더라도 그는 대단한 고수다."
 옥항은 그 말을 믿을 수 없었다. 처음 봤을 때 그 건방진 태도하며…, 그는 국광을 제법 믿는 구석이 있는 모사(謀事) 정도로 봤던 것이다. 옥항의 얼굴을 잠시 바라보던 옥영진이 말했다.
 "할애비의 말을 못 믿는 모양이구나."

"그럴 리가 있겠습니까?"
"검은 가지고 왔느냐?"
"예, 청성파에서 쓰던 것을 가지고 왔습니다."
"중검(重劍)이냐?"
"아닙니다, 무림인들이 사용하는 가벼운 겁니다."
"그럼 그 검을 가지고 국광의 처소로 나오너라. 내 거기 가 있을 테니 빨리 오너라."
"예."
옥영진이 국광의 처소로 가자 국광은 책을 읽고 있다가 그를 맞이했다.
"어서 오십시오."
"자네도 안녕한가? 실은 긴한 부탁이 있어서 왔네."
"부탁이라뇨?"
"손자 녀석의 검술을 좀 가르쳐 줄 수 있겠나?"
"싫습니다."
"왜 그러나?"
"제가 왜 어린아이의 검술까지 가르쳐야 합니까?"
"허허…, 어린아이는 아니네. 금년으로 스물하나가 되지. 5년이나 청성파에서 검법을 수련했으니 자네가 조금만 힘을 써 주면 될 거야."
"저는 검법은 거의 잘 모릅니다. 또 알고 있다 하더라도 기억도 나지 않는 데다가 과거에 배워 펼치는 기술만 몸에 배어 있지 그걸 상대에게 전할 수는 없습니다."
"허허허, 그러니까 누구 하나를 골라 가르치다 보면 좀 더 자극이 되어 과거의 기억이 떠오르지 않을까?"

"글쎄요……. 어쩌면 그렇게 생각할 수도 있겠군요."

"밑져야 본전이니 한번 가르쳐 보라니까. 가르쳐 보다가 영 재미없으면 그만두면 될 거 아닌가?"

"좋습니다. 하루 한 시진(두 시간) 정도 가르쳐 보죠. 손자는 어디 있습니까?"

"검을 가지러 갔으니 곧 올 거야."

"알겠습니다."

국광은 이리저리 기웃거리며 뒤지더니 2척 반 정도의 나무 몽둥이 하나를 가지고 나왔다.

"그걸 어디다 쓰려고?"

"검술을 가르치라면서요?"

"진검을 안 쓰고?"

"이걸로 충분합니다."

이때 옥항이 들어왔다. 그의 허리에는 무림인들이 보통 사용하는 2척 8촌 길이의 패검이 걸려 있었다. 국광은 옥항의 검집을 힐끗 보면서 말했다.

"검을 좀 보세나."

"여기……."

국광은 옥항이 내미는 검을 자세히 들여다보았다.

"이 검을 얼마나 사용했나?"

'이 자식은 계속 반말이군.'

하지만 할아버지가 묵인하고 있었기에 옥항도 속으로 삭여야지 이의를 제기할 수 없었다.

"10년 정도 되었소."
"흠, 10년이라……. 계속 이 검을 썼단 말이지?"
조금 생각하는 듯하더니 국광은 검을 주인에게 건네주었다.
"자, 공격을 한번 해 보게나."
국광은 그러면서 몽둥이를 잡은 채로 가만히 서 있었다. 몽둥이를 잡고 수비 자세라도 취했으면 옥항도 그렇게까지 신경질이 나지는 않았을 것이다. 안 그래도 몽둥이를 들고 있어 자신을 얕잡아보는 것 같은데, 거기에다 수비할 생각도 않으니 옥항은 머리 꼭대기까지 화가 치밀어 형식적으로 인사를 하고는 바로 살초(殺初)를 펼치기 시작했다.
각 방향으로 세 번 찌르기를 하고 국광의 행동을 보아 후퇴하면 따라 들어가며 베려고 했는데, 국광은 그냥 살짝살짝 몸을 틀어 세 번의 찌르기를 피하면서 몽둥이로 옥항의 손을 쳤다. 놀란 옥항은 조금 뒤로 빠지면서 검 길이에 의존해서 국광의 몽둥이를 후려쳤다. 하지만 국광은 살짝 몽둥이를 틀어 검을 흘리면서, 앞으로 한 발자국 정도 거리를 엄청난 속도로 좁히며 옥항의 목을 베어 왔다. 아무리 몽둥이라도, 그 기세로 보아 맞으면 목뼈가 부러지겠다고 느낀 옥항은 몽둥이의 사거리를 벗어나려고 몸을 뒤로 빼면서 검을 수평으로 베었다.
'몸을 뒤로 뺐지만 저 녀석의 몽둥이를 피할 수 없어. 그래도 이쪽이 3촌(약 10센티미터) 정도 기니까 승산이 있다. 거기에 저쪽은 나무고 이쪽은 쇠이니 맞으면 어느 쪽이 타격이 클지는 뻔한 노릇.'
옥항으로서는 꽤 잔머리를 굴려 펼친 초식이었는데, 국광은 갑자기 왼발로 옥항의 손을 찼고 동시에 국부에 국광의 오른발이 박혀 들어왔다. 급소를 맞은 옥항은 온몸에 힘이 빠져 일어설 수도 없을 지경이었다. 그냥 쓰러져서 신음하고 있는데, 위에서 비웃는 듯한 국광의 목소리가 들려왔다.

"거리를 생각하지 않았군. 자네와 나의 거리는 충분히 각술(脚術)을 쓸 수 있어. 자네도 머리가 있다면 각술을 썼어야지."

"이… 이건 검술 대련이 아니오?"

"오, 내가 말 안 했던가? 검을 들고 상대와 섰을 때는 수단 방법을 가리지 말아야 살아남는다구."

"그건 비겁한 짓이오."

"비겁은……. 죽은 녀석이 비겁 찾게 생겼어?"

약이 오를 대로 오른 옥항은 계속 국광을 공격했지만 국광의 옷자락도 건드릴 수 없었다. 국광은 별 치사한 방법을 다 사용했고 심지어는 살짝 흙을 집어 옥항의 눈에 뿌리기까지 했다. 한 시진 동안 몽둥이와 손발에 얻어터진 옥항은 아무리 운동으로 다져진 몸이라고 하나 대련이 끝나고 나자 안 아픈 곳이 없었다. 탈진해서 뻗어 있는 옥항에게 국광은 "그럼 내일 봅시다. 흐흐…"하는 비웃음만 남겨 두고 자신의 방으로 들어가 버렸다.

시간이 지나면서 옥항은 국광이 정통적인 검술을 사용하지 않는다는 점을 깨달았다. 우선 연결되는 똑같은 초식을 거의 사용하지 않았다. 거기에 언제나 일격필살을 노려 상대의 허점을 파고들든지 아니면 허초로 신경을 그쪽으로 쏠리게 만들고는 비어 있는 왼손이나 발을 사용해서 공격했고, 그 공격 방식도 상황에 따라 계속 바뀌었다. 하지만 즐겨 쓰는 초식은 몇 가지뿐이어서 뻔히 아는 것인데도 그것들이 서로 연결되어 괴력을 내고 있었다.

국광이 공격에 힘을 적절히 안배했기 때문에 완전히 맞고 뻗을 정도는 아니었지만, 계속 두들겨 맞다 보니 온몸이 퉁퉁 부어올라 약을 바르고 찜질까지 해야 했다. 그도 공격을 해 보았지만 국광의 움직임은 미꾸라지처럼 빨라 도저히 따라붙기가 힘들었다. 그 경공술과 신법은 어디서 배웠는지 옥항은 찬탄할 수밖에 없었다.

석 달이 지나자 옥항은 겨우 국광의 발차기를 가까스로 한 번 피할 수 있었다. 국광은 간발의 차이로 피한 옥항을 보더니 씩 웃으면서 말했다.

"어쭈, 피해? 이건 어때?"

그러더니 더욱 공격에 속도를 붙여 옥항을 신나게 두들겨 팼다. 국광의 수법들을 얄팍한 잔재주라고 생각했지만, 국광과 상대를 하려면 자신도 그런 편법적인 수법을 사용하지 않을 수 없음을 깨닫고 국광의 흉내를 내기 시작했다. 하지만 그가 곧 깨달은 것은 이 특이한 공격을 아주 자연스럽게 펼치려면 보통 숙련도로는 불가능하다는 사실이었다.

어느 날은 옥항이 틈틈이 손발을 이용해 반격을 하면서 제법 용을 써 대자 국광은 그를 열심히 두들겨 패고는, 뻗어 있는 옥항에게 책 세 권을 던져 주었다.

"내가 여태까지 사용한 무공은 모두 이것들을 응용한 거다."

"이게 뭡니까, 사부? 저는 정파의 문하라서 사파의 무공은 안 배워요."

몇 달 지나면서 옥항이 국광에게 존대를 하게 된 것은 자신보다 뛰어난 고수에 대한, 또 자신을 가르치는 사람에 대한 예의였다. 국광의 무공은 확실히 뛰어났기에 조금쯤은 배워 볼 생각도 있었지만 명문정파의 무공을 익혔다는 얄팍한 자존심이 아무리 대단한 무공이라도 사파적인 무공을 익히는 것은 거부했다.
"뭐긴 뭐야, 황궁무공 세 권이지. 권법, 검법, 각법인데, 초식들이 꽤 재미있으니 열심히 배워 봐. 모두 읽으면 옥 대인께 반납하도록."
"그럼 지금까지 사부가 펼친 게 모두 황궁무공이란 말입니까?"
"그럼, 그 세 가지를 응용해서 조합한 것이지."
'도대체 어떻게 단순 공격 위주의 황궁무공을 조합하면 저런 치사한 공격법이 되는 거지?'
대련이 끝나고 욱신거리는 몸으로 비급들을 읽으면서 그는 국광의 말대로 그가 사용한 모든 초식들이 거기 다 있다는 사실에 놀랐다. 국광이 준 세 권의 비급은 황실에서 많은 무관들이 익히는, 강하면서 그런대로 잘 알려진 무공들이었다. 하지만 이들은 광명정대하게 적을 정면에서 힘으로 제압하는 무공들이지 결코 이런 식으로 서로 조합하여 상대의 허점을 공격하는 데 사용하는 것이 아니다.
하지만 정작 옥항이 놀란 점은 다른 데 있었다. 국광이 즐겨 쓰는 진린검법(進躪劍法)이라는 공격 일변도의 검법 중 네 가지 초식과 칠세연권법(七勢連拳法) 중 세 가지 초식, 천영팔황각법(千影八荒脚法)의 네 가지 초식들을 서로 연결하여 사용할 수 있다는 데에 옥항은 불가사의함을 느끼지 않을 수 없었다. 자신이 열나게 맞았던 것인데도 아무리 비급 세 권을 펼쳐 놓고 보아도 비급들의 내용만으로는 그것들을 연결시킬 수 없었고, 이렇게 저렇게 궁리를 해 봐도 서로의 움직임에 방해가 될 뿐이었다.
밤새껏 궁리를 하다가 날이 밝자 옥항은 국광의 처소로 비급들을 가지고 달려갔다.

"밤새 생각을 해 봤는데 이게 비급상으로는 사부가 사용하던 초식처럼 도저히 연결이 안 되는데요?"

"쯧쯧, 멍청한 녀석. 왜 연결이 안 돼. 왼발로 비천각뢰를 쓰고, 이 상태에서 오른쪽의 손이나 발을 사용해서 초식을 펼쳐 상대와 부딪치면 흔들린 중심은 자연스레 잡히는 것이고, 또 이리로 발이 나갔으면 왜 돌아와서 펼쳐야 하느냐? 그 기세를 이용해서 운천직권(雲千直拳)을 펼치면 다시 뒤로 돌아가기도 편하잖아?

그 초식들을 보면서 셋을 서로 연결하면 다소 무리가 있지. 하지만 그걸 상대에게 사용하면 상대는 어떻게 해서든 그걸 막거나 아니면 맞을 테니까 그 반동을 이용하면 초식이 자연스레 연결되는 거야."

"아…, 상대가 있어야만 서로 연결되는군요."

"대신 상대가 피하면 다른 방법을 써야지."

"그런데 언제까지 대련을 계속하실 생각입니까? 요즘은 저녁에 누우면 안 아픈 곳이 없다구요."

"글쎄…, 언젠가는 끝이 나겠지. 언제나 명심할 것은 검을 사용하면서 너무 초식이나 고정관념에 얽매이지 말아야 한다는 거야. 그냥 마음이 가는 대로 몸이 따라가고 몸이 가는 대로 마음이 움직이면 되는 거야. 황궁무공은 깊이 익히면 아주 대단한 경지까지 들어갈 수 있으니 지금 네가 익힌 수박 겉핥기식의 무공과는 확연히 다르지.

정식 사제지간은 아니니 지금이라도 내 방식이 싫으면 그만둬도 상관없고, 또 나도 가르치기 귀찮으면 언제라도 그만둘 테니 다른

데 신경 쓰지 말고 열심히 해 봐. 너와 함께한 지도 다섯 달……. 이제 몸이 많이 부드러워지고 또 안목도 높아졌으니 어느 정도 수준이 되었다고 생각되면, 그때 대련을 끝내고 진지하게 교육을 해 볼까 생각 중이야."

"그런데 지금 제가 하고 있는 수련 방법은 청성파에서 배우던 것과는 너무 다른데요?"

"내가 너무 심하게 하나?"

"좀… 그렇죠. 어디서도 이렇게 무공을 가르치지는 않고 제자를 두들겨 패기만 하지는 않는다구요."

"그럼 내가 어떻게 해 주기를 원하는데?"

"강력한 무공을 가르쳐 주셔야죠. 그래야 더 강해질 거 아닙니까?"

"강해진다……. 내가 황궁무고에서 수많은 비급을 읽어 보고 느낀 점이 뭔 줄 아나?"

"글쎄요."

"절대적인 신공(神功)이란 존재하지 않아. 어떤 무공이라도 허점이 있지. 모든 무공이 물고 물리는 관계에 있어. 갑이라는 무공이 을이라는 무공을 제압한다면 을은 병에게 제압되지. 그 병은 또다시 돌고 돌아 갑에게 지는 거야. 이건 물론 똑같은 수준의 무인들끼리 겨뤘을 때에 한해서지.

예를 들어 너와 나는 엄청나게 무공 수준에서 차이가 난다. 그건 너도 느꼈을 거야. 나는 소위 무림에서 3류 축에도 끼이지 못하는 무예들만으로 네가 배운 청성파의 1류 무술을 박살 낼 수 있어. 무공이 얼마나 강하냐가 중요한 것이 아니라 그걸 사용하는 사람의 자질이 어느 정도냐가 중요한 거야."

"그렇다면 강한 무공은 배울 필요가 없다는 겁니까?"

"아니지. 강한 무공을 배울 필요가 없다는 것이 아니라 그 무공이 가진 깊은 뜻을 이해하는 것이 더욱 중요하다는 말이야."

"깊은 뜻이라뇨?"

"가령 자네가 한 번씩 나한테 사용하는 청성파의 추의환영검법(追意幻影劍法)에서 환사영주(幻蛇影走)라는 초식이 이렇게 나가지?"

"그렇죠."

"하지만 이렇게 찌르기를 들어간다면 누구나 알아챌 게 뻔하잖아. 물론 초식 사용자가 아주 뛰어난 속도로 전개한다면 상대가 당하겠지만……."

"그 때문에 변초를 쓰는 거 아닙니까?"

"그렇지, 변초를 쓰지. 1류의 검법일수록 이 변초가 아주 발달되어 있어. 하지만 꼭 변초까지 외워서 사용할 필요는 없지. 상대를 속이기만 하면 되는 거니까……. 어떻게 하더라도 베거나 찌르기만 하면 되지 어떤 틀에 꼭 맞춰 휘두를 필요는 없는 거야. 초식이란 그걸 빠른 속도로 펼치자니 능력이 안 되어 할 수 없이 만들어 놓은 한 가지의 틀일 뿐이야. 상대가 약해서 허초조차 막지 못하는데, 그 허초를 다시 돌려서 거두어들이고 진짜 초식을 쓸 필요가 있을까? 상대가 못 막으면 허초였다고 해도 그대로 찔러 들어가야 해. 그리고 실초라도 상대가 막을 기색이 보이면 회수하여 그걸 허초로 만들어 상대의 정신을 딴 쪽으로 쏠리게 유도해야 하고……. 그러니까 꼭 틀에 맞출 필요는 없다는 것이 내 생각이다."

"그렇게 생각할 수도 있지요. 그런데 그게 저를 두들겨 패는 것과 무슨 상관이 있나요?"

"멍청한 녀석! 두들겨 맞다 보면 맞기 싫어서라도 피해서 내가 공격하는 방식을 익히게 되어 있어. 너도 요즘 들어서는 조금씩 피하고 반격까지 하게 되었잖아?"

"그러고 보니……."

"먼 거리에서 대결한다면 강한 초식이 우위를 차지하겠지만 근거리에서 대결한다면 누가 실전 경험이 많은지가 가장 크게 작용하지. 그러니 잔말 말고 나한테 맞다 보면 모든 걸 다 깨닫게 되는 거야."

그러자 옥항은 과장되게 놀란 척하면서 말했다.

"그럴 수가? 너무 무책임한 대답인데요?"

"참, 너는 살인을 해 본 적이 있냐?"

"예? 아직 없습니다."

"무공이 높은 사람은 살인을 잘할 수 있는 소질이 있지. 하지만 반대로 살인을 잘하는 사람이 꼭 무공이 높지는 않아. 자네가 살인을 안 해 봤다고 하니 말인데 꼭 죽여야 할 상대가 아니면 싸울 필요가 없고, 또 그 약점을 발견했으면 무조건 찔러 죽일 마음가짐이 필요해. 안 그러면 그 멈칫하는 순간에 상대에게 당하게 되지. 상대를 언제든지 죽일 수 있는 마음을 가진 자와 그렇지 못한 자 사이에는 아주 큰 차이가 있어."

"사부는 할아버지께 들으니 모든 기억을 상실했다고 들었는데, 그걸 어찌 아십니까? 실제로 그 후에 사부가 살인한 적은 없잖아요?"

"몇 번 초식을 써 보면서 느꼈지. 상대가 공격했을 때, 또 자네와 처음 초식을 주고받았을 때, 모두 다 상대의 허점을 보자마자 아무런 거리낌 없이 무의식적으로 손발이 나가더군. 내가 힘을 줄이지 않았으면 모두 저세상에 갔겠지. 그걸 느끼고 나는 이전부터 수많은 살인을 하지 않았을까 하는 생각을 했어. 과연 나는 이전에는 어떤 사람이었을까? 또 왜 이렇게 무공이 강할까? 무고한 사람들을 죽이지는 않았을까? 나에게 처자식이 있을까? 하기야 처자식에 대해서 아무런 그리움도 없는 걸 보면 아마 없는 것 같아."

빙긋이 미소 짓는 국광을 보면서 옥향은 처음엔 사부가 무자비한 무뢰한인 줄만 알았는데 사실은 그렇지 않다는 것을, 이전부터 조금씩 느껴 왔지만 지금에 이르러 확신하게 되었다.

"사부님은 사람을 함부로 죽이는 살인귀(殺人鬼)는 아니었을 겁니다. 너무 심려하지 마세요."

국광이 과거에 대해 그렇게까지 생각을 하는지는 몰랐다. 하지만 국광의 말을 듣고는 자신이 할 수 있는 최선의 말은 그 한마디뿐이라고 생각했다.

'아무래도 할아버지께 기루에라도 모시고 가서 기분을 풀어 드리라고 부탁해야겠군.'

잘 정돈된 방……. 방 안의 호화로운 가구들이 그 주인의 신분을 알려 주고 있다. 그 방은 둘로 나뉘어 그사이에는 발이 드리워져 있었다. 그리고 발 앞에는 두 명의 남자와 세 명의 아름다운 여인이 부복하고 있었다. 그중에서 약간 앞쪽에 있던 남자가 발을 바라보며 말했다.

"금의위에서 비밀리에 조사하는 것을 저희들이 입수하여 조사한 결과 아주 흥미로운 사실을 알아냈습니다."

발 뒤쪽에서 상큼한 여인의 음성이 들려왔다.

"금의위에서 하는 일이야 황실 모반 따위나 감시하는 걸 텐데, 그걸 입수해 봐야 뭐 좋은 게 있다고······."

"아니옵니다. 실은 금의위에서 1년 전부터 비밀리에 무림을 돌며 고수 하나를 찾고 있었습니다."

"어떤 인물인가요?"

"거의 현경의 경지에 이를 정도의 초고수인데, 갑자기 실종되었든가 아니면 살해되었다는 자입니다."

그러자 발 안의 목소리가 흥미 있다는 듯 생기를 띠었다.

"그래 찾았나요?"

"예, 찾았기에 말씀을 올리는 겁니다. 무림에서 그 정도의 고수는 거의 무림에서 손가락에 꼽을 만큼 수가 적습니다. 갑자기 사망했다면 차라리 알아내기 편할 것이라고 속하는 생각했는데, 의외로 힘들었습니다."

"그래 그가 누군가요?"

"마교의 부교주로 묵향이라는 인물입니다."

"묵향? 들어 본 적이 없는데······."

"예, 마교의 일은 거의 세상에 드러난 게 거의 없으니까요. 지금 마교가 조금 술렁거리고 있기에 과거와 달리 정보 입수가 가능했습니다. 문주께서도 아시다시피 지금 마교는 교주와 장인걸 부교주가 다투고 있는 중이라······."

알고 있는 사실을 주절거리자 발 안의 인물은 짜증스럽다는 듯 말했다.

"요점만 말하세요."

"예, 속하가 입수한 정보로는 마교 사상 최강의 고수라고 합니다."
"그런 자가 어떻게 밖에 드러나지 않았지?"
"그의 출신 때문이죠. 살수 출신으로 환사검(幻邪劍) 유백(柳伯)이란 인물의 마지막 제자입니다. 그의 실력은 사부를 넘어서서 최강의 고수로 올라섰지만, 살수라는 신분상 마교의 검술을 익힌 것이 아니라 정파 계열의 검법을 익혔기에 외부에 드러나지 않은 것으로 생각됩니다."
"일종의 이단자인 셈이군. 그래, 그자의 무공이 어느 정도이기에 금의위에서 흥미를 느낀다는 말인가요?"
"현경의 고수라 합니다."
놀란 듯한 여인의 음성이 들려왔다.
"현경이라고? 그럴 리가……. 죽을 때까지 정파의 무공을 익힌 자들도 오르기 힘든 것이 현경이거늘, 하물며 마교에서 엉터리로 배운 정파의 무공으로 현경에 오른단 말이오? 그의 사부인 환사검 유백이란 인물도 들어 본 적이 없고……."
"묵향이 현경의 고수라고 추정되는 이유는 제령문의 뇌전검황을 벤 자이기 때문이죠."
"그렇다면……."
"묵향의 사부도 마교에서는 환사검(幻邪劍)으로 통하지만, 일선에서 은퇴한 다음 3년 정도 무림을 떠돌며 이름을 날린 인물입니다. 독고구패(獨孤九敗)라는 명호를 들어 보셨을 겁니다."
"그럼, 어느 날 갑자기 나타나 무림의 내로라하는 고수들을 쓰러뜨리고 역시 갑자기 사라진 그자의 제자란 말인가?"

"예, 속하가 조사해 본 바로는 그가 은퇴하기 직전에 가르쳤던 마지막 제자가 묵향이란 인물이고, 또 마교에서 은퇴하여 3년 동안 그가 만년에야 창안해 낸 검법을 시험하려 무림을 떠돌았다고 합니다. 그리고는 묵향이란 인물이 마교에서 살해되어 실종되었습니다."

"살해되었다고? 설마, 현경의 고수를 누가……."

"그의 무공이 너무 강한 것에 위기감을 느낀 교주가 제거했다고 합니다. 이건 미확인된 정보지만, 무림맹주도 그의 제거에 관여했다고 합니다."

"그런데 이미 죽은 사람에게 무슨 볼일이 있다고 금의위에서 수소문을 하고 있다는 거지요?"

"그래서 속하가 관부 쪽으로도 조사를 했더니 아주 흥미로운 사실을 발견했습니다. 그가, 묵향이 살아 있다는 겁니다."

상당히 흥미를 느낀 듯한 음성이 날아왔다.

"살아 있다고?"

"예, 지금 옥영진 대장군 저택에 식객으로 머물고 있습니다. 그는 국화를 좋아한다고 해서 국광이라 불리고 있는데, 처음 그가 발견되었을 때 무공에 의한 상처 외에도 급류에 휩쓸려 오며 극심한 상처를 입고 있었다고 합니다. 전신의 혈맥이 파괴된 데다가 모든 기억까지 상실했다더군요."

그러자 실망한 듯한 목소리.

"그런 폐인이라면 이용 가치가 없잖아요?"

"그런데, 그게 폐인이 아닙니다."

"폐인이 아니라니?"

"어느 날 갑자기 모든 상처가 다 나았답니다."

발 속의 여인은 경악한 듯이 되물었다.
"완전히?"
"예, 더욱 놀라운 것은 기억은 지워졌지만, 그가 익히고 있던 무공을 몸이 잊어버리지 않고 있다는 사실입니다. 거기에 옥 대장군의 배려로 황궁무고에 들어갔다 나와서, 지금은 거의 화경의 경지까지 회복한 상태라고 합니다."
"그렇다면 구미가 당기는군……."
잠시 생각하는 것 같더니 이윽고 발 속에서 음성이 들려왔다.
"그를 이쪽으로 회유할 수는 있을까요? 우리 편으로만 만든다면 대단한 성과가 될 거예요."
"이렇다 할 방법이 없습니다. 지금 구명(救命)의 은혜를 갚겠답시고 머물고 있는 자를 어떤 방법으로 끌어내겠습니까?"
"과거의 기억에 대한 정보를 미끼로 한다면?"
"그것도 어렵습니다. 한 달도 안 되어 금의위에서도 속하가 알아낸 사실을 모두 다 알아낼 겁니다."
"금의위의 정보 입수를 방해할 수는 없나요?"
"그것도 힘듭니다. 잠시, 한 달이나 두 달 정도 지체시킬 수는 있겠지만 그 이상은 무립니다."
"아깝군. 근래에 드문 먹음직한 먹인데……."

기루와 금(琴)

그날도 격렬한 대련이 끝난 후 국광이 옥항에게 말했다.
"이제 제법 움직임이 갖춰지기 시작하는구나."
"정말이십니까?"
"그래, 하지만 검을 사용하는 게 너무나 제멋대로야."
"예? 하지만 초식은 별로 신경 쓰지 말라고 사부님께서……."
"그런 말이 아니다. 너는 검을 전혀 생각하지 않고 있어. 그냥 네 마음 내키는 대로 검을 휘두를 뿐이다. 조용히 검을 잡고 생각해 보거라. 검이 찌르기를 원하는 부분을 찾아라. 그리고 검을 따라 그 부위를 찌르거나 베어 가는 거야. 검과 마음이 하나가 되지 않고서는 좋은 공격이 될 수 없지."
"신검합일(身劍合一)이란 말씀인가요?"
"말을 만들어 붙이면 그렇게도 부를 수 있겠구나. 어쨌든 너는 전혀 그걸 생각하지 않고 있어. 앞으로는 주의하거라."
"말은 쉽지만 신검합일을 하려면 어떻게?"
"방금 말하지 않았느냐?"
국광은 자신이 지금까지 옥항을 두들기는 데 사용하던 몽둥이를 들어 옥항이 내려치기 좋은 위치까지 들어 올렸다.
"혼신의 힘을 다해 베어 보거라."
옥항이 죽을 힘을 다해 검을 내리쳤지만 무언가에 막힌 듯이 몽둥이는 잘리지 않았다. 아니 흠집도 낼 수 없었다. 그냥 튕겨 나와 옥항의 손아귀에 엄청난 충격만을 주었다. 옥항은 당황하여 검을 내려놓고 손을 주무르며 국광에게 말했다.
"이 몽둥이가 왜 잘리지 않죠?"
"나는 몽둥이와 하나가 되어 너의 힘을 막았고 너는 그냥 손아귀 힘만 믿고 쇳덩이로 내려쳤을 뿐이니 잘릴 리가 있겠느냐?"
"……."
"무릇 검을 쓸 때는 그 한 동작 한 동작에 마음이 움직여야 하고 또 그 마음에 따라 기를 움직여야 한다. 기의 움직임은 곧 마음의 움직임. 검과 기가 동시에 뻗어 나가야 하는 거야."
"그럼 처음부터 공력을 사용하라고 말씀하시면 될 걸 가지고 무슨 마음이 어쩌고……."
"떽! 네 녀석은 몸통 위에 있는 이거는 사용 안 하고 뭐 하려고 붙여 놨냐?"
그러면서 국광은 옥항의 머리를 쥐어박았다.
"너도 좀 더 실력이 쌓이면 느낄 거다. 공력을 쓰겠다고 마음을 먹고 공력을 사용한다면 그건 별 볼일 없는 거야. 무의식중에 마음이,

또 육체가 움직이면 기도 함께 일어나야 하는 거야. 이건 무술에 있어서 상당히 높은 경지다. 이걸 네가 익힐 수 있느냐 없느냐는 너의 노력에 달려 있어. 언제나 검을 사용할 때 검과 하나가 되어 움직여야 한다는 점을 명심하고 노력해라."

그러자 옥항은 쑥스러운 듯 얻어맞은 머리를 과장되게 문질렀다.

"예, 가르치심 감사합니다. 그런데 사부님······."

"왜 그러느냐?"

"저, 할아버지께서 같이 가실 데가 있다고 준비를 좀 하시라던데요."

"준비? 준비할 것이 있냐? 옷은 이것뿐인데······."

"잠시만 기다리세요."

옥항은 나는 듯이 달려가더니 옷을 한 벌 가지고 돌아왔다. 연한 푸른색 비단옷으로 한눈에도 고급스럽게 보였다.

"이건 뭐냐?"

"수련이 끝나면 잘 차려입고 할아버지가 계신 곳으로 오시랬어요. 아마 함께 같이 가실 곳이 있는 모양이던데요."

"그래?"

옥항은 옥영진을 꼬드겨서 국광과 함께 기루에 가기를 권했다. 마침 수도인 중경에는 아주 그럴듯한 기루가 수없이 많았고, 그중에는 멀리까지 이름이 알려진 곳도 몇 군데 있었다. 옥영진은 손자의 부탁을 받아들여 손자를 가르친다고 수고하는 국광을 데리고 분위기 좋은 기루에 가기로 했던 것이다.

국광은 어느 날 갑자기 정신을 차린 이래 최고로 화려한 복장을 하고 옥영진과 함께 집을 나섰다. 옥영진이 국광을 안내한 곳은 중경에서도 몇 안 되는 아주 큰 기루 중 하나였다. 그 화려하고 거대한 집의 문에는 제법 격식을 갖추어 「請成樓(청성루)」라는 글씨를 써 놓은 커다란 현판이 걸려 있었다.

"여기는 어딥니까?"

"아주 괴상한 법칙이 존재하는 기루지."

"괴상하다뇨?"

"이 기루는 아주 화려하고 거대하게 세워졌기에 처음 만들어질 때부터 꽤 화제가 되었던 곳이야. 현판이 말하듯이 청성루, 즉 뭔가 뜻을 이룬 사람을 청한다는 곳인데 술값도 비싸지만 손님을 가려 받기로 유명한 곳이지. 돈만 많다고 좋은 대접을 받을 수 있는 곳이 아니야. 이곳에는 아주 좋은 술과 아름다운 여인들이 많아 고관대작들도 권세를 믿고 좀 더 나은 대접을 받으려고 하지만 원체 까다로워서……."

"뭐가 까다롭다는 겁니까?"

"손님을 받는 조건이지. 아까도 말했잖아? 뭔가를 이뤄야만 한다고. 그 손님이 가진 재주 중에서 뛰어난 것을 시험해서 그 실력에 따라 술시중 드는 여인들이 들어오지. 이곳에서 가장 뛰어나다는 계집들을 만나 본 사람은 손가락으로 꼽을 정도고……. 루주(樓主)를 만난 사람은 한 명도 없어."

"어떤 재주라도 상관없습니까?"

"그렇네. 시, 서, 화, 금, 무공, 진법 등……. 아부하는 재주 말고는 대상이 되지 않는 재주는 거의 없지. 어때, 자네도 들어가 볼 텐가?"

"원래 그러려고 오신 게 아닌가요?"

"허허, 그래 이곳 손님 대접이 제법 쓸 만하지. 계집들이 지나치게 음란하지도 않고 상당히 재간 있는 아이들이 많아. 내 이름만으로도 꽤 괜찮은 계집들을 만날 수 있어. 노부도 처음에는 시험을 거쳐서 지금의 위치를 받아 냈거든……. 자, 들어가세나."

그들이 문으로 들어서자 위사인 듯 장검을 찬 사내가 길을 막았다.

"손님, 검은 가지고 들어가실 수 없습니다."

그의 말이 떨어지자 국광은 다시 돌아 나가며 옥영진에게 말했다.

"저는 이 검이 없으면 마음을 놓지 못하니, 검을 가지고도 마실 수 있는 곳으로 가죠."

이때 옥영진 대장군의 얼굴을 알아본 한 사내가 쫓아 나왔다.

"왜 그러십니까요, 대장군 나으리?"

"노부의 동행에게 약간 문제가 있는데…, 좋은 방법이 없겠나?"

"무슨 문제이십니까?"

"검을 가지고 들어가야 한다는 거야."

"그렇다면 이렇게 하죠. 본채로는 들어가실 수 없고, 저쪽에 별채가 있는데 그리로 가서 즐기시면 어떻겠습니까요?"

"좋네, 안내해 주게나."

국광은 옥영진과 방에 들어가서는 묵혼검을 풀어 한 구석에 치워 뒀다. 국광은 언제나 묵혼검을 허리에 차고 있었지만 묵영이라 불리는 비수는 잘 가지고 다니지 않았다. 어쩌다 한 번씩 옥영진이 국광을 데리고 사냥을 갈 때는 묵영을 가지고 갔는데, 옥영진은 그 좋은 비수를 사슴 가죽을 벗기는 데나 쓴다고 탐탁치 않게 여겼지만 말은 하지 않았다.

그들이 자리를 잡고 나서 잠시 기다리자 아름다운 여인 둘이 들어

왔다. 국광은 말투나 시중드는 자세, 그리고 금을 타는 솜씨 등 여러 가지 면에서 자신의 옆에 앉은 여자가 몇 등급 떨어진다는 걸 금방 알 수 있었다. 하지만 옥영진은 그의 상전이었으므로 처음 온 국광으로서는 아무런 불평도 할 수 없었다. 대신 그는 제법 깔끔하게 차려진 맛깔스런 안주상과 풍미가 넘치는 술을 마음껏 즐기기로 했다.

국광은 옆에 계집이 앉아 있는 게 이상하게 어색해서 그녀에게 금을 타 달라고 부탁했다. 그녀가 금을 타는 동안 국광은 쉬지 않고 술을 마셨다. 국광이 말도 않고 급히 술만 마시자 자신을 취월(就月)이라 소개한 여인이 그를 비웃듯이 힐끔 바라보았다. 옥영진은 민망스러워서 국광을 나무랐다.

"술이란 천천히 그 향기와 맛을 음미하며 마시는 거지 그렇게 마구 마시는 게 아닐세."

"술이란 통쾌하게 마셔야지, 뭘 그렇게 좀스럽게 마신다는 겁니까?"

"허어, 이 사람이……."

"이 술은 맛이 깊고… 향기가 진한 걸로 보아 볕이 잘 드는 땅에서 수확된 작물로 만들었다는 걸 알 수 있죠."

"왜 볕이 잘 드는 땅에서 만들어졌다는 건가?"

"볕이 잘 안 들면 오곡백과가 충분히 익지 못하니, 이 정도 풍미를 풍기기는 어렵습니다. 하지만 이 좋은 술이 계절을 잘못 만나 나으리께서 맛을 제대로 못 보시는 것 같으니 그게 아쉬울 뿐이지요."

"계절을 잘못 만나다니?"

"지금은 국화가 쑥쑥 자라나는 여름이라 밤낮으로 무더우니, 이 술을……."

국광은 술을 한 잔 꿀꺽하고는 말을 이었다.
"아무리 지하의 서늘한 곳에 보관했다 하더라도 꺼내 와서 시간이 지나면 뜨뜻해져 제 맛을 못 내죠. 이 술은 약간 차게 해서 마셔야 더욱 좋습니다."
"그걸 어찌 아나?"
"뭔가 모자라기에 좀 술을 데워서도 먹어 봤고 차게도 먹어 봤고…, 여러 가지로 해 보니 역시 약간 차게 마실 때 가장 좋은 맛이 나더군요. 나으리도 그렇게 드시겠습니까?"
"그러세나."
"그럼 잔을 비우시죠."
국광이 술을 직접 따라 주었다.
"찬 기운이 가시기 전에 드시죠."
"과연……. 맛이 더욱 뛰어나군. 훌륭해."
취월은 국광 앞에 놓인 술병을 슬쩍 쥐어 보고 그 술병이 아주 차다는 것에 놀랐다. 그녀가 놀란 눈으로 국광을 바라보았다.
"알고 보니 음공(陰功)을 익히신 분이셨군요."
"뭐, 음공이랄 것도 없고 그냥 술병을 차게 했을 뿐이야. 그러니 술이 미적지근해지기 전에 열심히 먹어야지. 다시 술잔을 잡고 차게 만들며 마시기는 귀찮거든. 이봐, 자네도 이리 와서 한잔하게나."
여태 금을 타던 혜영(慧瀛)이라는 여인이 그의 옆에 와서 앉았다. 국광은 그녀에게 술을 한 잔 따라 주었다.
"지금까지 금을 타느라고 수고했으니 쭉 마시게."
"감사합니다."
"나한테 감사할 건 없어. 계산은 저 나으리가 하는 거니까……."

그의 노골적인 말에 혜영은 약간 아미(蛾眉)를 찌푸리는 것 같았지만 두말 않고 술을 쭉 마셨다.
"어때, 술맛이 괜찮나?"
"예."
"그럼, 술은 취하려고 마시는 건데…, 왜 저 안주에 해주분(解酒粉)을 뿌려 놨는지 대답을 해 주실까?"
그녀는 잠시 경악하더니 곧 정색을 하고 말했다.
"그건…, 소첩들이 술에 취해 버리면 제대로 시중을 못 들기에 저희들이 술을 깨기 위해 준비해 둔 겁니다. 그건, 그건… 나으리들께서 드시라고 준비한 게 아니죠."
"그래? 그럼, 그런 걸로 알고 있겠어."
또다시 국광이 직접 술을 따라 쭉 마시자 취월이 말했다.
"나으리, 혜영이 마음에 안 드신다면 다른 아이를……."
국광은 고개를 좌우로 흔들었다.
"아니야, 나는 이 아이로 충분해. 혜영아, 금을 이리 다오."
"여기 있습니다."
갑작스럽게 국광이 금을 달라고 하자 옥영진이 궁금해서 물었다.
"그사이에 금도 배웠나?"
"아뇨, 한번 만져 보고 싶어서 그럽니다."
묵향은 기분 내키는 대로 현을 튕겼다. 보다 못한 혜영이 국광에게 금의 현을 어떻게 다루는지 조금 가르쳐 줬다. 조금 지나자 국광은 아주 자연스럽게 현을 튕기기 시작했다. 그러면서 이리저리 소리를 내 보더니 조금씩 시간이 지날수록 그 튕기는 소리가 하나의 곡으로 발전하기 시작했다.

두 여자는 처음에는 장난 같던 국광의 솜씨가 놀라운 속도로 발전하는 걸 보고, 처음에는 금을 잘 타는 사람이 장난 삼아 못 타는 척하며 자신들을 놀렸다고 생각했다. 하지만 점점 시간이 지날수록 그들은 경악하기 시작했다. 약 한 시진 정도 뜯어 대니 그 실력은 이미 보기 드문 명인(名人)의 수준에 올라 있었다. 국광이 자신이 느끼고 있는 감동을 현을 통해 분출해 나가자 급기야는 혜영의 눈에서 눈물이 글썽였다. 그런데 갑자기 국광이 연주를 중단했다. 모두 곡에 취해 있다가 음악이 멈추자 의아한 시선으로 그를 바라봤다. 국광은 금을 혜영에게 돌려주며 말했다.

"정말 아주 좋은 소리가 나는군."

"이렇게 잘 타는 줄 몰랐는데, 내 다음에 좋은 금을 선물함세."

"그러실 필요까지는 없습니다."

이때 밖에서 여인의 목소리가 들려왔다.

"실례하겠습니다."

문이 열리며 아름다운 여인이 금을 가지고 들어왔다.

"혜영아, 너는 나가거라."

그 여인은 국광에게 깊숙이 인사를 했다.

"고인(高人)을 몰라 뵙고 소녀가 맞이하지 못해 죄송합니다. 소녀의 이름은……."

"네 이름은 중요하지 않아. 저 아이가 무슨 잘못을 저질렀기에 내보내는 거지?"

"혜영이가 잘못한 게 아니라 혜영이의 능력으로는 나으리가 힘에 부친지라 제가……."

"나는 혜영이 나으니 자네는 돌아가게."

"하지만 이건 저희 루에서……."
"자네가 꼭 나를 대접해야 하는 것이 루의 규칙인가?"
"루의 규칙은 아닙니다. 하지만……."
"나는 술자리에서 옆 사람이 바뀌는 걸 좋아하지 않아. 그 아이를 다시 불러다 주게."
"그렇지만 금에 있어서는 혜영이보다 낫습니다. 한번 들어 보시겠는지요."
"내가 원하는 건 금 실력이 아냐. 혜영이는 각법(脚法)만 익혀서 내가 기습당할 가능성이 거의 없어. 하지만 너 같은 애가 옆에 있다가 기습하면 나는 감당하기 힘들지."
 금을 든 여인의 얼굴색이 노래졌다. 옥영진도 대경해서 물었다.
"저 아이가 무공을 할 줄 안단 말인가?"
"그럼요, 제가 검을 풀지 않겠다고 한 것도 이 술집에 원체 고수들이 많아 만약에 어떤 일이 벌어지면 제 짧은 무공 실력으로는 검 없이 나으리를 보호하기 힘들기 때문이지요. 여기 같으면 그래도 밖으로 탈출하기가 쉽기에 따라 들어온 겁니다."
"몰랐군. 여태껏 오면서도 여기에 고수들이 있다는 건 전혀 짐작을 못 했는데……."
"그건 나으리 탓이 아니죠. 남자의 경우 무공을 익히면 태양혈이 불쑥 튀어나오지만 여자는 아니니까요. 거기다 자신의 내력(內力)이나 무공 정도를 숨기는 방법들이 많지 않습니까? 혜영도 일부러 장법이나 그런 손을 사용하는 무공을 익히지 않아 보통 손이나 얼굴, 눈만 보고는 알아내기 힘들죠."
"그럼 자네는?"

"저요? 참 설명하기 힘들군요. 그냥 느낌이랄까… 여기 처음 들어오면서부터 이곳에 고수들이 많다는 걸 느꼈습니다. 그리고 저 아이들이 들어올 때 저 아이들도 무공을 익혔다는 느낌이 오더군요. 특히나 제 옆에 앉은 아이는 그래도 각법만 익힌 것 같아서……. 이봐 너는 나가라구. 나는 금음도 좋지만 마음 놓고 술을 마시고 싶어."

여인은 더 이상 말하지 않고 밖으로 나갔고 혜영이 다시 들어왔다. 그녀는 자신을 다시 불러 주어 감사한 마음과 엄청난 고수인 것 같은 정체 모를 사내에 대한 불안감을 동시에 느끼고 있었다. 수많은 사람들이 이곳에서 술을 마셨지만 이곳이 무림인들이 운영하는 곳이라는 걸 눈치 챈 사람은 없었기 때문이다. 혜영은 용기를 내어 국광에게 말했다.

"나으리는 참 불가사의한 분이군요. 처음에는 옥 나으리가 데리고 오신 무관인 줄 알았는데……."

"왜 무관이 아니라고 생각하지?"

"관부에 있는 사람은 그 정도로 무공이 고강하지 않습니다."

"그렇다면 누구라고 생각하나?"

"혹시… 무림의 어떤 방파에?"

"아냐, 나는 그냥 옥 나으리의 수하일 뿐 어떤 무림인도 아냐. 그런데 너는 왜 각법만 익혔냐?"

"저희 루에서는 모두 처음에는 각법을 익힙니다. 어렸을 때부터 각법을 익히면 다리가 날씬하고 탄탄해서 손님들이 좋아하시거든요."

"오호…, 공력이 충분히 쌓여 손의 모양이 망가지지 않을 때쯤 손을 사용하는 무공을 배우기 시작하는 거군. 기루의 여인이 무공을 배워서 뭘 하려고?"
"그냥 호신과 미용을 위해섭니다."
"호신을 위해서라고 하기에는 과한 편이지만… 그냥 그렇다고 해두고. 참, 술을 마시니 국화 생각이 나는군. 혹시 여기 국화가 있으면 가져다주겠나? 한 송이라도 좋아. 안 되면 국화 그림이라도 좋네."
"그건 어렵지 않습니다."
혜영은 밖으로 나가더니 국화 한 송이를 물병에 담아 가지고 왔다. 물병을 탁자 위에 놓자 국광은 추억에 잠기는 듯 평안한 눈으로 국화를 지그시 바라보며 술을 마셨다. 국광이 술만 마시자 혜영이 안주를 집어 주었다.
"술만 드시면 몸에 해롭습니다. 안주도…….
"나는 안주는 안 먹어……. 너는 지붕 위에 있는 녀석보고 지금 사라지지 않으면 몸통 위에 머리가 붙어 있기 힘들 거라고 전해 줘."
"예?"
"아, 지금 도망갔으니 전할 필요는 없겠군. 여긴 편히 술 마시기는 정말 힘든 곳이야."
국광은 열심히 술을 마셔 댔다. 혜영이나 그곳에 있는 다른 여자들도 이 정도 주광(酒狂)은 본 적이 없었다. 국광은 혼자서 거의 열 병의 술을 마셨다. 그가 마시는 술은 아주 향기롭고 맛있지만 상당히 강한, 미옥주(迷玉酒)라는 술이다. 그 맛과 향기에 취해 마시다 보면 정신을 잃기 십상이다. 그런데도 국광은 보통 무림인들이 하듯 내공을 통해 술기운을 몸 밖으로 토해 내지도 않고 그냥 술을 마셔 대는 것이다. 보통 내력이 강하지 않고서는 여섯 병을 넘기기 힘든 술을 이렇듯 마시는 걸 보고 그들은 놀랐다. 혜영이 말했다.

"천천히 드시지요. 미옥주는 아주 독한 술입니다."

"상관없다. 돈 계산할 나으리와 가까운 친구, 그리고 좋은 술이 있으니 망설일 게 무어냐? 또 이때가 아니면 언제 이런 술을 마셔 보겠나?"

"자네, 이 술맛이 마음에 드는 모양이군. 내 몇 통을 구해다가 집에 가져다 두지."

"뭐… 그렇게 마음 쓰시지 않아도 됩니다. 아무 술이나 마시면 되죠. 그리고 제일 좋은 건 안 마시는 거죠. 술을 마시는 건 몸에만 안 좋을 뿐입니다."

"말은 그렇게 하면서 그렇게 폭주를 할 필요는 없잖나?"

"살펴보신 소감이 어떠십니까?"

"정말 대단한 고수로군요. 무슨 수를 써서라도 그를 본문의 사람으로 만들어야 해요."

"노력은 해 보겠지만 거의 가능성이 없습니다. 지금 옥영진 대장군의 밑에 있는 것은 구명에 대한 은혜 갚음 때문입니다. 저자를 떼어 놓으려면 옥영진을 없애는 수밖에 없죠. 하지만 그건 쉬운 일이 아닙니다."

"한번 시도를 해 보세요."

"벌써 해 봤습니다. 본문의 1급 살수를 보내 보았습니다."

"그런데도 옥영진은 살아 있다는 건가요?"

"예, 밤에 잠입하는데 뒤에서 갑자기 강렬한 살기가 느껴지더니 곧바로 목에 싸늘한 검이 와 닿더랍니다. 기척조차 느끼지 못했기에 기절할 만큼 놀랐다고 하더군요. 그가 낮은 목소리로 지금 당장 사라지지 않으면 몸뚱이 위에 있는 물건이 무사하지 못할 거라고 말하기에 아무 생각 없이 죽자고 도망쳤다고 합니다."

"미행은?"

"미행은 하지 않았습니다. 그냥 살수만 쫓아냈을 뿐 더 이상의 행동은 없었습니다."

"거의 짐승에 가까운 감각을 지니고 있는 자로군요."

"예, 적이 된다면 가장 상대하기 힘든 부류죠. 그 때문에 마교의 교주도 그를 없애려고 들지 않았나 생각됩니다."

"하여간 어떤 변화가 없는지 그를 감시하고, 사람을 보내어 그에게 과거에 대한 정보 제공을 미끼로 본문에 가입할 의사가 없는지 물어보세요. 그가 복수하는 데 본문이 전폭적인 지지를 아끼지 않을 거라는 말도 함께 하세요. 그런데 마교의 상태는 전과 같나요?"

"예, 지금도 신경전이 계속되고 있는데, 어떤 계기만 있으면 사건이 벌어질 것 같습니다."

"누가 유리한가요?"

"장인걸 부교줍니다. 묵향이란 희대의 고수를 없애는 데 대단히 비열한 방법을 동원했기에, 교내의 핵심 고수 상당수가 교주에게 등을 돌렸거나 아니면 방관적인 자세를 취하고 있는 상탭니다. 장인걸은 묵향과 처음부터 끝까지 정면 대결을 펼쳤기에 이번 암살이 그의 명성에는 별 지장을 주지 않았던 모양입니다. 교주의 교체에 있어 가장 강력한 열쇠를 쥐고 있는 자들은 원로원이라고 봐야 합니다. 원로원에서 지금의 사태를 방관할지 아니면 누군가의 손을 들어 줄지에 따라 주인이 결정될 가능성이 큽니다."

"전대 교주가 간섭할 가능성은?"

"전대 교주는 지금의 난국이 교주의 치졸한 암습에 의해 벌어진 일이기에 중립적인 위치에서 관망하겠다고 발표했습니다. 속하의 판단으로는 나서지 않을 것 같습니다. 어쩌면 교주를 폐하고 현재 소교주를 올릴 수도 있겠지만, 소교주의 무공은 아직 부교주들과 겨룬다면 턱없이 부족한 실정입니다."

"누가 주인이 되느냐에 따라 현 무림의 정세가 결정될 테니까 신경 써서 감시하세요. 지금까지의 정보로 볼 때 장인걸은 최악의 상대입니다. 그는 상당히 호전적인 인물로 알려져 있고, 혈교의 무공을 흡수한 전례가 있는 만큼 목적을 위해서는 수단을 가리지 않을 겁니다."

"명심하겠습니다."

행운의 여신 1

 탁자 위에 중원을 비롯한 새외(塞外) 변방까지 자세히 그려진 거대한 지도가 놓여져 있다. 그 위에는 크고 작은 모형 말이나 사람들이 있었는데 말이나 사람의 모형에는 작은 깃발이 달렸고 그 깃발에는 글이나 숫자가 쓰여 있었다. 여러 늙은 장군들이 그 탁자에 둘러서서 대화를 나누었다. 그중에는 옥영진 대장군도 포함되어 있었다.
 "요와의 국경선에 병력을 증파할 수는 없소이까? 요의 위세는 점점 더 높아만 간단 말이외다."
 칠순의 나이에도 장대한 체구를 유지하고 있는 북동원수부(北東元帥府)의 부원수(副元帥) 마룡(馬龍) 대장군이 사정하자 정군관(征軍館 : 총사령부)의 수장(首長)인 진길영(晋吉領) 원수가 딱하다는 얼굴로 얘기했다.
 "전선에 계신 분이 그런 부탁을 하신다면 들어드려야 하겠소만,

그곳에 돌릴 군사력이 없소이다. 부원수는 지금 작전 협의차 이곳에 온 지 얼마 되지 않아 잘 모르겠지만, 요의 국경선에는 북동원수부 소속의 20만 어림군(禦臨軍)과 중앙원수부(中央元帥府) 소속의 12만 어림군이 투입되어 있소이다. 영정왕부(英精王部)에 통지해서 지방군을 동원하든가 해야지 더 이상의 어림군은 불가능하오."

"그렇다면 황군이라도······."

"허허···, 황군이 변방이나 지키라고 만든 군사인 줄 아시오? 지금 영정왕부에서 동원해 준 지방군만 해도 20만을 넘고 있지 않소이까? 총합 52만의 군세인데, 그래도 모자란단 말씀이오?"

"지금 북동원수부는 총력을 다해 요와의 전쟁을 억지하고 있소이다. 겨우 52만으로 그들을 위협하여 전쟁을 억지한다는 건 무리가 있소이다. 요는 이번에 새로이 50만 대병을 준비하고 있다 하오. 이들이 어디로 올지 모르오. 기병 위주인 요의 정예에 비해 보병 위주인 지방군의 전투력이 너무 떨어져서, 요의 정예들과 전투가 벌어진다면 그저 숫자나 채울 뿐 실질적으로 필요가 없는지라 그러는 거요."

"그래도 만일의 사태에 대비해서 중앙원수부 소속의 남은 군사 8만은 뺄 수 없소이다."

"지금 몽고 쪽의 움직임도 심상치 않기에 정북원수부의 군사도 뺄 수 없소이다."

"그러면 다른 곳은 어떻소?"

"아시다시피 정서원수부에서는 천산 쪽의 무역로를 방위해야 하기에 빼기 어렵소. 가뜩이나 요즘 들어 마적단이 많이 출몰해 많은 통로를 지킨다고 그쪽도 힘든 모양이오."

"동남원수부에서 남경과 동경의 외곽 수비 병력을 뺀다면 5만 정도는 더 뺄 수 있을 것이오. 하지만 그것도 정진남 원수의 허락이 있어야 하겠지만……."

진길영 원수가 계속적으로 병력의 증파를 반대하자 마룡 대장군의 표정이 굳어졌다.

"지금 요가 본국과의 국경선에 배치한 병력이 얼만 줄 아시오? 80만이란 말이오. 자그마치 80만 대병이 송의 속살을 파먹으려고 대기 중이란 말이외다."

"그쪽 사정이 딱한 것은 알고 있소이다. 하지만 곧 요에 대한 정벌이 시작될 것이니 그때까지는 그 병력으로 막아 주는 수밖에 없소. 누구는 주고 싶지 않아서 안 주는 줄 아시오?"

"그렇다면 정벌은 언제 시작되는 겁니까? 아직 황제 폐하의 윤허조차 떨어지지 않고 있지 않소이까? 그러면서 전방의 정예군을 정벌 준비를 위해 집결시킨답시고 북경 부근으로 빼내고 있으니 더욱 국경이 취약해질 수밖에 없지 않습니까?"

"곧이어 시작될 것이오. 이창해(李滄海) 원수, 자네가 설명해 주게."

그러자 정길영 원수의 왼쪽에 서 있던, 백발에 긴 수염을 가진 깡마른 중앙원수부의 수장인 이창해 원수가 싸늘한 안광을 뿌리며 좌중을 둘러보고 입을 열었다.

"정벌군의 주축은 중앙원수부 소속의 20만이 될 것이오. 그리고 북동원수부에서 15만이 동원될 것이외다."

그러자 마룡 대장군이 얼굴이 벌개져서 따지고 들었다.

"그래 봐야 겨우 35만이 아닙니까? 그리고 북동원수부에서 15만의 병력을 빼내면 북동부의 방위는 누가 합니까? 북동원수부에 남은 겨우 5만의 어림군과 얄팍한 지방군으로 모든 걸 책임지라는 말씀입니까?"

"아니오, 일단 정벌이 시작되면 각 왕부에 연락을 보내어 지방군 중에서 무술 실력이 뛰어난 자들을 5만씩 뽑아 들일 것이오. 그러면 25만을 만들 수 있소. 그들 중 15만을 정벌에 동원하고 나머지 10만을 각 요처의 수비 병력으로 주둔시킬 것이오."

"하지만 그래도 50만입니다. 지금 요의 국경선에는 80만이 배치되어 있고, 후방에 50만이 더 준비되어 있는 상황입니다. 합하면 130만인데 그걸 50만으로 공격한다면 그야말로 이란격석(以卵擊石)이 될 겁니다."

"아니외다. 송에서 동원하는 병력만 50만이고, 정안국에서 3만, 고려에서 20만, 여진의 각 부족장들도 군사 지원을 약속했소. 여진족들만 합해도 30만은 될 것이오. 그렇게 되면 총 103만이 될 거요."

마룡 대장군의 반응은 약간 냉소적이었다.

"엄청난 대군이군요. 하지만 그걸 효과적으로 운영하기는 어려울 겁니다. 또 그 보급은 어떻게 합니까?"

"보급은 각자에게 맡길 것이오. 여진의 군대 중 8만은 북쪽으로, 15만은 중앙으로, 나머지 7만은 고려군과 함께 남쪽으로 진격해 들어갈 것이오. 그리고 정안국의 3만은 본국의 군세와 합류하여 행동하기로 했소."

모두들 이창해 원수의 설명을 듣고 고개를 끄덕이고 있는데, 마룡 대장군이 한숨을 내쉬며 회한에 잠긴 목소리로 말했다.

"총군세 103만이라고 해도 걱정이 되는군요. 지금 원체 요가 맹위를 떨치는 데다가 몽고 쪽이 문제가 많아서……. 일찍이 요가 발원했을 때 싹부터 잘라 버렸어야 하는 건데, 후회가 되는군요. 찬황흑풍단이 재기하는 동안 변방에 신경을 못 썼더니만 변방의 오랑캐들이 통합할 수 있는 절호의 기회가 되다니……. 더구나 요의 세력이 더욱 강성해진 게 문제요. 일찍이 중앙원수부 소속의 용병대라도 보내어 적절히 요리를 해 놨으면 이 정도 사태에 이르지는 않았을 것입니다."

진길영 원수가 그의 말에 고개를 끄덕였다.

"지금 와서 후회하면 뭘 하겠소? 사실 지금까지 변방 이민족을 정벌하는 데 너무 흑풍단에만 의존했기에 관군의 실전 경험이 많이 떨어져 그것이 문제요. 거기에 이번 전쟁이 장기화되면 국고의 손실도 손실이려니와 가뜩이나 강대한 기마 민족인 몽고가 통합되지나 않을지 걱정이오. 가장 좋은 건 이제 싹이 자라나고 있는 몽고부터 없애 버리는 건데……."

그 말에 옥영진 대장군도 동의했다.

"맞는 말이오. 몽고는 워낙 척박한 기후와 토양에서 자라난 부족들이라 아직 통합이 안 되어서 그렇지 그들이 통합된다면 무시무시한 힘을 발휘할 것입니다. 지금 가장 골칫거리는 서북방에서 칸으로 추대된 철진천(鐵進天)이란 자요. 작은 부족장에서 시작했으나 40여 세가 될 때쯤에는 주변의 부족들을 통합해 강대한 세력으로 키워 낸, 회색 늑대라 추앙받는 용자(勇者)인데, 그가 가장 위험한 인물이죠."

마롱 대장군이 동의를 구한다는 듯 진길영 원수를 바라보며 말했다.
"암살이라도 해 버리면 어떨까요?"
그러나 진길영 원수가 고개를 가로저었다.
"몇 번 시도를 해 봤지만 원체가 척박한 땅이라 실패했소. 암살자들이 그가 위치한 곳까지 도착이나 했는지도 알 수 없는 상황이오."
옥영진 대장군이 진길영 원수에게 물었다.
"그런데 황제 폐하께서는 이번 요에 대한 선제공격을 어떻게 생각하고 계신가요? 예전에는 큰일이 있을 때마다 함께 상의를 해 주시더니 요즘은 통……."
"그놈의 간신배 엄승(嚴承)이 농간을 부려 아직도 결정을 못 하고 계시오. 아시다시피 엄승은 왜 그런지 몰라도…, 아니 아마 요에서 뇌물이라도 받아 처먹었는지도 모르지. 그놈은 요와 화친해야 한다고 주장하고 있소이다. 그가 옆에서 감언이설(甘言利說)로 황제 폐하를 부추기니 말발이 달리는 무장들이 재간이 있겠소이까?"
마룡 대장군이 함께 울분을 터뜨렸다.
"겨우 애첩의 오라비 주제에 정사는 물론이고 군무에까지 깊숙이 관계를 한다는 건 너무한 일이오."
한심하다는 듯이 이창해 원수가 혀를 찼다.
"쯧쯧, 황제 폐하께서도 예전엔 그렇지 않으셨는데 엄 귀비(貴妃)에게 빠지신 다음부터 정사를 등한시하시니 원……. 나이도 드셨는데 황태자께 양위를……."
그러자 진길영 원수가 그의 말을 제지했다.
"이 사람이 큰일 날 말을……. 말조심하게나. 잘못 확대되면 역적의 누명을 쓸 수 있어."

그러자 발끈한 이창해 원수가 말했다.
"말이야 바른 말이 아니오? 엄승이 지금 금의위의 수장까지 자신의 친족으로 바꾸려고 물밑 작업을 벌이고 있단 말이오."
옥영진 대장군이 고개를 가로저었지만 자신은 없는 듯 부정하지는 못하며 중얼거렸다.
"설마, 장 대영반이라면 자타가 공인하는 충신이신데 그를 내치실 리는……."
"앞일은 그 누구도 예상할 수 없는 것. 그렇게 된다면 조정의 모든 정보를 엄승이 쥐게 되는데, 그때는 말 한마디만 실수해도 살아남기 힘들게 될 거요."
"……."
"말세로군. 성군으로까지 불리셨던 분께서 어째서 만년에 이르러 이런 큰 실수를 하시는지……."

엄승의 제지로 모든 준비를 갖추고도 출정 명령이 떨어지지 않아 요에 대한 정벌은 차일피일 미루어지고 있었다. 이미 동북방의 모든 방위는 지방군에게로 이양된 상태였고 어림군은 북경 외곽에 집결해서 요와의 전쟁 준비에 여념이 없었다. 이때 중경의 정군관에 낭보가 날아들었다. 낭보를 접하자마자 대장군 이상 고위 장성들에게 정군관에 집합하라는 명이 내려왔다.
탁자 위에 그려진 넓은 지도. 요나라 위에 있던 많은 인마(人馬)의 모형들이 사라지고 없어졌다. 그것은 거의 50만에 가까운 병력이 없어졌다는 걸 나타냈다. 그 사실을 확인하는 수많은 장수들의 얼굴에는 기쁨이 넘치고 있었다. 그걸 재확인하는 듯이 정군관의 수장인대사마(大事磨) 진길영(晋吉領) 원수가 미소 띤 얼굴로 입을 열었다.
"고려에서 희소식이 도착했소. 송과 싸우기에 앞서 뒤를 튼튼히 하기 위해 고려 정벌에 나섰던 요의 군사 50만을 고려의 맹장(猛將) 강감찬이 대파하여 살아 돌아간 수가 수천뿐이라고 하오."
마룡 대장군이 의아하다는 듯이 물었다.
"도대체 어떤 기책(奇策)을 썼기에 50만이 수천으로 줄어든단 말입니까?"
"정보에 의하면 대단히 치밀한 작전에 녹아난 것 같소."
"대체 어떤 작전입니까?"
"우선 침입 예상로에 있는 모든 민가를 철수시켜 식량의 노획을 막았다고 하오. 그리고 상대가 깊이 들어올 때를 기다려 소수의 복병으로 보급로를 공략하여 철저히 식량 보급을 차단했으니 자연 사기가 떨어질 수밖에 더 있겠소?"
"묘책이군요."
마룡 대장군의 수긍에 이창해 원수가 그건 아무것도 아니라는 듯한 표정으로 말했다.
"그렇게 대단한 작전도 아니군요. 삼척동자도 다 아는 〈삼국지〉에서 나오는 작전이 아닌가요? 촉나라에서 유비에 대항하기 위해 사용하려고 계획했던 겁니다. 겨우 그런 작전에 녹아나다니, 오랑캐들이란······."
진길영 원수가 그의 말을 듣고는 잘못된 점을 상세히 지적했다.
"그렇지 않소. 누구나 그 작전을 알고는 있지만 막상 실행하기는 힘들지요. 그 많은 주민들의 생활 터전을 없애고 철거시켜야 하는데, 이게 보통 배짱이 없고서는 밀어붙이기 힘들기 때문이오. 〈삼국지〉에도 유장이 그 계책을 사용하면 백전백승할 터인데도 백성을 생각해서 차마 그렇게 하지 못했다고 쓰여 있소. 그에 비하면 그 강감찬이란 장수는 정말 대단한 인물임에 틀림없소."
"정말 대단하긴 하군요. 백성의 안위는 살피지도 않고 가장 지독한 전쟁법을 택한 걸 보니……."
"허허, 너무 그런 식으로 말씀하지 마시오. 저쪽도 국가의 운명을 건 전쟁이라 그랬을 거외다. 강감찬은 보급을 막은 연후에 각 지점에서 화공이나 기습 공격을 가해 적을 피곤하게 만든 후 그들이 지나가는 길목의 둑을 터트려 일거에 치명타를 가했다고 하오. 하지만 50만 대병이나 되니 겨우 강둑 하나 터졌다고 그렇게 큰 타격이 될 리는 없지요. 요의 대병을 지휘한 대원수 소배압은 그래도 침략의 의욕을 잃지 않고 계속 남하하다가 끝내는 보급 문제와 지속적인 기습에 사기가 극도로 떨어져 후퇴를 시작했다고 하오. 강감찬 장군이 상당한 손실을 입고 퇴각하는 적을 지속적으로 끈질기게 물고 늘어지면서 추격전을 편 결과 50만 대군 중에서 살아서 돌아간 자가 겨우 수천에 이른다고 들었소이다."
그 말을 들은 장군들은 모두들 고개를 끄덕이며 감탄했다.
"고려는 이번까지 세 번에 걸친 요의 대규모 침입을 받았소. 소국으로서 그 정도 손실만 입으며 요의 병력을 막아 낸 것은 단순히 기적이라고 할 수는 없지요. 고려의 승리는 하늘의 도우심이니 우리는 이 기회를 놓치면 안 되오. 요에 대한 우려는 잠시 접어 두어도 되니 작전을 변경하여 자라나는 싹 몽고의 철진천부터 없애 버려야 하오. 30만에서 40만 정도 어림군을 투입하면 곧이어 결판이 날 거외다. 그런 다음 병력을 돌려 요를 멸할 것이오. 요와의 전쟁에는 이미 여진의 족장들이 지원을 약속했고 고려도 전쟁에 지치긴 했지만 우리의 출진 제의를 거절하지는 못할 거요."

진길영 원수의 대략적인 설명에 중앙원수부의 부원수인 임청(任淸) 대장군이 조심스럽게 말했다.

"요는 강대한 국가라 전쟁이 얼마나 오래 갈지 모릅니다. 거기에 거란족은 유목 민족이라 거의 대부분의 장정이 훌륭한 군인이라고 봐도 무방하지요. 아무리 50만이 없어졌다고 하지만 새로이 병력을 모아 버틴다면 장기전이 될 수밖에 없을 것입니다. 너무 전쟁이 오래 지속되면 민심이 흉흉해질 테니 그게 문제로군요."

"민심이 조금 흔들리는 건 큰 문제가 되지 않소."

"그래도 지속적으로 전쟁을 벌이는 건 위험합니다."

임청 대장군의 의견에 마룡 대장군도 찬성의 뜻을 나타냈다.

"맞습니다. 모든 군사력이 요에 가 있는데 만약 민란이라도 벌어지면 진압하기도 힘듭니다. 그 강대했던 한나라도 겨우 황건적 때문에 망했는데 송이라고 그런 일이 벌어지지 않으란 법은 없소이다."

정북원수부에서 작전 상의차 수도에 온 공상지(孔相支) 대장군이 여태까지 가만히 듣고 있다가 말했다.

"그렇습니다. 그리고 본국에서 몽고를 친다면 요의 황제도 바보는 아니니까 우리들이 자신을 치기 전에 뒷정리를 한다는 사실을 눈치 챌 것입니다. 그들이 선제공격을 해 온다면 우리 측의 피해는 더욱 커질 겁니다.

그러지 말고 몽고와 요를 동시에 공격하는 것이 어떻겠습니까? 그러면 지금 요는 크나큰 피해를 입은 상황이니 단시간에 군사력을 재편하기 어려울 것입니다. 초반에 승세를 탄다면 주변의 약소한 유목 민족들을 회유하기도 쉬울뿐더러 그들을 전장에 투입하면 더욱 피해가 적어질 것입니다. 그리고 동시에 전투를 시작하니까 몽고를 끝내고 요로 들어가는 것보다 전쟁 기간이 훨씬 줄어들 겁니다."
 공상지 대장군의 의견을 듣고 진길영 원수가 한숨을 내쉬었다.
 "좋은 생각이오. 하지만 딱히 몽고에까지 파병할 병력의 여분이 없소."
 이때 옥영진 대장군이 나섰다.
 "몽고는 소장이 책임지겠소이다. 1만 명만 지원해 주면 되오. 강노(強弩) 2백 틀과 보병만 주면 됩니다. 흑풍단이 기병대이긴 하지만 그래도 강노의 지원이 있다면 피해가 적을 거외다. 그리고 2만의 병력을 동원하는 것이니 군량도 많이 필요 없소. 아마 지금 몽고 국경에 저장된 군량미만 가지고도 충분하리라고 생각되니 총력을 요와의 전선에 투입해도 될 것이오."
 옥영진 대장군의 말이 떨어지자 진길영 원수가 임청 대장군에게 물었다.
 "정북원수부에서 1만 정도를 빼내도 상관없겠소?"
 "예, 1만이 아니라 5만이라도 상관없소이다."
 "알겠소, 임 장군."
 진길영 원수는 고개를 끄덕이더니 옥영진 대장군에게 말했다.
 "고맙소, 옥 장군. 그대가 몽고를 책임져 주시오. 정북원수부에서 1만 어림군을 뽑아 가시오. 정북원수부의 남은 19만 어림군은 예비 병력으로 사용할 예정이니까 필요하면 더 요청하시오. 그리고 될 수 있다면 몽고 원정을 빨리 끝내 줄 수 있겠소?"
 "흑풍단을 따로이 사용하실 데가 있습니까?"

진길영 원수가 약간 곤란하다는 듯한 표정을 지었다.
"실은 이창해 원수와 함께 새운 기밀 작전이 있어서 그러오."
"소장들에게도 기밀입니까?"
그러자 이창해 원수가 너털웃음을 터트렸다.
"허허허, 아니오. 이번 기회에 노부는 요뿐만 아니라 여진까지 정벌할 생각이오. 그 때문에 모든 정벌이 끝나려면 시간이 많이 걸릴 거요. 그동안 새외 이민족들의 움직임을 옥 대장군이 차단해 주셨으면 좋겠소이다."
"여진까지라뇨?"
"여진도 지금 제법 큼직한 부족장들이 나타나고 있소. 그래서 이번에 여진의 부족장들에게 압력을 가해 병력을 차출해 요와의 전쟁에서 소모시키고, 요와 전쟁이 끝나면 여진까지 정벌하고 돌아올 생각이오. 그리고 이번에 몽고 원정에서 사정을 봐주지 말고 그들을 패퇴시켜 다시는 중원을 넘볼 생각을 하지 못하게 만들어 주시오."
"알겠소이다. 그런데 대사마께서는 엄승의 반대를 어떤 방식으로 뚫으실 요량이신지?"
그러자 진길영 원수가 대답했다.
"우선 일을 만들어서 엄승을 이레 정도 정령산(靖靈山)으로 보낼 생각이오."
"정령산이라면?"
"그렇소, 국가의 다급한 일이 있다든지 할 때 하늘에 제사 지내는 곳이지요. 요의 대군을 고려가 다행히 격멸한 고로 한동안 국가가 평안하게 되었으니 하늘과 조상님들에게 감사를 올려야 한다고 황제 폐하께 상소할 생각이오. 그리고 황제 폐하께 그 적임자로 엄승을 추천할 거요. 감사제의 제사장(祭司長)이 된다는 것은 대단한 영광이니 엄승을 좋게 보시는 황제 폐하도 찬성할 것이라 생각하고 있소."

모든 장수들이 탄복했다.

"묘책이군요."

"사흘 동안 제를 올릴 것이고, 정령산까지 오가는 데 나흘 정도 걸리니까 이레라는 시간이 나오게 되지요. 그동안에 집중적으로 황제 폐하께 간한다면 허락을 받아 낼 수 있을 것이오. 어디 이보다 더 좋은 의견이 있거나 아니면 보충할 만한 점이 있다면 말씀을 해 주시오."

마룡 장군이 갑자기 생각났다는 듯이 말했다.

"참! 정령산에서 조금 떨어진 의양성에 엄 귀비의 생가가 있으니 황제 폐하께 몇 가지 좋은 물건을 준비해 엄 귀비의 생가에 하사하는 게 좋겠다고 상소하는 겁니다. 그리고 엄승이 제사를 지내러 가는 길에 하사품도 가지고 가는 것이 좋을 것이라고 상소한다면 그도 가지 않고는 못 배길 것입니다."

"그것도 묘책이외다. 둘 다 사용해 보기로 합시다."

행운의 여신 II

 귀가한 옥영진은 국광과 옥항을 불렀다. 옥영진이 그들을 데리고 간 곳은 그의 서재였다. 서재는 언제나 그렇듯이 단출한 꾸밈새에 여러 가지 무기들과 무구(武具)들이 놓여 있었다. 한 구석에는 몇 가지 새로이 가져다 놓은 것들이 있었는데, 두 벌의 갑옷과 그에 따른 여러 가지 부속 장비들, 또 새로운 무기들이 몇 개였다. 옥영진은 그 앞으로 그들을 이끌었다.
 "곧 몽고와의 전쟁이 벌어질 거야. 그때 나는 너희들을 데리고 가고자 한다. 둘 다 전쟁터는 처음일 테니… 노부가 몇 가지 준비해 온 것이 있는데, 마음에 드는 걸로 골라 보게나."
 옥항은 신품의 흑색 갑주 앞에서 두근거리는 마음을 억누르지 못하고 살며시 손을 댔다. 옥영진이 그 모양을 보더니 고개를 저었다.
 "그 갑주는 국광의 것이고 네 것은 저것이다."

옥영진이 지목한 갑주는 한눈에도 국광의 것보다도 더욱 두터운 강철로 만들어져 있었다. 슬며시 한번 만져 본 옥향이 항의했다.

"이건 너무 무겁다구요. 이걸 입고 어떻게 싸워요?"

"국광에게는 이미 물어보고 구해 온 게야. 국광은 워낙 무공이 높아 갑옷 따위가 별 필요 없지만 너는 달라. 이 정도가 아니면 빗발치는 화살 속에서 살아남기 힘들지."

그때 국광이 이것저것을 보더니 직경 1척 정도의 방패를 가리켰다.

"저건 뭔가요?"

"저건 손에 장착하는 '착완순(着腕盾)'이라는 작은 방패야. 한번 사용해 보겠나?"

옥영진은 직접 국광의 왼손에 착완순을 붙여 줬다. 일반 방패와는 달리 이건 넓은 가죽끈으로 단단히 팔에 고정해서 사용하게 되어 있었다. 착완순은 손목부터 시작해서 팔꿈치를 약간 벗어날 정도의 크기로, 손목을 자유로이 쓸 수 있도록 고안된 것이다.

착완순을 부착한 상태에서도 활을 쏘거나 검을 사용할 수 있는 장점이 있지만, 그 크기가 작기에 방어할 수 있는 폭이 한정되므로 일반 어림군에서는 사용되지 못하고 무공이 뛰어난 흑풍단의 무사들에게만 주어지는 독특한 방어 병기이다. 착완순으로 막을 수 없을 만큼 화살이 비 오듯 쏟아지면 손목까지가 자유롭기에 말에 매어 놓은 넓은 방패를 잡아서 사용할 수도 있으므로 무사들에게 아주 호평을 받는 몇 안 되는 장비 중 하나였다.

국광은 착완순을 왼손으로 통통 쳐 보았다.

"뒤쪽에 부드러운 안감을 대서 충격이 적군요."

이번엔 옆에 놓여 있는 5척 길이의 마상용(馬上用) 장도(長刀)의 긴 자루를 두 손으로 잡고 휘둘러 보았다.

"도를 사용하는데도 거의 착완순이 방해되지 않는군요. 잘 만들어진 방패입니다."

"그렇지. 하지만 아쉽게도 더 이상 면적을 크게 만들 수 없어서 동작이 느린 일반 사병들은 사용할 수 없어. 그래, 그 장도(長刀)는 마음에 드나? 항아는 창을 사용하지만 자네는 오직 검밖에 안 쓰길래 마상용 장도를 가져왔네."

"아주 좋군요. 무게도 알맞습니다."

국광은 이리저리 시선을 돌리다가 한쪽 구석에 놓여 있는 괴이한 물건을 보았다. 그건 착완순처럼 팔에 붙이도록 만들어져 있지만 착완순처럼 둥근 방패가 붙은 게 아니라 삼각형의 긴 쇠막대기가 붙어 있다는 점이 달랐다. 모양만으로 봤을 때 팔에 장치하여 사용하는 것은 분명했다. 길이도 다양했다. 어떤 것은 길이가 반 척 정도 되었고, 어떤 것은 1척 정도 되기도 했다. 1척 3촌 정도 길이에 끝 부분이 유연하게 휘어져 올라간 이상한 것도 있었다. 국광은 그중 하나를 집어 들었다.

"이건 뭡니까?"

"그건 검지판(劍止版)이라는 거야. 이렇게 쓰지."

옥영진은 그걸 오른손에 감아 보여 주었다.

"착완순은 왼팔에 장착하지만 착완순 자체가 넓은 물건이라 검을 사용할 때 자연 속도가 떨어지지. 그래서 만들어진 게 이 검지판이야. 이건 검을 쓰는 오른팔에 장착해서 상대방 검이나 창을 막는 거지."

국광이 검지판을 이리저리 만져 보고 있는데 옥영진이 덧붙였다.
"상대방의 검이 옆으로 흐르는 걸 방지하기 위해 검지판 위에는 요철의 문양을 만들어 놓았네."
"아, 예……."
"자네처럼 무공이 강한 사람이라면 몰라도 대부분 무공이 그렇게 강하지 못한 사람은 마상 전투에서 갑자기 날아오는 적의 검을 피하거나 막기는 어려워. 그때 이 검지판을 이용하지. 말을 타고 있는 것이 아니고 땅에서 벌어지는 전투라면 단순히 뛰어서 뒤로 물러설 수도 있지만 말이란 놈은 그렇게 주인의 마음에 맞게 잘 움직여 주는 놈이 아니란 말이야. 그래서 만든 거야."
"이건 왜 이렇게 생겼죠?"
이상하게 생긴 검지판을 보고 국광은 고개를 갸웃거렸다.
"직접 장착해 보면 알 수 있지."
그것을 팔에 끼워 주자 국광도 그 이유를 금세 알 수 있었다.
"과연……."
이 검지판은 너무 길어서 손의 움직임에 지장을 주기 때문에 일부러 손목이 시작되는 부분부터 완만하게 휘어져 올라가 손목의 움직임에 방해를 주지 않도록 만들어진 것이었다. 그리고 검지판에는 검의 흐름을 방지하기 위해 요철의 문양 외에도 삼각형 쇠막대의 곳곳을 장식하는 우아한 음양각 문양이 품위를 더하고 있었다.
"노부도 이것 덕분에 목숨을 구한 적이 있어. 검지판과 착완순은 수많은 전투를 겪으면서 만들어 낸, 흑풍단만이 가지고 있는 방어 장비지. 보통 이민족 정벌에 나서면 일대일의 대결은 꿈도 못 꿔……. 대부분이 최소한 세 배, 네 배 이상의 적들을 상대하게 되니까 난전(亂戰)에서 사용할 수 있는 여러 가지 장비가 발달할 수밖에 없었지. 마음에 드는 것들을 준비해 두게나. 아마 늦어도 닷새 이내에는 출동하게 될 테니까……."

국광은 약간 귀찮다는 투로 말했다.

"이런 걸 꼭 해야만 합니까?"

"자네가 하기 싫으면 어쩔 수 없지만, 모두 장비를 갖추니까 자네만 맨몸이라면 이상하게 생각할 거야."

그러자 국광은 잠시 생각하더니 1척 정도의 짧은 검지판 두 개를 집어 들었다.

"그러면 저는 이 두 개만 하죠. 그래도 걸리적거리지는 않을 것 같으니까……."

"좋을 대로 하게나. 하지만 항아, 너는 이거, 이거, 이것들 모두 착용해라. 이건 할애비로서 명령이야."

4일 후 황제로부터 무력 정벌에 대한 윤허가 떨어졌다. 송의 주력 부대는 요와의 국경선으로 급속도로 이동하여 재배치되기 시작했으며, 찬황흑풍단은 요와 전쟁 중에 있을지도 모를 몽고의 변란을 사전에 억제하기 위해서 몽고 국경 지대를 소탕하는 임무를 띠고는 북상하기 시작했다. 흑풍단은 사전에 요를 자극하지 않기 위해 요와 전쟁이 시작된 후에 몽고를 치라는 지시를 받았기에 그 이동 속도는 느렸다. 중경에서 몽고까지는 그렇게 멀지 않았지만 요까지는 멀어서 핵심 장수들이 급히 출발하여 국경에 배치된 자신의 부대로 돌아가는 데는 상대적으로 많은 시간이 걸렸기 때문이기도 했다.

찬황흑풍단의 모든 장병은 검은색 갑주를 착용한다. 방패도, 말에 입히는 마갑(馬鉀)도 검은색……. 흑풍단이라는 이름에 맞게 검은색 일색이다. 흑풍단의 군기(軍旗)마저도 검은색이다. 검은 바탕에 금실로 수놓은 '皇(황)' 자가 흑풍단의 가장 호화로운 색깔이었다. 흑풍단은 1천여 명씩 열 개 부대로 나뉘고, 그 천인대(千人隊)는 다시 열 개의 백인대(百人隊)로, 백인대는 열 개의 십인대(十人隊)로 나뉜다.

각 부대에는 장(長)이 있어 자신보다 높은 장(長)의 명령을 전달받은 즉시 하부의 장(長)들에게 지시하기 때문에 어느 부대보다 빠른 행동력을 보인다. 이건 찬황흑풍단만이 가진 독특한 구성으로, 상부의 명령이 신속히 하부까지 전달되도록 만들어진 장치였다. 흑풍단처럼 소수 정예 부대를 효과적으로 활용하려면 상부의 명령에 따라 그 하부 병력들이 신속히 움직이도록 하는 것이 최우선이었다.

열 개의 천인대는 네 개의 전군(前軍), 네 개의 중군(中軍), 두 개의 후군(後軍)으로 나뉘어 진격했는데, 후군은 휘하에 배속된 어림군 1만 명과 각종 보급 물자와 2만여 필의 말을 수송하는 수송대의 호위 임무도 함께 수행했다. 흑풍단은 기병대였기에 만일을 대비하여 각자 세 필씩의 전마(戰馬)가 배정되었고, 따라서 말들을 보호하는 것은 아주 중요했다.

전군(前軍)은 그중 한 개의 천인대를 십인대 1백 개로 잘라 부챗살 모양의 정찰망을 펼쳐 불의의 기습에 대비한 정찰 진용을 훈련하면서 이동하기 시작했다. 사실 옥영진 대장군의 말대로 찬황흑풍단은 기습을 받지 않는 한 쉽사리 패배할 부대가 아니었기에 그 휘하의 장수들도 기습을 받지 않도록 힘을 다했다.

시간은 충분했으므로 옥영진 대장군은 일종의 기동 훈련도 겸해서 이동했는데, 그 와중에 옥영진의 골치를 썩이는 부대가 사륙(四六) 백인대(百人隊)였다. 흑풍단에서는 각 부대들을 지칭할 때 숫자를 사용한다. 각 부대들은 일정한 규칙을 가지고 잘라져 있기 때문에 그 위쪽부터 숫자를 붙여서 나가면 하나의 부대 이름이 되는 것이다. 예를 들어 칠칠(七七) 백인대라고 한다면 제7천인대(第七千人隊) 소속의 제7백인대(第七百人隊)가 되는 것이다. 그리고 그중의 제8십인대를 말하려면 칠칠팔 십인대라고 하면 된다. 전투 중에도 이런 식으로 손쉽게 구체적으로 소부대까지 지칭할 수 있기에 이런 약식 명명법은 꽤 인기리에 사용되고 있었다.

옥영진 대장군의 골칫거리인 사륙 백인대는 개개인의 실력은 상당히 뛰어나지만 고관의 자제라거나 아니면 무림에서 약간 명성을 얻었다고 위세를 부리느라 대체적으로 말 안 듣는 녀석들만 모아놓은 부대다. 거기에 다루기 힘든 여자 애들까지 25명이나 속해 있었다.

원래 무공의 자질로 단원을 뽑는 것이 흑풍단이다 보니 무공이 뛰어나면 여자라고 안 받을 도리가 없었다. 하지만 이들을 받고 보니 제멋대로인 계집들이 몇 있어서 후회막급이 아닐 수 없었던 것이다. 그래서 혹시나 하는 기대를 가지고 대장 자리를 비워 뒀다가 국광에게 맡겼는데 역시나 통제가 안 되고 있었다. 하기야 국광 자체도 통제 불능의 인간이었으니……. 그렇다고 다시 백인대장을 갈아 치우기도 뭐하고 해서 속만 끓이고 있는 것이다.

처음 기동 훈련이 끝나고 국광에게 세 명의 여자가 포함된 열 명의 십인대장들이 몰려왔다. 갑주를 입혀 놓고 보니 껴입은 것이 많아서 그런지 사낸지 계집인지 알아낼 방법이 없었다. 모두 돼지만큼 뚱뚱한 모양으로 숨을 쉴 때마다 비늘 갑옷이 약간씩 부풀어 올랐다가는 다시 가라앉았다.

계집들은 역시 계집인지라 약간의 모양을 내긴 하지만 그래도 검에 장식한 수실을 좀 화려한 걸 쓴다거나 아니면 검지판이나 착완순의 문양이 화려한 정도이다. 그나마 그건 모두 다 검은색에서 음양각의 문양이나 차이가 날 뿐인 데다가 사내 녀석들 중에서도 그 정도의 화려함을 즐기는 인간들은 많으니…….

상대를 알아낼 것이라고는 갑옷에 그려진 각 천인대, 백인대, 십인대를 표시하는 숫자밖에 없었다. ―국광은 제4천인대, 제6백인대에 속해 있어서 그의 갑옷에는 「四六(사륙)」이라고 표시되어 있었다.― 흑풍단에서는 그 문양이나 숫자가 적게 그려진 사람이 가장 끗발이 높은 사람이었으니, 단주나 부단주는 아무런 표시도 없는 갑주를 입고 있었다. 그리고 각 천인대장들은 한 자리 숫자만 쓰인 갑주를, 백인대장들은 문양 뒤에 두 자리 숫자, 최고 말단이라고 할 수 있는 십인대의 대원들은 무려 네 자리 숫자의 번호를 달고 있었다.

솔직히 국광의 수하로 있는 자들에게 국광이 곱게 보일 리가 없다. 전술 기동에 대해 상세히 잘 아는 것도 아니고 또 그렇다고 무공이 높아 보이지도 않는다. 송에서 무장들은 검을 단전 옆, 그러니까 완전히 옆구리는 아니고 그렇다고 정면도 아닌 조금 앞쪽에 착용한다. 하지만 이 녀석은 건방지게도 야만족들처럼 검을 엉덩이 부분에 걸릴 정도로 뒤로 달고 있었다. 거기에 모두 착용하고 다니는 착완순은 어디 갔는지 보이지도 않고 검지판 두 개만 덩그러니 감고 있는 데다가, 갑주를 입은 꼬락서니를 보아하니 엄심갑이나 기타 보호구는 입지도 않고 얄팍한 경갑주만 '체면상 입어 준다'는 듯 입고 있었다.
 이런 꼴을 보니 묵직한 철갑들을 주렁주렁 달고 있는 그들로서는 뱃속이 뒤틀리지 않을 수 없다. 옥영진 대장군의 후광으로 들어와서 대장 노릇을 하는 모양이라고 생각했으나, 그들도 믿는 구석들이 있어 그런 것에 주눅 들 사람들이 아닌지라 한판하러 온 것이다.
 그들 중에서 선두에 선 인물이 말했다. '四六三(사륙삼)'이라는 숫자로 보아 제3십인대의 대장인 냉비화녀(冷飛花女) 마화(馬花)임이 분명했다. 투구 속에서 여자의 가는 목소리가 흘러나와 국광의 짐작이 정확했다는 걸 말해 줬다. 마화는 북동원수부 부원수인 마룡 대장군의 손녀로서 대단한 무공을 지닌 여걸이었으며, 외호와는 달리 성격이 급하면서도 호탕했다. 국광이 나타나지 않았다면 사륙 백인대의 대장이 될 것이 확실시되는 여걸이었기에, 아무것도 할 줄 모르는 서생 같은 국광이 대장 자리를 차지하자 화가 머리끝까지 올라 십인대장들을 이끌고 항의하러 온 것이다.
 "이봐, 신참! 너 전투교본(戰鬪敎本)을 읽어 보기나 한 거야? 흑살천마진(黑殺千馬陣)을 아예 모르고 있잖아?"
 "흠…, 이제부터 읽어 볼 생각이다. 그러니 그런 잔소리라면 집어치우고 해산해."
 "뭐라고? 이게 정말, 단장 나으리의 후광을 믿고 까부는 거냐!"
 마화는 허리에 찬 검을 뽑았다. 검 손잡이 끝에 묶인 붉은 수실에는 비취로 만든 작은 꽃송이가 매달려 있었는데, 이것이 그녀의 외호가 만들어진 기원을 알려 주고 있었다. 그 검은 대단히 좋은 보검으로 그녀가 검을 뽑자 싸늘한 예기가 뻗어 나왔다. 모두 흠칫하는 표정들이었으나 정작 국광은 무표정하게 마화를 쳐다볼 뿐이었다.

"어쭈, 내가 찌르지 못할 거라고 생각하는 모양인데······."

"네가 찌르고 안 찌르고는 상관없고, 너희 모두가 다 덤벼도 나를 어떻게 할 수는 없어. 모두들 닥치고 돌아가!"

싸늘한 대답을 남긴 국광이 몸을 돌리자 분기탱천한 마화가 검을 찔러 들어왔다. 국광의 비웃는 듯, 깔보는 듯한 대답을 듣자 자신이 한가락 한다고 생각하고 있던 나머지 십인대장들도 심화가 치밀어 말릴 생각은 접어 두고 두 사람의 격돌을 지켜보았다.

국광은 왼편으로 몸을 틀어 마화가 찔러 오는 검을 살짝 피하면서, 흥분한 나머지 너무 깊이 들어온 마화의 투구 뒤통수를 손목까지 올라와 있는 왼손의 검지판으로 후려쳤다.

퍽!

엄청난 소리와 함께 마화는 거의 1장여나 날아가서 저쪽에 철퍼덕 떨어졌으나 곧 튕겨 오르듯 일어섰다. 아무리 검지판을 이용한 일격이었다고 해도 투구를 때린 것이기에 그녀에게 큰 타격은 없었던 것이다. 하지만 심한 충격으로 뒷부분이 찌그러든 그녀의 투구는 날아가 버렸고, 안면보호대 위로 오똑한 콧날과 아름답지만 타고난 성깔을 나타내는 쌍심지 돋은 두 눈과 길고 부드러운 머리카락이 드러났다.

"흥! 태극권(太極拳)? 제법 재주가 있었군. 검을 뽑아랏!"

엄청난 분노를 억누른 목소리였지만 돌아오는 것은 건조한 대답 뿐이었다.

"알아서 뽑을 테니 좋을 대로."

"흥! 적수공권이라고 봐줄 거라는 생각은 마랏."

말이 끝나기가 무섭게 국광의 왼쪽 가슴을 향해 섬전과 같은 일초가 날아왔다. 국광이 왼손의 검지판을 이용해 막는 그 순간 검은 방향을 바꿔 원을 그리며 그의 허리 아랫부분을 쓸었다.
"제법 괜찮군."
국광은 왼손을 내려 검지판으로 검을 막으면서 그대로 오른발을 마화의 아랫배를 향해 날렸다. 마화는 급히 몸을 왼편으로 틀었으나 국광은 피하는 마화에게 두 번째 발차기를 날렸다.
퍽!
단전에 엄청난 충격을 느끼며 마화의 몸이 붕 날아 다시 1장여를 날아오르더니 뚝 떨어졌다. 두터운 갑옷을 입고 있었기에 각법에 의한 충격은 그렇게 크지 않았으나 갑옷의 무게를 더해서 떨어져 내린 충격은 대단한 것이었다. 그러나 마화에게는 그 충격보다도 자신의 자존심이 패대기쳐진 것이 더욱 억울했다. 다시 일어서는 마화의 몸에서는 짙은 살기(殺氣)가 흘러나오기 시작했다.
마화가 검을 꽉 잡고 자세를 가다듬는 순간 국광의 태도가 달라졌다. 국광은 천천히 검을 뽑았다. 그 검은 짙은 묵빛의 특이한 검으로 장식 없는 수수한 검집이 형편없는 싸구려처럼 보여 아무도 주의하지 않았으나 언뜻 봐도 대단한 보검이었다. 천천히 검을 뽑아 앞으로 내밀며 대강의 수비 자세만 잡았는데도 그에게서 느껴지는 기운은 검이 없을 때와는 판이하게 달랐다. 엉성하게 보이는데도 빈틈이라고는 찾기 힘들었기 때문이다. 아니, 어쩐 일인지 압도되어 빈틈이 보여도 들어갈 자신이 없었다고 말하는 편이 옳을 것이다.
"네가 살기를 품는다면 나도 어쩔 수 없지……."
엉성하게 앞으로 뽑아낸 묵빛 검에서는 더욱 강렬하게 묵빛이 흘러나오기 시작했다. 그걸 바라보던 십인대장들 중 한 명의 입에서 힘 빠진 듯한 목소리가 새어 나왔다.
"어기충검(御氣充劍)……."
살기를 내뿜고 필살의 검법을 펼치기 위해 자세를 잡았던 마화의 검은 어느새 슬금슬금 내려오고 있었다. 자신의 실력으로 저 정도의 고수를 상대하기는 힘들다는 것을, 아니 불가능하다는 것을 본능적으로 느꼈던 것이다. 어기충검이라면 신검합일은 통과했고 어검술(御劍術)에는 못 미치는 절정고수들이 펼치는 절예다. 화경(化境)에 근접한 고수들만이 펼칠 수 있는 고급 검법이었던 것이다. 마화의 살기가 사라지자 국광은 아무 일 없었다는 듯이 검을 집어넣으면서 말했다.
"싸울 의사가 없으면 해산해라."
돌아서서 자신의 막사로 돌아가는 국광을 경악한 눈으로 보며, 힘없는 목소리로 마화가 중얼거리듯 말했다.
"너는 누구냐……."
국광이 아무 말 없이 멀어져 가자 째지는 음성으로 악을 썼다.
"누구냔 말이다!"
하지만 국광은 가 버렸고 멍청히 서 있는 마화에게 주위에 남은 십인대장들이 모여 들어 어깨를 툭툭 치면서 위로했다.
"저 정도의 고수라면 져도 창피할 거 없어."
"맞아요. 저 정도 고수라면 무림을 10년간 헤매고 다녀도 만나기 힘들어요. 비무를 했다는 것만으로도 영광이라구요."
"실망하지 마요."
그들의 목소리를 흘려들으며 마화는 다른 생각을 하고 있었다.
'도대체 저 정도의 고수가 무슨 할 일이 없어서 흑풍단에 들어온 거지? 겨우 장군이란 칭호를 받고 싶어서? 무림에 나가면 부귀와 공명이 함께할 텐데, 겨우 그것도 백인대장으로……. 도저히 믿을 수 없어.'

마화는 이윽고 입을 열었다.

"아니…, 믿지 못하겠어. 저 녀석이 누군지 단장에게 물어봐야겠어."

그러자 옆의 십인대장이 말했다.

"미쳤냐? 대장군이 무슨 할 일이 없어서 너를 만나 준다는 거야?"

"내 성격에는 안 맞지만 할아버지의 이름을 팔아서라도 물어봐야겠어."

"휴…, 어쩔 수 없군. 모두 같이 가자. 그러면 만나 주실 거야."

옥영진 대장군은 십인대장들의 요청을 물리치고 싶었지만 그들의 배후에 대단한 인물들이 많았기에 만나 주지 않을 수 없었다. 군례를 올리는 십인대장들을 한심하다는 듯이 둘러보며 옥영진 대장군이 물었다.

"무슨 일이냐?"

마화가 한 발 앞으로 나섰다.

"사륙 백인대장은 도대체 누굽니까?"

옥영진 대장군은 이해가 간다는 눈초리로 덕지덕지 흙먼지가 붙은 마화의 갑옷을 아래위로 훑어보더니 나직이 말했다.

"이미 한판해 보고 알았을 텐데 뭘 물어보나?"

"하지만 소장(小長)은 알아야겠습니다. 그런 고수가 왜 여기 있는지."

그러자 옥영진이 빙긋이 웃었다.

"나에게 빚이 있다면 이해하겠느냐?"
"빚이요?"
"그렇지……. 그는 너희들도 보았듯이 무림인이다. 하지만 개인의 무공만 강할 뿐 집단전에는 별 경험이 없는 것 같다. 그러니 너희들이 그를 잘 이끌어 주어라."
잠시 멍청하게 있던 마화가 그래도 믿을 수 없다는 듯이 말했다.
"하지만 저 정도의 고수가 대장군께 빚이 있다고는 도저히 믿기 어렵습니다."
"그렇다면 할 수 없군……."
그와 동시에 마화의 귀에는 전음이 들려왔다.
〈그는 지금보다 더 대단한 고수다.〉
마화는 경악했다.
"예?"
'그렇다면 도대체 어느 정도나 강하다는 말이야?'
〈어쩐 연유인지 모르나 그는 매우 깊은 상처를 입은 상태로 본좌의 아들에게 발견되었다. 그 덕분에 목숨을 건졌지. 하지만 모든 기억은 잊어버린 상태……. 그래서 근래에 다시 무공을 익혀 저 정도까지 올라간 거다. 하지만 본좌의 생각으로는 자신이 가진 바 모든 실력을 다 발휘하는 것 같지 않아. 이런 사실을 전음으로 말해 주는 이유는 그의 상처를 검사한 모든 이들이 한결같이 그가 암습을 당했다고 하기 때문이야. 그것도 대단히 가까운 상대에게…….〉
마화는 믿어지지 않는다는 듯 전음으로 반문했다.
〈대단히 가까운 상대라구요?〉
〈그렇다. 너같으면 친밀하지 않은 상대에게 네 검을 맡기고 등을 보이겠냐? 그의 상처는 그렇게 만들어져 있었다. 상대를 모르는 만큼 이 사실을 절대로 외부에 유출시키지 마라. 알겠느냐?〉
 마화는 포권을 하며 전음으로 말했다.
 〈목숨을 걸고…….〉
 옥영진의 막사에서 나온 그들은 옥영진 대장군과 마화의 전음을 이용한 대화에 대단한 관심을 나타냈다.
 "언니는 만족할 만한 대답을 얻어 낸 거예요?"
 "응……."
 "그래, 대장군께서 뭐래?"
 "말할 수 없어. 안 그랬으면 전음으로 말할 필요가 없잖아? 하지만 이건 단언할 수 있어. 우리가 만난 대장이 대단한 사람이라는 것."
 "어째 우리가 이번 원정에서 살아남을 확률이 지극히 높다는 말처럼 들리는데?"
 "그래, 행운의 여신이 우리에게 다가온 건지도 모르지."

단편적인 과거와의 만남

 흑풍단은 거의 한 달이라는 시간을 투자해서 국경에 도착했다. 중간에 계속 기동 훈련을 펼치며 왔기 때문에 장병들에게 한가한 행군은 아니었다. 흑풍단 전원이 참여한 기동 훈련과 전군, 중군, 후군 각각의 훈련도 병행되었다. 거기에다 정북원수부로부터 지원받은 1만의 어림군과 통합 방어 훈련도 함께 해서 하루하루가 화살처럼 지나갔다.
 이 한 달여 동안 옥영진 대장군은 변해 가는 국광의 모습을 보며 경악했다. 처음 행여나 하는 생각으로 사륙 백인대를 맡겼는데, 그는 의외로 잘 통제해 나갔다. 거기에 하루가 다르게 수하들을 이끄는 솜씨가 좋아졌으며, 특히나 난전(亂戰)의 상태에서 수하들을 장악하여 지휘하는 실력은 탁월했다. 옥영진 대장군은 얽히고설킨 난전의 상황에서 수하들을 이끌고 가상의 제5천인대의 중앙을 돌파하려고 하는 모습을 유심히 바라보았다.

'저 정도의 상황에서 주위를 둘러보고 수하들을 가장 피해가 덜 가도록 규합하여 이끄는 실력은 그저 타고날 수는 없어. 난전 속에서 주위 상황을 폭넓게 관찰하고, 또 적의 집중 공격이 있을 때는 본대와 뭉쳐서, 공격해야 할 때는 본대와 이탈하며 전광(電光)과 같은 속도로 수하들을 휘몰아치는 저 솜씨. 아무래도 저자는 과거에 상당수의 수하들을 지휘해 본 경험이 있음에 틀림없어. 도대체 저자의 내력이 무엇이기에……'

제5천인대와 제4천인대의 가상 대결은 제4천인대의 압도적인 승리로 끝났다. 제4천인대의 일부가 갑자기 중앙을 돌파하여 제5천인대의 대장을 거꾸러뜨렸기 때문이었다. 그것을 바라보며 옥영진 대장군은 만족스럽게 웃었다. 무공은 뛰어나지만 너무 좋은 출신 배경 때문에 말썽이 끊이지 않던 사륙 백인대가 이제는 흑풍단의 최고 정예로 자리 잡은 것이다.

훈련이 끝나고 국광은 수하의 십인대장들을 불러 모았다. 한 달여가 지난 지금 국광의 실력을 의심하는 사람은 아무도 없었다. 시간이 흐르면서 뛰어난 무공 실력만이 아니라 그 지휘, 통제력에 매료되었던 것이다. 모두 모여 있는데 마지막으로 마화가 헐레벌떡 달려오더니 자리에 앉았다.

"무슨 일입니까, 대장?"

국광은 짐짓 목소리에 무게를 잡았다.

"대장군의 명령이다. 국경선과의 거리는 이제 120리(약 48킬로미터). 오늘부터 여기서 야영하면서 정벌이 시작될 때까지 주둔한다. 내일부터는 어림군과의 통합 훈련에 더욱 역점을 둘 예정이라고 하니 그리 알고 있어라. 훈련에 참여하지 않는 1개 천인대는 적진을 정찰하기 위해 투입될 예정이다. 우선 제7천인대가 갈 거야. 그러니 자네들은 쓸데없는 짓 하지 말고 훈련이 끝나고 나면 수하들을 푹 쉬게 해서 정찰 활동에 대비하도록."

제2십인대의 대장 정상(鄭想)이 눈을 빛내며 물었다.

"대장, 정벌은 언제 시작됩니까?"

"열흘 후다. 지금 들어오는 정보로는 철진천이 이미 대 병력을 소집하여 방어선을 치고 있다고 한다. 아무래도 흑풍단이 국경 근처에 주둔 중이니 신경이 쓰이겠지. 대장군이 계속 훈련을 하는 것도 이게 침략이라는 걸 숨기려는 의도인 것 같으니까……. 몽고에서 따지면 훈련 중이라고 대답하면 될 테고."

여기까지 말했을 때 마화가 약간 기묘한 표정을 지으면서 사정하는 투로 말했다.

"오랜만의 휴식이나 다름없는데… 술을 마셔도 되나요?"

"술?"

술이라는 말이 나오자 입속 가득히 침이 고이면서 냉정하던 국광의 생각이 흐려지기 시작했다.

'술이라… 마시면 군율에……. 하지만, 하지만… 술이라…, 좋지.'

잠시 동안의 머뭇거림이 사라지고 이성보다는 감정의 승리!

"흠……. 어디 구할 데라도 있나? 수하들에게도 나눠 주려면 한두 통 가지고는 어림도 없을 텐데……."

그러자 마화가 웃음을 터뜨렸다. 국광의 얼굴을 보고 지금 그 마음의 움직임을 알아챘다는 듯.

"하하, 수하들 생각은 끔찍이 해 주시는군요. 이미 제가 수하들을 풀어서 대량으로 준비 중입니다. 그 때문에 늦었죠."

"자네, 마음에 드는군. 좋아! 술값은 모두 내가 내지. 나중에 술값을 계산해서 받아 가도록!……. 그래! 좋아. 저녁에는 오랜만에 통쾌하게 마셔 보기로 하지."

"하하하, 통 한번 크십니다. 대장이 오시고 처음 술자린데 함께 마시죠. 수하들에게는 술을 적당량 나눠 주겠습니다. 그 녀석들은 있는 대로 마셔 대니 많이 주면 오히려 내일의 후환이……."

"좋을 대로 하게나. 술을 구하는 대로 본인의 막사에서 만나기로 하지."

그러자 제7십인대의 대장인 창룡객(蒼龍客) 임충(任充)이 나섰다. 그는 무림에서 제법 이름을 날린 적도 있는 검객이었는데, 그래서 그런지 잔머리 굴리는 게 제법이었다.

"아뇨, 대장의 막사는 대장군의 막사와 너무 가깝습니다. 제 막사에서 하기로 하죠."

"좋아, 술이 준비되는 대로 기별을 하게나."

"예."

국광은 잠에서 깼다. 어제저녁 수하들과 통쾌하게 술을 마신 후 마화를 비롯한 네 명의 십인대장이 주량을 이기지 못하고 뻗어 버리자 그들을 각자의 막사에 던져 넣고 돌아와서 잠시 잠이 들었다. 그의 단잠을 깨운 것은 무어라고 꼬집어 말할 수 없는 스산한 기분이었다. 국광은 정신이 들자마자 소리 나지 않게 살며시 묵혼검을 잡았다. 그리고는 자신이 낼 수 있는 최고의 속도로 신법을 전개하여 막사 사이로 몸을 감추며 이동했다.

"방향이 틀린 것 같은데?"

갑자기 등 뒤에서 목소리가 들리자 전방의 막사들을 주의 깊게 관찰하고 있던 흑의를 입은 자는 기겁을 해서 잠시 굳어 버렸다. 그걸 보고 국광이 다시 입을 열었다.

"대장군의 막사는 이쪽이 아니라 저쪽이야. 하기야 그 사실도 여기서 살아나가야 필요하겠지만……."

국광은 소리가 거의 나지 않게 검을 천천히 뽑았다.

스르르르릉…….

흑의를 입은 사내는 국광을 돌아보고 묵빛 검에서 눈을 떼지 못한 채 떨리는 목소리로 말했다.

"대인을 만나러 온 겁니다. 묵혼(墨魂)의 주인을요. 속하는 자객이 아닙니다."

국광은 고개를 좌우로 저었다.

"뭐? 크흐흐……. 원, 농담도……."

그러면서 천천히 검을 올리는데, 상대의 애원하는 듯한 눈동자가 보였다. 그리고 동시에 상대의 몸에 무기가 없다는 것도 알아냈다.

"요즘은 무기도 없이 암살을 하나? 권이나 장을 이용하면 시끄러울 텐데……. 하기야 극음(極陰)의 장법이나 암기도 있으니……."

흑의를 입은 사내는 문주의 지시에 따라 비무장인 상태로 이리 들어온 것을 신께 감사했다.

"저는 비무장입니다. 대인께서도 느끼실 테지만 저는 암살자로 키워진 인물이 아닙니다. 첩자 교육만 받았을 뿐……. 제가 익힌 검법은 정통 검법이라구요. 검은 저쪽에 풀어 놓고 왔습니다. 속하는 문주의 지시를 받고 당신을, 묵향(墨香) 대인을 만나러 온 겁니다."
"묵향…이라고?"
'왠지 친근한 이름이군.'
"예, 저희 문주께서는 대인께 말씀드리라고 하셨습니다. 저희 문주께서는 대인의 과거를 다 알고 계십니다. 묵향 대인께서 본문에 들어오신다면 당신의 과거를 모두 알려 드릴뿐더러, 최선을 다해 대인에게 암해를 가한 자들에 대한 복수를 도울 것입니다."
국광은 검을 천천히 검집에 집어넣었다.
"재미있는 제안이군."
"문주께서는 묵향 대인께 부문주의 자리를 제안하셨습니다. 본문의 규모로 봤을 때 대인께도 별로 손해되는 제안은 아닐 겁니다."
"자네 혼자 왔나?"
"예."
"그럼, 이렇게 하는 게 더 쉬울 거라는 생각은 안 해 봤나?"
"어떤?"
"내가 자네를 족쳐서 내 과거를 알아내는 것이 번거롭지도 않고 더 빠를뿐더러 더욱 쉽지."
복면 속 상대의 두 눈에 공포가 어렸다. 누구보다도 상대가 어떤 괴물인지 잘 알고 있었던 것이다. 그는 멋쩍은, 공기 빠지는 것 같은 웃음을 흘렸다.
"헤헤헤, 소인은 대인의 과거를 잘 모릅니다. 소인을 족쳐 보셔도 얻는 건 별로 없을 겁니다."
국광도 지지 않고 낮게 웃으며 빈정거렸다.
"흐흐흐…, 그래도 시도는 해 보고 싶군."

국광이 천천히 다가오자 그의 눈에는 더욱 공포가 짙게 배어들었다. 최후의 희망을 걸고 그는 말했다.

"소인을 족치셔도 정말 알아낼 것은 단편적인 정보뿐……. 소인은 정말 대인의 과거를 잘 알지 못합니다. 원하신다면 소인이 아는 것을 모두 다 지금 말씀드리겠습니다."

"말해라."

"대인의 이름이 묵향이라는 것, 그리고 엄청난… 그러니까 현경의 경지에 든 고수이니 최대한 조심하고, 그냥 기척을 죽이고 잠입만 해도 대인께서 눈치 채고 나오실 거라고 들었습니다. 과연 대인께서는 이렇게 나오셨군요."

"그리고?"

"대인께서는 아주 가까운 인물들에게 해를 당하셔서 기억을 잃으셨다고 들었습니다. 그때 살아서 탈출하신 것은 천행이라고 그러시더군요."

"그 외에?"

"대인께서는 여자와 동침을… 안 하셨죠?"

"그런데?"

"문주께서는 대인의 상승무공의 원천이 동자공(童子功)이기에 여자와 동침을 하시면 모든 공력을 상실하게 되니 조심하시는 것이 좋을 거라고 전하라 하셨습니다."

"사실인가?"

"어느 안전이라고……."

"동자공이라, 과거의 나도 정말 물불을 가리지 않는 녀석이었던 모양이군. 큭큭, 동자공이란 말이지……. 그 외엔?"

흑의인은 절망적인 눈빛으로 사정했다.
"더 이상은 모릅니다요, 제발……."
국광은 생각에 잠긴 듯 잠시 하늘을 바라보았다.
"돌아가라. 네 말이 사실인지 아닌지 잘 모르겠으나 충고는 고맙게 듣겠다. 그리고 문주께 전해라. 본인을 그 정도로 좋게 봐 주셔서 고맙다고……. 하지만 사실 그따위 과거의 기억 정도는 없어도 그만이고 있어도 그만이야. 기억을 되찾는 것도 아니면서 괜히 상대에게 내 과거에 대해 들으면, 나는 나를 해쳤는지 기억도 없는 사람에게 복수를 해야만 해. 나는 그러기 싫어. 나는 내가 확실히 알고 있는 것만을 행하고 싶다. 그럼 잘 가거라."

흑의인은 운 좋게도 멀쩡하게 살아서 돌아간다는 생의 환희를 뼛속 깊이 느끼며 쏜살같이 도망쳤다. 그의 뒷모습을 잠시 바라보다가 국광은 느릿느릿 자신의 막사로 돌아갔다. 잠을 청했지만 쉽사리 잠이 오지 않았다. 끊임없이 쓸데없는 생각만 떠올랐던 것이다.

'내 이름이 묵향이라고? 진짜일까? 하지만 내가 가진 묵혼검이나 묵영비하고 잘 어울리는 이름이긴 하군. 과연 나를 기습한 가까운 친구들은 누구일까? 그리고 나의 진정한 신분은? 가족이 있을까? 그리고 부인과 자식들……. 후훗, 생각을 해 보면 부인 따위는 있을 리가 없지. 그리고 자식들도. 동자공…, 그 더러운 무공을 익혔다니 나는 평생 가도 계집을 품기는 글렀군.

맞아, 옥 대인과 청성루에 갔을 때 공연히 계집이 가까이 오는 것이 기분에 거슬리더라니……. 그런 이유 때문이었던 모양이군. 앞으로 조심해야겠어. 잘못하면 모든 걸 잃고, 어쩌면 내 생명까지도 잃을지 몰라. 그리고 옥 대인을 보살피겠다는 약속마저도 지키지 못할

지도 모르니……. 그러고 보면 오늘 아주 많은 것을 얻은, 운이 좋은 날이군.'

 국광이 황궁무고에서 많은 비급들을 읽으면서 흥미를 느꼈던 것 중의 하나가 이것이었다. 동자공……. 이것은 일종의 내공심법으로, 그 하나만으로는 쓸모가 없지만 다른 내공심법과 병행해서 사용했을 때 대단한 성취를 얻을 수 있다. 무공을 익히는 사람으로서 구미가 당기지 않을 수 없다. 하지만 평생 동안 여색을 가까이 할 수 없으니 그것이 가장 큰 단점이다. 일단 여자와 성합(性合)을 벌이면 그 즉시 동자공이 파괴되기 시작하며 여태껏 동자공을 기반으로 쌓아 둔 진신내공이 흩어진다. 만약 약간의 흡정술(吸精術)을 익힌 여자라면 빠져나오기 시작한 상대의 내공을 손쉽게 흡수할 수 있다.

 흡정술 계통의 각종 사악한 무공들은 그 위력에 따라 약간의 차이는 있으나, 그걸 시전하는 데는 중요한 선제 조건이 있다. 그건 상대보다 내공이 강해야 한다는 것이다. 그렇지 않으면 도리어 상대에게 자신의 공력을 완전히 흡수당할 위험이 있다. 하지만 상대의 동자공이 파괴되어 내공이 빠져나올 때는 약간의 기술만 알고 있으면 손쉽게 흡수할 수 있다. 그래서 어떤 면으로 봤을 때는 동자공을 익힌 남자 고수들이 가장 좋은 먹잇감이 된다.

 국광도 이 사실을 황궁무고의 비급을 통해 이미 알고 있었다. 흑의인의 말이 사실이건 아니건 과거를 기억할 수 없기에 상대가 거짓을 말했을 것이라는 생각이 들어도 감히 실험해 볼 엄두를 못 냈다. 만에 하나라도 그 말이 사실이라면 지금까지 자신이 가지고 있던 모든 것을 잃게 되기 때문이었다.

최초의 전쟁

10일 후 드디어 흑풍단은 당당히 몽고와의 국경선을 넘었다. 하지만 이틀 동안 계속 진격했어도 몽고의 병사는 만나 볼 수 없었다. 대신 말이나 양을 치는 순박한 몽고인들을 간혹 만났다. 흑풍단의 주위에는 계획대로 1백 개의 십인대가 물샐틈없는 정찰망을 갖춰 끊임없이 상황을 대장군에게 보고했다. 그러다가 칠삼사 십인대에서 긴급 연락이 도착했다.

「전방 진령골에 2만 정도 추정되는 몽고군이 매복하고 있습니다.
　　　　　　　　　　　　칠삼사 십인대장 장패(張覇)」

부단장 옥염왕(玉閻王) 마길수(馬吉壽) 상장군이 옥 대장군을 바라봤다.

"대장군, 진령골로 진입할까요? 본 흑풍단이라면 충분히 돌파할 수…….."

"아냐, 구태여 위험을 안고 진령골로 들어갈 필요는 없지. 진령골은 험준한 골짜기. 매복한 적들에게 공격당한다면 기마대에다가 중갑주를 입은 우리가 절대적으로 불리해. 위쪽의 적을 공격하기 위해서는 경공을 전개해야 하는데, 그런 무거운 걸 입고 속도가 나겠나? 그렇다고 갑주를 벗자니 적의 화살이 문제가 될 테고……."

옥영진 대장군은 품속에서 지도를 꺼내어 펼치면서 말을 이었다.

"오천하(五泉河) 쪽으로 나가서 이곳 진풍령(進楓嶺)을 넘지."

"하지만 진풍령으로 가려면 거의 4백 리(약 160킬로미터)를 돌아가야 합니다."

"그래도 며칠 손해 보는 것 말고는 거의 피해가 없어. 하지만 적이 있는 걸, 그것도 매복한 걸 뻔히 알면서 들어가서 죽을 필요는 없잖아."

"죽는 게 아니지 않습니까? 물론 약간의 피해는 있겠지만 그 정도는 충분히……."

"약간의 피해가 될지 아니면 더욱 큰 피해가 될지 그건 아무도 모르네. 적도 이쪽에 대해 잘 알 것이고 그만큼의 대비를 했을 테니 돌아가는 게 좋아."

"정 그러시다면……."

"대신 본대는 보병 때문에 진격 속도가 느리니까 진령골로 가는 척하면서 시간을 끌기로 하지. 그러면서 천인대 둘을 보내 진풍령을 장악하는 거야. 그리고 나서 우리가 진풍령 쪽으로 꺾어지면 적은 미처 대비를 못 할 테지……."

"묘책입니다."

"하지만 만일의 사태에 대비해 두 천인대의 대장들에게 주의를 단단히 주게나. 적의 매복에 걸리지 말라고……. 지금 눈앞에 있는 소수의 적에게 피해를 조금씩 입기 시작하면 나중에 진짜 운명을 건 회전(回戰)에서는 참패를 면하기 힘들어."

"명심하겠습니다."

다행히도 진풍령에는 1천 명 정도의 몽고군이 저지대(沮止隊)를 만들고 있을 뿐 대량의 매복군이 없었기에 흑풍단은 별 피해 없이 진풍령을 넘을 수 있었다. 진풍령을 넘자 파죽지세……. 엄청난 속도로 철진천이 도사리고 있는 오지(奧地)로 진격해 나갔다. 그러면서 주위에서 만나는 모든 몽고 부족으로부터 말, 양 등 식량이 될 만한 것들을 징발했다. 전쟁이 어느 정도까지 계속될지 모르는 상황이었기에 후방에서 보급이 된다고 하더라도 될 수 있으면 보급물자를 아껴야 했다.

드디어 철진천의 주력 부대와 흑풍단은 진령하(震湼河) 주변에서 만났다. 몽고의 국경선을 넘은 지 15일이 지난 후였다. 몽고는 수많은 소수 부족들이 모인, 국가라고도 부르기 힘든 나라였기에 이들을 만났다는 것은 이제부터 철진천의 영토라는 뜻이었다.

서로가 대치한 곳은 진령하 주변의 그렇게 넓지 않은 평원이었다. 하지만 대 부대가 기마전을 펼치기에는 부족하지 않을 넓이였다. 옥영진 대장군은 무수히 많은 몽고의 병사들을 바라보았다.

"생각보다 많군……."

그러자 마길수 상장군이 고개를 끄덕였다.

"예, 언뜻 봐도 10만 밑은 아니겠군요. 아무래도 우리 쪽의 숫자가 적으니까 처음부터 힘으로 밀어붙이겠다는 생각인 모양입니다."
 "맞아, 거의 11만 정도는 될 거야. 이번 전투는 꽤 재미있겠군. 정찰조로에게서 연락은 없나?"
 "저들의 주둔지 후방 1백 리쯤에 몽고인들의 군락이 있다는 보곱니다. 주민이 5천 명 정도로 추정된다고 합니다."
 "꽤 큰 부족이군. 그래 특이한 점은?"
 "남자들이 하나도 없답니다. 아마도 모두 이곳에 투입된 모양입니다."
 "크크크, 모두란 말이지······. 기선을 제압하기 위해서라도 이 전쟁 뒤에는 그 마을부터 본보기로 쑥대밭을 만들어야겠군."
 "지당하신 말씀입니다."
 "지금 정찰조들은 어디까지 나가 있나?"
 "이 부근 150리까지 나가 있습니다."
 "내일까지 20개 정찰조를 제외하고 나머지는 적의 뒤편에 집결해서 적의 후미가 떨어져 나오면 기습하라고 일러라."
 "예."
 "녀석들은 숫자를 믿고 내일 날이 밝으면 도전해 올 거야. 원래 야전(夜戰)은 숫자가 적은 쪽에서 하는 거니까. 이쪽에서는 일부 군사를 뽑아 교대로 함성을 지르며 쳐들어가는 척하면 아마 오늘 밤을 뜬눈으로 지새우겠지. 잠을 못 자면 처음에는 표가 안 나지만 장시간 싸우면 당연히 피로가 빨리 오지. 내일 아침에 전면전이 시작될 거야. 가능성이 거의 없긴 하지만 적의 야습에 대비해 경계를 철저히 하도록!"
 "예."

옥영진 대장군은 포진해 있는 몽고군을 가리키며 세부 작전을 설명했다.

"내일 적이 공격해 오면, 저곳에서 막은 다음 바로 8개의 천인대를 투입해서 난전을 벌인다. 나머지 1개의 천인대는 이쪽으로 돌아가서 후미를 본대와 분리시키면서 공격을 하고, 이때 또다시 뒤쪽에서 기습이 가해질 테고……. 철진천과의 연락이 두절되어 적이 혼란스러워진 틈을 타서 더욱 철저히 부숴 버리면 될 것 같군."

"묘책입니다. 그렇다면 어느 천인대를 우회하도록 보내실 요량이신지?"

"지금 정찰 나가 있는 게 제7천인대인가?"

"예."

"그렇다면 제8천인대를 이용하도록 하지."

"제4천인대가 아니고요? 지금 천인대들 중에서는 그들이 가장 강합니다."

"아냐, 제4천인대는 적과 격전을 벌이는 가장 전면에 세워라. 그러면 아군의 피해가 줄어들지도 모르지. 그리고 제4천인대장에게 사륙 백인대를 가장 앞에 세우라고 지시하게."

"예? 거기는 대장군이 아끼시는 국광이란 자가 대장인데, 왜 가장 위험한 곳에……?"

"사람은 써먹으려고 아끼는 거지 놀려 두려고 아끼는 게 아냐."

"존명."

이런 저런 작전을 논의 중인데 연락병이 급히 다가왔다.

"대장군께 아룁니다. 칠삼이 십인대의 보곱니다."

그러면서 작은 종이 하나를 건넸다. 옥영진 대장군은 그걸 유심히 읽더니 콧방귀를 뀌었다.

"흥! 이 녀석들이 아주 웃기는군."

"왜 그러십니까?"

"지금 2만의 적병이 후방에서 접근 중이다."

"예?"

"그러니까 처음부터 철진천이 모은 군대는 13만이란 말이지. 이 녀석들이 오고 있는 방향으로 보아 아무래도 진령골에서 매복했던 녀석들이 우리가 이쪽으로 돌아 나오니까 매복을 풀고 따라붙은 모양이야."

"괜찮은 작전이군요. 그 2만에 대해서도 대비해야 할 텐데……."

"적이 두 방향에서 압박해 오면 보통 일이 아니지……. 어림군에게 연락해서 5천의 병력으로 후방 30리 지점 숲에 매복하고 있다가 적에게 기습을 가하라고 일러라. 그리고, 그리고……."

"보병만 보내면 쉽사리 먹이가 될 것입니다. 그렇다고 그쪽으로 흑풍단을 잘라서 보내는 것도 문제군요."

"음, 제5천인대를 그리 보내지. 그리고 자네가 후방을 맡아 주게."

"예."

"적들과 교전이 시작되면 불을 놓아 신호를 해 줘. 적들이 교전을 회피하고 우리 뒤로 기습해 올지도 모르니 준비는 해 둬야 예의지."

"존명!"

다음 날 아침이 되자 양측은 폭넓게 진을 짜고 적과 일전을 벌일 준비를 시작했다. 몽고 측은 숫자를 믿고 정공법(正攻法)을 취해 왔다. 주위가 밝아지자 몽고의 기마대는 곧장 돌격을 감행했다. 수만의 인마(人馬)가 달려 나오자 그 말굽 소리는 지축을 뒤흔들었다.

어림군은 옥영진 대장군의 지시대로 제일 앞줄에는 큼직한 사각 방패를 가진 병졸들이, 그 뒷줄에는 장창(長槍)을 가진 자들이 나열해서 손잡이의 끝을 땅에 대고 창날을 들어 올려 기병의 돌입에 대비했다. 궁병(弓兵)들은 모두 화살을 먹인 상태로 대기했다. 그 뒤에는 1백 틀의 쇠뇌가 상대에게 쏘아 붙일 시간만을 기다리며 잔뜩 화살을 머금고 있었다. 쇠뇌의 뒤로는 8천에 달하는 흑풍단이 포진했다.

쇠뇌란 것은 노(弩)라고도 부르는데, 사람이 쏠 수 없을 정도로 거대한 활 몇 개를 붙여 놓은 장치이다. 일반 화살보다 좀 더 긴 것을 열 개 정도 동시에 발사할 수 있는데, 사정거리는 활보다 길지만 정확도는 아무래도 떨어진다. 그러나 한 명씩 겨냥하는 것이 아닌 다음에야 떼거리로 접근 중인 적에게는 적중 확률이 컸으므로 그건 큰 문제가 아니다.

몽고의 기병이 접근해 오자 먼저 쇠뇌가 날아가 수많은 말들을 한꺼번에 거꾸러뜨리는 장관을 연출했다. 그렇게 많은 피해를 입었음에도 몽고의 돌격은 중지되지 않았다. 몽고병들이 더욱 가까이 접근하자 이번에는 궁병들이 화살을 날리기 시작했고 몽고의 기병들도 달려 나오며 활을 마구 쏘아 댔다. 몽고의 기병들은 달리면서도 자유자재로 활을 다룰 줄 안다. 그들은 태어나서 죽을 때까지 말과 함께 생활하기에 기마술이 뛰어났다.

몽고병과 어림군이 격돌하고 나서야 흑풍단이 투입되었다. 흑풍단은 양옆에서 적을 몰아붙이며 폭넓게 공격해 들어갔다. 아무리 몽고병들이 수가 많고 강하다고 하지만 무술이 뛰어난 흑풍단을 순식간에 제압할 수는 없었다.
 기병전이 시작되자 마화는 자신의 앞에서 달려 나가며 장도(長刀)를 휘두르는 국광의 모습에 매료되었다. 몽고병들의 화살이 날아왔지만 그는 검지판의 그 한 치 정도 되는 좁은 면으로 튕겨 내거나 장도를 비스듬히 들어 받아 냈다. 그런 식으로 화살을 튕겨 내는 기술은 힘도 적게 들 뿐 아니라 다른 적과의 대결을 눈앞에 둔 상황에서 아주 효과적이다. 하지만 그 정도로 숙달된 칼놀림을 보이려면 하루 이틀 칼을 휘둘러서는 어림도 없을 거라고 생각하며 마화는 착완순으로 화살을 막았다.
 '그럼 그렇지. 믿는 구석이 있으니까 착완순을 안 했지…….'
 국광의 무공은 정말 엄청났다. 국광의 장도를 받아 내는 상대는 단 한 명도 없었다. 멋모르고 달려드는 적이 장도에 검과 방패까지 두 토막이 났다. 하지만 그런 식으로 검이나 방패를 함께 노리는 경우는 거의 없었고, 대부분 순간적으로 드러나는 상대의 빈틈에 도를 쑤셔 박는 걸 보고 주변의 수하들은 놀랐다.
 '화경이란 정말 무섭군……. 나도 화경에 올라갈 수 있을까?'
 수하들은 주변에 달려드는 적을 베면서 약간이라도 틈이 나면 국광의 검술을 힐끔힐끔 훔쳐봤다. 국광은 적의 한가운데로 들어서자 허리의 묵혼검까지 뽑아 왼손에 들고는 눈에 띄는 적을 모두 베어 버리며 돌아다녔다. 국광은 최대한 넓게 돌아다니며 몽고병들을 베면서 수하들을 보호했다. 몽고병이 많은 곳에는 언제나 국광이 뛰어들어 상당수를 죽여 버리고 상태가 호전되면 또 다른 위험한 곳으로 급히 이동했다. 그러다 보니 가엾은 말은 아무리 국광이 경갑주만을 입었다 하더라도 이미 마갑(馬鉀)의 무게가 있는지라 눈에 띄게 지쳤다.

국광은 다시금 달려드는 몽고병 두 명을 거꾸러뜨리고는 말 한 마리를 낚아채 올라탔다. 기병전을 장시간 벌일 때 지친 말을 버리고 상대의 생생한 말로 바꿔 타는 것은 흑풍단 단원의 필수 기술이다. 처음 돌격 때 적의 화살에 말이 상하는 것을 방지하기 위해 두터운 마갑을 입힌 데다가 기수도 중갑주를 입었기에 말은 빨리 지쳤다. 하지만 말이 지쳤다고 해서 예비 말로 바꿔 타기 위해 본진으로 돌아갈 수는 없는 노릇⋯⋯. 상대의 말을 빼앗아 타는 것이 가장 좋은 방법이다.

마화가 멍하니 국광의 몸놀림을 지켜보는데, 바로 옆에서 마화를 향해 달려들던 몽고병이 검을 맞고 쓰러졌다. 임충은 마화에게 돌진해 오던 몽고병을 쓰러뜨리고는 정신이 다른 데 가 있는 마화에게 소리쳤다.

"야, 너 죽고 싶냐? 싸우다가 한눈을 팔면 어떡해? 제기랄! 이번이 세 번째란 말이야."

문득 정신을 차린 마화가 국광을 가리키며 감탄했다는 듯이 고개를 설레설레 흔들었다.

"봐! 움직임 하나하나가 정말 어쩌면 저렇게 아름다울 수 있지? 황궁무공의 정수(精髓)가 저 안에 있다구."

임충이 옆에서 달려드는 몽고병과 엉켜 검을 나누며 마화에게 되물었다.

"황궁무공이라고?"

"응, 화려하지만 군더더기 없고 그지없이 완벽한⋯⋯."

"제기랄!"

임충은 욕설을 내뱉으며 상대 몽고병을 밀어냈다. 몇 번 검이 오가자 상대방의 약점이 드러났다.

퍽!

그는 몽고병을 쓰러뜨리고는 고개를 갸웃거렸다.

"황궁무공이 맞아? 황궁무공으로 화경에 올라간 사람은 무림 역사상 한 명도 없다구. 내가 청성파 출신이라고 속일 생각하지 마!"

"아니야, 진짜라구."

"헛소리하지 말고 눈앞의 상대나 잘 봐. 황실에서 저런 고수를 길렀다는 말은 들은 적이 없어."

"……."

마화는 입을 실룩거리며 뭐라고 대꾸를 하려고 했지만 그걸 입에서 내뱉으면 옥영진 대장군과 한 약속을 어기는 것이었기에 더 이상 말을 할 수 없었다.

옥영진 대장군은 전장 뒤쪽에서 전세(戰勢)를 바라고 있었다.

"놈들도 꽤 하는군……."

옆에 대기하고 있던 제8천인대장 장각(張角)이 나섰다.

"대장군, 진격 명령을 내려 주십시오."

"왜? 모두들 싸우는 걸 보니 몸이 근질근질하나?"

"예, 벌써 개전하고 세 시간이나 흘렀습니다. 왜 출동 명령을 안 내리십니까?"

"음… 저걸 보게나."

"예?"

"정말이지 황궁무공이 저렇게 아름다울 거라고는 생각해 보지도 못했어."

"무슨 말씀이신지?"

"저기, 저자를 보라구."

"아, 사륙 백인대장 국광을 말씀하시는군요. 대단한 무공을 지니고 있는 건 사실이지만 야만인들을 상대하는 데 저런 식으로 어기충검술(御氣充劍術)을 남발했다가는 곧 진기가 달려서 고생할 겁니다."

그러자 옥영진 대장군은 빙긋이 미소를 지었다. 자신의 생각은 달랐지만 그걸 구태여 말해 줄 필요는 없다고 여긴 것이다. 뒤에 떨어진 옥영진이 봐도 흑색 갑주에 피를 뒤집어쓴 채 사방으로 돌아다니며 장도를 휘둘러 대는 국광의 모습은 단연 돋보였다. 한 무리의 적장수들이 국광에게 달려들었지만 전사자만 더욱 늘어났을 뿐이다.

'저 녀석이 오지 않았다면 힘든 싸움이 되었을지도 몰라. 철진천이 생각보다 많은 병력을 모은 건 사실이니까.'

이때 한 병사가 후방의 숲을 가리키며 보고했다.

"대장군 각하, 뒤에서 불길이 치솟고 있습니다."

"음, 이제야 왔군. 장각!"

"예."

"송 장군에게 어림군의 일부를 뒤로 돌려 기습에 대비하라고 이르게."

"옛!"

흑풍단과 접전 중인 몽고병들에게 화살을 날리던 어림군의 궁병과 창병, 방패병들은 쇠뇌를 옮기고 병력의 반을 빼서 뒤쪽에서 들이닥칠 몽고 기병에 대한 방어진을 설치했다.
"문제는 뒤로 어느 정도가 밀려오느냐 하는 건데…, 적병이 너무 많으면 자네가 수고를 해 줘야겠어."
"애타게 기다리던 말씀입니다."
하지만 거의 반 시진이 지나도 적병은 숲에서 나오지 않았다. 아마도 적들은 이쪽에 11만이나 되는 대군이 있으니 매복해서 기다리던 흑풍단만 전멸시키면 본진과 합류할 필요는 없다고 생각하는 모양이었다. 옥영진은 난전으로 치닫는 전장을 바라보다가 결단을 내렸다.
'이제 더 이상은 끌 수 없군……. 더 이상 기다리면 병사들이 탈진해 버려 아무것도 안 돼.'
"장각!"
"예!"
"2개 백인대만 남겨 두고 적의 후미와 본대를 분리시켜라. 그리고 후군을 몰아붙여."
"예!"
장각은 이제야 내려진 전투 명령에 신이 나서 8개 백인대를 이끌고 전장으로 달려 나갔다. 소모전의 양상을 띠고 팽팽하게 유지되던 전투의 균형이 갑자기 무너진 것도 이때였다. 제8천인대가 적진을 뚫고 파죽지세로 후방 숲으로 접근해 들어가자 순간적으로 적들이 동요했다. 하지만 겨우 8백 기 정도의 병사였기에 큰 걱정을 하는 것 같지는 않았다.
한 무리의 몽고병들이 제8천인대를 저지하기 위해 달려들었지만 그들의 진격 속도를 저지할 수는 없었다. 곧이어 후군과 제8천인대가 격돌했다. 2만 대 8백. 처음부터 상대가 되지 않는 싸움이었다. 그러나 제8천인대 8백 기는 강력한 무공을 십분 활용해, 넓게 진을 쳐서 포위당하지 않도록 주의하면서 적의 후군과 격렬한 전투를 벌였다. 이때 몽고병들 후방의 숲 속에서 또 다른 1개의 천인대가 돌격해 나오면서 상황은 급변했다.

갑자기 후방이 적의 새로운 병력에게 기습을 당하자 2만이라는 숫자는 아무런 도움이 되지 않았다. 새로 기습해 온 천인대는 돌격하면서 닥치는 대로 베어 들어갔고 조금 지나자 후방에 자리 잡고 있던 장수들이 흑풍단의 제물이 되었다. 뒤쪽에서 난리가 나 철진천의 안위를 알 수 없게 된 본대의 몽고병들은 당황하기 시작했다. 이때를 이용해 흑풍단은 더욱 맹위를 떨치며 적을 밀어붙였다. 후방의 기습으로 적이 당황하자 모두 사기가 올라가 새로운 힘을 냈던 것이다.

몽고의 후진은 2천여 기의 흑풍단의 기습으로 완전히 엉망이 되었고, 그들이 중상을 입은 철진천을 호위하여 후퇴하자 남은 본대도 혼란에 빠졌다. 흑풍단은 이 기회를 놓치지 않고 숨 돌릴 틈 없이 적을 밀어붙였고, 마침내 몽고군 본대가 후퇴를 시작했다.

본대가 무너지자 그 혼란은 걷잡을 수 없었다. 이건 후퇴가 아니라 도망이라고 봐야 했다. 흑풍단은 필사적으로 도망치는 적들을 따라붙으며 처절한 추격전을 펼쳤다. 원래 가장 피해가 크게 나는 것은 정면전을 벌일 때가 아니다. 정면전에서는 5할 이상의 손실을 주기 힘들다. 하지만 퇴각하는 적을 따라붙으며 살육전을 전개하면 5할 이상의 피해를 적에게 입힐 수 있다.

도망가면서 화살을 쏘기는 어렵지만 추격하면서 쏘기는 쉽다. 기병끼리의 추격전에 있어서 화살은 필수 무기이다. 몽고의 병사들은 큰 활을 사용한다. 큰 활이 작은 활보다 더 강해서가 아니라 기술력이 떨어져서 강력하면서도 작은 활을 만들 재주가 없기 때문이다.

역시 마상에서의 사격에서 빼놓을 수 없는 것이 각궁(角弓)인데, 이것은 물소의 뿔로 만든 아주 탄력성이 좋은 활이다. 탄력성이 좋은 만큼 활이 크지 않아도 화살을 멀리 날릴 수 있기 때문에 말에 탔을 때처럼 운신의 폭이 좁은 경우에 더없이 좋다. 예로부터 각궁은 고려의 것을 최고로 쳤는데, 중원의 기술자가 아무리 뛰어나도 각궁을 만드는 실력은 동이(東夷)라 불리는 활의 민족을 당할 수는 없었다. 그래서 황제 직속인 찬황흑풍단의 모든 단원들은 고려에서 수입한 각궁을 사용하는데, 1만 자루나 되는 각궁을 수입하기 위해 고려의 중신(重臣)들에게 상당한 양의 뇌물을 줘야만 했다.

그렇게 어렵게 구입한 각궁들이 제 위력을 마음껏 발휘했다. 수많은 적들이 죽었으며 노획한 말도 부지기수였다. 전투가 일단락되자 그 전과를 보고받으며 옥영진 대장군은 흡족한 미소를 지었다. 이번 한 번의 전투로 거의 9만의 적을 섬멸한 것이다. 뒤쪽에서 접근했던 2만의 병력도 매복한 부대의 갑작스런 공격을 받아 장시간 전투를 벌이다가, 몽고의 본대가 패퇴했다는 사실을 알고는 사기가 급속도로 떨어지며 끝장이 나 버렸다. 옥영진 대장군은 자신의 앞에 무릎 꿇은 적장들을 쓱 훑어보고 명령했다.

"모두 참수(斬首)하여 효시(嚆矢)하라. 그리고 장각!"

"예."

"자네의 부대가 그래도 피로가 덜 할 테니 먼저 달려가 전방 1백 리 정도 거리에 있는 마을을 점령하고 한 명도 도망 못 가게 잡아 둬라."

"예!"

장각이 달려 나간 후 나머지 부대는 전장에 흩어진 모든 몽고병 부상자와 포로들을 참수하고 전리품을 챙겨서 마을로 출발했다.

마을에 도착한 옥영진 대장군은 모든 천인대장들을 불러들였다. 천인대장들과 부단장이 모이자 옥영진 대장군이 말했다.

"마을을 약탈하고 쓸모없는 노약자들은 모두 죽여 버려라. 그리고 가치가 있는 젊은 계집들이나 어린아이들은 잡아들여 노예로 본국에 이송해라. 만약 계집을 원하는 자가 있다면 가져도 좋다고 일러라."

그러자 여태까지 아무런 민폐도 끼치지 않고 마을을 지키고 있던 장각이 불만을 토로했다.

"그러면 이 부족은 완전히 파괴될 것입니다. 아무리 야만족이라 하더라도 그건 좀……."

"자네 마음을 모르는 건 아니네만, 이건 본보기로 삼는 거야. 우리들에게 거역하면 어떻게 되는지."

"존명."

하부르

 마을에 도착한 국광은 주위에 흐르는 진령하에서 몸을 씻었다. 온몸에 피를 뒤집어 쓴 것 같았다. 갑주와 마갑에 묻은 피도 깨끗이 씻어 냈다. 그가 열심히 씻고 있는데 마화가 다가오더니 그의 하는 모양을 보고는 생긋이 웃었다.
 "깨끗한 걸 좋아하시는 모양이군요. 하지만 곧 전투가 또다시 벌어질 건데 그렇게 닦을 필요는 없잖아요. 사람의 피란 기름기가 있어서 그냥 놔둬도 녹슬지는 않는다구요."
 "글쎄……. 하지만 피가 덕지덕지 붙어 있으면 별로 기분이 좋지 않아."
 이해한다는 듯 마화가 고개를 끄덕였다. 그리고는 어디까지나 선배의 입장에서의 충고하듯 말했다.
 "그런 식으로 생각하면 전쟁터에서 살아남을 수 없다구요."

"……."

국광은 열심히 씻어 대더니 갑주의 물기를 대강 닦아서 다시 입었다. 마갑도 닦아 말에다 씌웠다.

"이게 잘하는 건지 잘 모르겠군……."

"뭐가요? 씻는 거요? 지금은 불필요하다고 했잖아요."

"그게 아니라 살인 말이야."

"전쟁터에서 사람을 죽이는 건 살인이 아니에요. 우리가 죽이지 않는다면 그들이 우리를 죽이러 온다구요."

"글쎄……."

마화는 약간 놀리는 투로 짐짓 무게를 잡았다.

"왜 그러세요? 살인을 해 보니까 몸이 떨리고 사람을 죽였다는 죄악감이 가시지 않나 보죠? 처음엔 다 그래요. 하지만 좀 지나면 그런 생각도 없어지니까 너무 심각하게 생각하지 말아요."

그러자 뜻밖에도 쓸쓸한 얼굴로 국광은 고개를 가로 저었다.

"아니, 그게 아니야. 수많은 사람들을 죽이면서 나는 쾌감 같은 걸 느꼈어. 그 외엔 아무런 느낌도 없었어. 피를 보면서 피어오르는 흥분, 비릿한 혈향(血香)……. 난 흥분 상태에서 죽이고, 또 죽였지. 그러면서도 마음속에서는 끊임없이 의문이 이는 거야. 왜 나는 사람을 죽이면서도 죄의식을 가지지 않지? 내가 읽은 책에서 본 대로라면 죄의식을 가져야 되는데……. 쓸데없는 소리를 했군. 자네도 좀 씻게나."

마화는 돌아가는 국광의 뒷모습을 바라보고 있을 수밖에 없었다.

'죄의식이 느껴지지 않아 고민이라고? 이게 무슨 말이야.'

마을은 아수라장이 되어 있었다. 사방에 시체가 즐비했고 곳곳에서 여인들의 비명 소리, 그리고 헉헉거리는 신음 소리……. 말을 타고 지나면서도 파오(몽고 천막) 안에서 무슨 일이 벌어지고 있는지 짐작할 수 있었다. 여기저기서 병사들이 계집을 끌어다가 파오 안으로 밀어 넣기도 했고, 어떤 병사들은 뭔가 들고 나오다가 그걸 말리는 집주인인 듯한 늙은이를 파오 앞에서 두 토막 내기도 했다.

국광이 눈살을 찌푸리며 서둘러 자신의 막사 쪽으로 말을 몰고 있는데 저쪽에서 유난히 날카로운 목소리가 들려왔다.

"이놈들아! 안 된다."

국광은 황궁무고에서 나온 후 몽고어를 좀 배웠기에 그 말을 알아들을 수 있었다. 힐끗 보니 한 소녀를 잡아끄는 네 명의 병사를 어머니인 듯한 여자가 말리고 있었다. 실랑이를 벌이던 병사가 귀찮다는 듯이 칼을 꺼내 여자를 찔러 버렸다. 울부짖으며 그녀에게 다가가려는 소녀를 그들이 막무가내로 잡아끌어 파오 안으로 밀어 넣는 모습을 보면서 국광은 한없는 서글픔을 느꼈다.

'겨우 이따위 짓이나 하려고 그 지독한 혈전을 벌였는가? 이러면 야만인 놈들이나 중원 놈들이나 뭐가 다르게 된다는 거지?'

소녀가 우는 모습은 국광에게 이상한 감정을 불러일으켰다. 그리움이었다.

'설마 저 계집하고 만나 본 적이 있을 리는 없고……. 비슷한 광경을 본 적이 있나?'

더 이상 좌시할 수 없게 된 국광은 말에서 내려 그들에게 다가갔다. 그들은 흑풍단이 아니라 어림군이었기에 자신이 명령만 한다고 될 건 아니었다. 국광이 다가가자 그들은 약간 경계의 빛을 띠더니 인사를 했다.

"안녕하십니까?"

그들은 갑옷에 새겨진 숫자로 그가 백인대장이란 걸 눈치 챘다. 그들도 오랜 시간 흑풍단과 함께 작전을 수행하다 보니 그들의 계급을 알아 두는 것이 편했고, 또 흑풍단은 모두 뛰어난 무공을 지닌 장교급들이었기에 자연 조심스러워질 수밖에 없었다.

"그 아이를 나한테 줄 수 없겠나?"

무슨 일인지 짐작한 어림군 병졸들은 킥킥거렸다.

"이 애가 마음에 드시는 모양이지만 이건 저희들이 먼저 발견한 물건이라……."

"흠, 그래도 나는 저 애가 마음에 드니 우리 흥정하면 어떤가? 은화 한 닢씩 주지."

돈을 주겠다는 말에 그들의 귀가 솔깃했다. 계집은 한 번 품으면 그만이지만 은화는 얘기가 다르다. 거기에 지금 주변에는 널린 게 계집이니 이 아이는 포기하고 다른 아이를 골라도 되었기 때문이다.

"헤헤헤, 좋죠."

비굴한 웃음을 띠는 사내들에게 은화 한 닢씩을 던져 준 국광은 그 아이에게 몽고어로 말했다.

"부모의 유품이 될 만한 것을 가지고 나오너라."

소녀가 잠시 머뭇거리자 다시 말했다.

"빨리 해라. 시간이 없다."

소녀는 저쪽의 파오로 달려갔다. 국광이 그 앞에서 잠시 기다리자 나무로 깎은 보살상(菩薩像) 하나와 한눈에 봐도 돈이 될 것 같지 않은 몇 가지 자질구레한 물건들을 들고 나왔다. 이미 파오를 병사들이 약탈해 가서 돈이 될 만한 유품은 하나도 없었던 것이다.

국광은 마을 밖까지 데리고 가서 놔 줄 생각으로 소녀를 말에 태워 아수라장이 되어 버린 마을에서 벗어났다. 외곽으로 나가다가 수하의 흑풍단원을 만났다. 그는 국광이 꼬질꼬질한 소녀를 안고 가는 걸 보고 미소를 지었다.

"벌써 하나 건지셨군요. 역시 대장님이셔. 하녀로 부리실 모양이죠? 아무리 단장님이 허락하셨다고 하지만 저는 몽고 계집을 하녀로 두고 싶지는 않습니다."

그는 꼬질꼬질한 소녀를 자세히 바라보면서 덧붙였다.

"하긴, 그리 못생긴 건 아니군요. 뭐, 사람마다 취향은 다르겠지만……"

그러더니 저쪽으로 달려가 버렸다. 국광은 그가 했던 말 중에서 '단장님이 허락했다'는 말을 다시 한 번 곱씹고 있었다.

'단장이 몽고 계집을 하녀로 쓰는 걸 허락했다면 인적도 없는 마을 외곽에 갖다 버릴 필요는 없겠지. 이 아이와 안면이 있는 사람을 만날 때까지 데리고 있다가 그 사람에게 맡기는 게 좋겠군.'

몽고에서는 약탈혼(掠奪婚)이 성행했다. 아무 여자나 마음에 들면 납치해다가 데리고 산다. 그러면 그 여자는 그 남자를 위해 정성을 다하는 것이다. 그러다가 또다시 납치되면 이전의 남편과 아이는 잊고 다시 새로운 가정을 위해 일한다. 이건 짐승과 같은 욕구를 가진 남자들만의 세상에서 여자들이 살아남기 위한, 체념 속에서 습득한 적응법인지도 몰랐다. 그래서 몽고의 여자들에게는 정조(貞操)라는 개념이 희박했다. 누구나 자신을 원하면 같이 사는 것이다.

몽고인의 습성을 잘 아는 옥영진 대장군은 이 이유로 별 말썽이 없으리라 생각하고 하녀로 들이는 것을 허락한 것이다. 안 그래도 사로잡힌 계집들은 모두 노예로 팔 생각인데, 도중에 하녀로 쓰다가 팔아 버리는 것은 큰 문제가 되지 않았다. 쓴다고 닳는 물건도 아니고…….

마음이 정해지자 국광은 막사로 길을 잡았다. 좀 있으니 견디기 어려운 역한 냄새가 코를 괴롭혔다.

'이게 무슨 냄새지?'

고개를 숙여 소녀의 냄새를 맡아 보자 이건…, 으웩!

"너 목욕한 지 얼마나 됐지?"

"목욕이 뭔데요?"

몽고어로 목욕이 뭔지 모르니 중국어로 목욕이라고 했으니 못 알아들을 수밖에…….

"목욕 몰라? 음, 몸을 씻는 거."

"지난여름에 씻고……."

몽고에서는 남녀 구분이 없는 두터운 가죽옷을 입고는 그대로 추운 겨울을 난다. 그 가죽옷은 이불 대용도 되어서 겨울이 끝날 때까지 벗지도 않고 뒹굴 정도니……. 날이 풀릴 때까지 씻지 않는 것은 당연한 일이다. 국광은 두말 않고 말머리를 돌려 진령하로 갔다. 진령하에 도착한 국광은 소녀를 강물 속으로 집어던졌다. 아직 봄이라 조금 서늘한 날씨인 데다가 진령하는 산골에서부터 흘러 내려오는 물이라 몹시 차가웠다. 갑자기 강물 속으로 떨어지자 그 아이는 기겁을 했다.

"아악!"

허우적거리다가 일어서는 소녀를 보고 국광이 냉정하게 말했다.

"어서 씻어, 깨끗이. 그리고 옷도 좀 빨아. 가만있자······."
그는 안장 주머니에서 작은 비누 조각을 꺼내 던져 주었다.
"이걸 써서 깨끗이 씻어. 안 그러면 물속에 처박아 얼어 죽게 만들어 주지."
눈동자를 희번덕거리면서 국광이 말하자 소녀는 겁에 질려 옷을 벗고는 재빨리 씻기 시작했다. 아직 여물지 않은 여체가 새파랗게 질려 있었다. 몸을 씻고 옷까지 빨고는 추위에 떨며 엉거주춤 걸어 나오는 소녀의 모습을 보며 묵향이 가만히 생각해 보니 여분의 옷이 없다······.
'이걸 어쩐다? 물기를 닦을 만한 것도 없군······.'
하는 수 없이 국광은 그 아이에게 다가가서 어깨에 손을 올렸다. 아이는 검은 갑주를 입고 안면 보호대까지 착용해 두 눈밖에 보이지 않는 국광에 대해 두려움을 느끼고는 움찔했지만 감히 저항하지는 못했다. 국광은 소녀의 어깨에 손을 올린 상태에서 내공을 뿜어 넣었다. 강대한 내력이 소녀의 몸을 타고 흐르자 소녀의 몸에서 떨림이 사라졌고, 물기가 순식간에 날아갔다.
그러고 나서 국광은 소녀의 손에서 둘둘 만 옷가지를 받아 들고 툭 털며 내력을 주입했다. 그러자 옷가지의 물기도 순간적으로 날아가 버렸다. 국광이 깨끗이 마른 옷을 건네주자 소녀는 마치 요술을 보는 듯 신기해했다. 옷을 다 입은 소녀를 보며 국광은 이 애가 대원의 말대로 그리 못생긴 편은 아니라고 생각했다. 국광은 그녀를 다시 말에 태워 자신의 막사로 돌아왔다.
"너··· 몇 살이지?"
"열다섯 살."

"열다섯? 그렇게 어린 것도 아니군. 이름이 뭐냐?"
"하부르〔春〕."
"하부르? 좋은 이름이군. 너는 좋으나 싫으나 한동안은 나하고 함께 살아야 돼. 괜히 도망갈 생각하지 마라. 도망가다 어떤 꼴을 당하게 될지도 모르니……."
국광이 막사에 도착해서 제일 먼저 한 일은 하부르가 입을 여분의 옷을 구하는 것이었다. 옷가지와 약간의 살림살이가 갖춰지자 그걸 하부르에게 주었다.
"요리는 할 줄 알겠지?"
"예."
이러쿵저러쿵……. 몽고어가 막히는 대목에 가서는 손발을 동원하여 얘기를 나누고 있는데 수하 하나가 찾아왔다. 그는 막사 안을 슬며시 들여다보았다.
"단장님이 찾으십니다."
그는 밖으로 나오는 국광을 보며 음흉하게 웃었다.
"와, 진가 녀석이 말하길래 안 믿었는데……. 능력이 좋으시군요. 벌써 한탕 하셨습니까?"
"헛소리하지 말고 일이나 봐."
국광이 대장군의 막사에 들어서자 옥영진이 반겨 맞이했다.
"오, 이번 전투에서 자네의 도움이 컸네. 잘해 줬어."
"과찬이십니다."
"이번에 꽤 공도 세웠고…, 그래서 자네에게 뭘 줄까 생각하다가 이걸 선물하기로 했지."
그러면서 검 한 자루를 내밀었다. 한눈에 보기에도 화려한 검이었다. 손잡이와 검집에 보석이 장식되었고 검집의 문양도 아주 정성스럽게 만들어져 있었다.
"저는 제 검으로 만족하는데요."
"아닐세. 자네의 검은 보통 싸움에는 좋겠지만 전쟁을 치르는 데는 별로 좋지 않아. 겨우 2척 3촌의 검으로 적과 대결하려면 무리가 많지. 이건 3척(약 91센티미터)의 장검이니 마상전을 벌일 때 도움이 될 걸세. 과거 여진과의 전쟁에서 공을 세워 황제 폐하께 하사 받은 청성검(淸性劍)인데 나한테는 맞지 않아서 그냥 놔두었지. 이걸 자네가 썼으면 좋겠어. 묵혼검처럼 보검 축에 들어갈 만큼 좋은 검도 아니고, 그냥 보통 검들보다는 조금 더 날카롭고 튼튼하다는 것뿐이니까 그렇게 사양할 필요는 없네."
"알겠습니다. 감사히 쓰겠습니다."
"그런데 방금 들으니 몽고 계집을 얻었다면서?"
"예."
"여태껏 여색을 멀리하던 자네가 왜?"
"사람의 생각이란 바뀌는 거니까요. 그럼 이만 물러가겠습니다."

국광은 동정심으로 하부르를 데려다 놓은 것까지는 좋았는데, 밤이 되자 앞으로 어떻게 해야 할지 걱정이 앞섰다. 혼자서 생활할 때는 별 문제 없었지만 동거인이 한 명 생기고 나니 귀찮은 게 한두 가지가 아니었다. 특히나 이 상처받은 아이를 토닥거려야 하는데, 여자 애와 얘기를 나눈 것도 오늘이 처음인 그로서는 도저히 어떻게 다루어야 할지 알 수 없었던 것이다. 그렇다고 마화나 기타 여자 수하들에게 맡기자니 그들이 비웃을 것 같아 그럴 수도 없었다.

잘 때가 되자 구석에 쌓아 둔 짐 꾸러미에서 두터운 모피 네 장을 꺼내어 하나는 이쪽에 하나는 저쪽에 깔아 놓고 어색한 표정으로 손짓했다.

"너는 저쪽에서 자거라."

더 이상의 어색함을 감추기 위해 그는 서둘러서 자리에 들어 돌아누웠다. 등 뒤에서 들리는 소리로 하부르도 자리에 들었다는 걸 알 수 있었다. 하지만 문제는 조금 더 있다가 시작됐다. 지금까지는 국광이 말 상대라도 해 줘 그런대로 버티고 있었지만, 조용한 밤에 혼자 누워 있자니 자신의 처지와 오늘 있었던 일들이 한꺼번에 떠오른 하부르가 낮게 흐느껴 울기 시작한 것이다. 국광 정도의 무공 수준이 아니었다면 눈치 채기 어려울 만큼 낮은 소리였지만 막상 누군가 흐느끼는 소리를 듣자 난감함이 앞섰다. 그렇다고 공력을 동원하여 이 소리를 못 들은 척하자니 그것도 못할 짓이라 참고 있었다. 하지만 2각 정도가 지나도 흐느낌이 멈추지 않자 드디어 짜증이 난 국광이 고함을 질렀다.

"야! 그만 훌쩍거리지 못해?"

하부르는 일순 찔끔하는 것 같더니 좀 더 큰 소리로 흐느끼기 시작했다. 국광은 소리만 친다고 이 난국이 해소될 수 없다는 걸 느꼈다. 생각을 정하자 난처한 김에 국광의 행동은 더욱 빨라졌다. 국광이 벌떡 일어났더니 하부르의 흐느낌이 딱 멎었다. 혹시나 두들겨 맞을까 하는 두려움이 앞선 때문일 것이다.

하지만 국광은 생각을 바꾸어 하부르의 곁에 누웠다. 그리고는 하부르를 부드럽게 안아 등을 토닥거리며 최대한 부드러운 목소리로 말했다.

"낮의 일에 너무 상심하지 말거라. 그 일은 어쩔 수 없는 것이었잖니?"

국광이 이렇게 나오자 하부르는 국광을 껴안으며 더욱 큰 소리로 흐느꼈지만 그렇게 오래 가지는 않았다. 국광이 공력을 하부르의 체내에 주입하여 진기의 유통을 도우면서 심신을 편안하게 해 줬기 때문이다. 얼마 지나지 않아 흐느낌이 잦아들더니 드디어 국광의 의도대로 잠이 들어 버렸다.

"……."

마음 같아서는 혼혈을 짚어 완전히 잠들게 만들고 자신의 자리로 돌아가고 싶었지만, 차마 그렇게 하지 못하고 망설이다가 국광도 잠이 들어 버렸다.

다음 날 아침 둘이 사이좋게 껴안고 자고 있는데, 난데없이 마화가 들이닥쳤다.

"대장님!"

상쾌한 말소리와 함께 막사의 휘장을 걷자 그 안의 광경이 눈에 확 들어왔다. 은근히 국광에게 마음이 있던 마화에게 몽고 계집을 껴안고 자는 국광의 모습이 기분 좋게 비칠 리가 없었다. 마화는 가시 돋친 말투로 버럭 소리를 질렀다.

"출동 명령이 떨어졌어요."

그제서야 국광이 부스스 일어났다.

"왜? 여기서 3일 정도 쉰다고 하지 않았나?"

"북동쪽 140리(약 56킬로미터) 지점에서 도주하는 몽고 패잔병이 발견되었답니다. 수효는 8천! 제4, 5, 6천인대에 출동 명령이 내려왔습니다. 제4천인대가 선봉이고, 관지(關知) 대장이 우리 사륙 백인대에게 선행하며 본대를 인도하라는 지시를 내렸습니다."

그러자 국광이 벌떡 일어나서 갑주를 입기 시작했다. 당연히 잠결에 일어난 그로서는 남자의 왕성한 아침 활동이 아직 멈추지 않았다. 옷 안에서 불룩 튀어나와 자신의 존재를 알리고 있는 양물(陽物)을 보고 마화가 얼굴이 벌게졌다.

"밖에서 기다리죠. 지시는 없습니까?"

마화가 얼굴을 붉히든 말든 무심한 국광은 그걸 모르고 지나쳤다. 국광은 죄 지은 게 없으므로 당당하게 지시를 내렸다.

"1각 후에 출동한다. 그동안 대강 요기를 해 두라고 일러라. 제1, 6, 7십인대가 선행하며 본대를 유도하라. 그리고 멀리 가야 하니까 마갑(馬鉀)은 씌우지 마라."

"예."

마화는 국광의 지시를 전달하기 위해 뛰어나갔다. 국광은 서둘러 갑주를 챙겨 입고 옆에 서 있는 하부르의 머리를 쓰다듬었다.

"내가 돌아올 때까지 얌전하게 있어야 한다. 알겠지?"

그러자 하부르는 저쪽 검대에 매인 채 세워져 있는 국광의 청성검을 집어 주며 대답했다.

"몸조심하세요."

"그럼……."

국광이 하부르에게 검을 받아 쥐고 나오자 수하들이 국광의 말을 가져왔다. 국광은 날렵하게 말에 올랐다.

"자, 빨리 가자. 이봐! 임충!"

"예."

"모두들 식량은 충분히 챙겼나?"

국광이 말하는 식량이란 말이나 양, 돼지, 소 등의 고기를 소금에 절여 말린 것으로 밥을 지을 때 찢어 넣어서 같이 끓이거나 아니면 국 등에 넣기도 하고 최악의 경우 그냥 뜯어 먹을 수 있도록 만들어 놓은 육포와 쌀, 약간의 양념 등 간단히 먹을 수 있는 음식들인데, 그중에서 육포를 많이 가지고 간다. 마상에서 진군하면서 먹어도 든든하게 요기가 되기 때문이다.

임충은 문제없다는 듯 자신 있게 답했다.

"예."

다시 찾은 어검술

　사륙 백인대는 빠른 속도로 이동하기 시작했다. 하지만 140리 지점에 도착했을 때는 몽고병들은 벌써 달아나고 흔적만이 남아 있을 뿐이었다. 여기부터 국광은 말이 피로를 덜 느끼도록 하면서 이동했다. 나중에 기마전이 벌어졌을 때 말이 피로하면 제대로 싸울 수 없기 때문이다.
　반 시진 정도 갔을까, 전방에서 칼 소리와 호령 소리가 들려왔다. 분명히 격전이 벌어지고 있다는 걸 직감한 국광은 수하들을 이끌고 달려 나갔다. 전방에서 선행하는 제6십인대와의 그들의 거리는 6리(약 2킬로미터). 적의 매복 기습을 받았다면 아마도 피해가 클지도 모른다. 그 부근에 2개 십인대가 있고 또 본대와의 사이에도 1개 십인대가 있긴 하지만 국광이 쫓는 부대는 패잔병이라도 8천의 병력이었다.

죽자고 달려간 국광은 숲에 매복한 부대가 모두 보병이라는 것을 알았다. 이들을 보고 가장 먼저 떠오른 생각…….

'말은 어디 있지?'

몽고병은 말을 타고 싸운다. 아무리 매복이라고는 하지만 그래도 일부는 말을 타고 퇴로 차단을 하기 위해 달려 나와야만 했다. 그런데 적은 앞을 막고 백병전을 벌이거나 아니면 활로 응사할 뿐…….
그 모습을 보자 국광에게 짚이는 것이 있었다.

'아차!'

화살의 사거리에 조금 못 미쳐 국광은 외쳤다.

"모두 말에서 내려!"

국광은 말에서 뛰어내리면서 최대한의 경공술을 펼치며 적에게 달려갔다. 그러면서 임충에게 명령하는 것을 잊지 않았다.

"임충, 너는 수하들을 데리고 말을 3리 밖으로 몰고 가서 거기서 대기해라!"

나머지 수하들은 임충이 거느리는 사륙팔 십인대에게 말들을 맡기고 경공술을 써서 국광을 따라가기 시작했다. 하지만 국광에 비해 둔중한 갑주를 입은 그들은 속도를 낼 수 없었다. 국광은 달려 나가며 걸리적거리는 갑주까지 벗어 던지고는 죽자고 경공을 펼쳤고, 그것을 뒤에서 본 수하들은 그의 경공술에 놀라 입을 다물지 못했다.

매복한 적은 1천 명 정도……. 매복에 걸린 4개의 십인대가 분전(奮戰) 중이었지만 말들은 이미 모두 죽어 있었고, 대원들은 말 시체 주위에서 등에 화살을 몇 대씩 박은 채 육박전을 벌이고 있었다. 아무리 뛰어난 고수들이라고는 하지만 적의 수가 너무 많아 이미 몇 명은 시체가 되어 있었고, 또 아직 싸우고 있는 자들도 상당한 상처를 입었다. 국광은 적들에게 뛰어들자마자 자신이 가진 전력을 다해 무공을 전개하기 시작했다. 적의 숫자가 많은 만큼 속전속결이 최고라고 생각한 것이다. 그리고 이 전투를 빨리 종결짓지 못한다면 저 4개 십인대의 대원들 중에서 과연 몇 명이나 살아서 돌아갈 수 있을까 하는 걱정도 앞섰다.

"이얍!"

국광이 검을 휘두를 때마다 검에서 뻗어 나오는 검기는 더욱 강대해지더니 이윽고 유형의 강기로 변했다. 국광의 검에서 뻗어 나오는 강기는 점점 더 강해졌고, 그 강기의 회오리에 휩쓸린 적들의 몸은 토막이 나며 날아갔다. 죽기 살기로 검을 휘두르며 국광은 자신이 지금 전력(全力)을 다한다고 생각했다.

'11만이나 되는 적과 싸울 때도 나는 전력을 다하지 않았다. 그런데 왜 나는 지금 온 힘을 다 쏟고 있을까? 그리고 검을 휘두르면 휘두를수록 솟아나는 이 힘은 뭐란 말인가……'

미지의 힘이 단전에서부터 솟아올라 온몸의 혈도를 타고 흐르는 것을 느끼며 국광은 초식에 더욱 공력을 실었다. 그런데 그런 어느 순간, 갑자기 몸이 편안해지며 초식이 더욱 부드럽게, 또 진기의 유통이 더욱 원활하게 풀림을 느꼈다. 그의 청성검에서는 이글이글 타오르는 강기가 피어 나오고 있었다.

'어검술인가? 나는 이걸 지금 깨달은 것인가, 아니면 이전에 익힌 것이 내가 전력을 다하자 다시 나타난 것인가……'

빙긋이 미소 지으며 국광은 생각했다.

'아마 이전부터 알고 있던 것이겠지……'

그러면서도 국광의 맹렬한 공격은 끊이지 않았고 자신이 알고 있는 황궁무학의 진수를 쏟아 부어 사방으로 검강을 날리며 수많은 적들을 죽여 나갔다. 피와 살이 튀어 오르고 절단된 적의 몸뚱이가 날아다녔다. 이제 적의 포위는 풀렸지만 국광은 미친 듯이 움직이며 저쪽에서 그의 악귀(惡鬼) 같은 형상을 보고 질려 있는 수하들에게 소리쳤다.

"네 녀석들은 뒤로 물러서. 잘못하면 다친다."

국광의 명령이 떨어지자 그들은 부상자를 부축하며 뒤로 물러섰다. 국광은 뒤편에서 자기 딴에는 최대한의 속도로 달려 오고 있는 수하들에게도 소리쳤다.

"이리 오지 마! 걸리적거린닷!"

국광의 말을 들은 수하들은 한편으로는 이런 미친 명령을 들어야 하는지 머뭇거리다가 그래도 대장의 명령이라 국광이 밀리면 도와야겠다고 생각하며 모두 모여 진형을 짰다. 그러나 그들은 곧 국광의 싸우는 모습을 넋을 잃고 지켜보았다. 국광은 이제 주변에 걸리적거리는 것이 없어지자 더욱 광포하게 날뛰기 시작했다. 그 모습은 무장(武將)이라기보다는 한 마리의 악귀에 가까웠다. 온몸에 피를 뒤집어쓰고 사방을 누비며 눈에 보이는 모든 것을 파괴하고 살육하는…….

국광은 있는 힘껏 검을 휘두르며 끊임없이 솟아오르는 내력과 싸울수록 차분해지는 마음을 느꼈다. 1대 1천의 말도 안 되는 싸움이지만 진다는 생각이 도저히 들지 않았다. 아니, 이길 수 있다는 자신감만이 있을 뿐이었다. 국광은 읽기만 했을 뿐 아직까지 써 보지 않은 수많은 황궁무학을 이 자리에서 사용할 수 있었다. 그 수많은 초식들을 펼쳐 나가면서 그에게는 솟아오르던 자신감을 비롯한 모든 생각이 점점 다 사라졌다. 오직 눈앞의 적을 향해 검을 날릴 뿐이었다. 완전한 무념(無念)……．

국광의 수하들은 국광이 검술뿐 아니라 장법, 권법, 각법 등등 황궁무학을 이용해서 수많은 적들을 썩은 나무처럼 쓰러뜨리는 걸 보고 전율을 금치 못했다. 그는 오른손으로 청성검을 잡고 왼손으로는 권법이나 장법을, 양다리로는 각법을 펼치면서 주변의 몽고병들을 죽여 나가고 있었다. 국광의 행동을 차분히 뒤에서 바라보고 있던 마화가 옆의 임충에게 자랑스럽게 말했다.

"봐, 황궁무학이라고 했잖아……．"

황궁무학 자랑에 속이 뒤틀린 임충은 퉁명스레 대꾸했다.

"난 황궁무학은 익힌 적도 없다고 했지? 하지만 대단하긴 대단하군. 어검술에 검강까지 쓸 줄이야……． 나도 황궁무학을 좀 익혀야겠어. 황궁무학이 저 정도로 대단한 줄은 오늘 처음 알았어."

"그건 나도 마찬가지야. 아버지가 황궁무학만을 고집했을 때는 무림사(武林史)에 이름난 고수 한 명 배출한 적 없는 황궁무학을 익히게 한다고 불만도 많았었는데, 오늘 보니 그게 아냐……． 무공 수준에 따라 유치한 것처럼 보이던 초식도 저렇게 살인적인 초식이 된다는 걸 처음 알았어."

국광의 엄청난 초식들을 유심히 바라보며 임충이 혀를 내둘렀다.

"정말 대단하군. 대체 어떤 수련을 쌓으면 저 정도의 고수가 될 수 있는 거지?"

마화는 피식 웃으면서 대꾸했다.

"그거야 알 도리가 없지. 도대체가 웃기는 대장이라니깐. 말로는 왜 살인을 할까, 도덕이 어쩌구하며 웃기는 얘기만 해 대면서 피만 보면 정신을 못 차리니……."

2각 정도가 지나자 1대 1천의 대결은 거의 종말을 고해 가고 있었다. 창칼을 든 병사들이 근처에만 가도 두 토막을 내며, 화살을 쏴도 모두 막고 간혹 운 좋아 맞췄다 하더라도 아무 효과 없이 다시 튕겨 내는 악귀에게 몽고 병사들은 공포를 느꼈다. 조금 더 지나 그들의 일부가 슬금슬금 뒷걸음치다가 본격적으로 도망치자 나머지도 따라서 일제히 도망쳤다. 몽고병들이 도망치자 문득 이성을 찾은 국광은 손에 묻은 피가 검을 타고 흘러내리는 걸 보면서 잠시 멍하니 서 있었다. 국광은 수하들이 모두 자신을 빤히 지켜보고 있다는 걸 눈치채고는 어색한 표정으로 잠시 망설이다 외쳤다.

"추격해서 전멸시켜!"

그러자 모두 괴성을 지르며 달려 나갔다. 하지만 유일하게 한 사람, 마화는 나서지 않고 국광의 말을 끌고 창백한 표정으로 아직도 얼이 빠져 있는 국광에게 다가갔다. 마화는 자신의 말 안장 뒤쪽에 묶여 있던 수건을 꺼내어 국광에게 건네주었다.

"끔찍한 얼굴 하고 있지 말고 어서 피나 닦아요."

국광은 그 수건을 받아 피를 대충 닦고 말 안장 위에 있던 자신의 갑주를 입었다. 갑주를 입고 있는 모습을 옆에서 바라보면서 마화가 물었다.

"도대체 오늘은 왜 그래요? 죽으려고 작정, 아니지… 오늘 보니 당신을 죽일 사람은 이 세상에 존재할 것 같지도 않더군요."

"글쎄, 처음엔 뭐랄까… 분노, 안타까움, 뭐 이런 감정이 솟았는데 나중엔 피를 너무 봐서 그런지 아무 생각도 안 나더군. 흉측했나?"

마화는 아무렇지도 않다는 듯이 대답다.

"뭐, 그렇게 흉한 모습은 아니었어요. 그저 악귀 같았을 뿐이니까."

국광은 피에 젖은 수건을 내던졌다.

"악귀라……. 그럴지도 몰라. 이 수건은 못 쓰게 됐으니 나중에 새 걸 주지."

갑주를 다 입은 국광은 말에 올랐다.

"자, 가자."

추격전은 반 시진도 안 되어 끝이 났다. 매복했던 몽고병을 모두 죽였지만 그 뒷맛은 씁쓸했다. 국광은 추격전이 끝나고 다시 집결한 수하들을 둘러보았다.

"완전히 글렀군. 이번 매복조는 나머지 7천 명이 살아 돌아가기 위한 희생물이야. 그런데 우리들에게 걸렸으니……. 저들의 희생이 가엾게 됐군."

"무슨 말씀입니까?"

"저들은 우리의 목숨보다는 우리의 말을 없애는 데 더욱 신경을 썼다. 우리는 중갑주를 입었으니 말이 없다면 퇴각하는 적들을 따라잡을 수가 없어. 아마도 그들은 정찰조에게 들켜 버린 탓에 어쩔 수 없이 싸움을 시작한 것이었겠지만, 어찌 되었건 빨리 해치우고 새로운 먹이를 기다릴 생각이었겠지. 그런데 후속대가 생각보다 빨리 도착했고, 또 쉽사리 해치우지를 못해서 전체적인 작전이 어긋난 거야. 거의 60필의 말을 잃었으니 더 이상 적의 본대를 추격할 수는 없겠군. 그리고 선도 임무를 이행할 수도 없다. 부상자도 많고."

말을 멈춘 국광은 수하들을 빙 둘러보며 잠시 생각을 정리했다.

"돌아가자. 마화는 열 명을 이끌고 말을 잃은 수하들을 보호하여 후속하는 관지 대장에게 사정을 얘기하고 본대로 회군(回軍)해라. 그리고 말을 타고 있는 사람들 중에서 30명은 나를 따라서 이동한다. 직접적인 전투는 힘들겠지만 정찰 임무는 충분히 수행할 수 있겠지."

국광이 처음에는 함께 돌아갈 듯하다가 나중에는 30여 명을 이끌고 다시 정찰 활동을 하겠다는 말을 듣고 마화가 이의를 제기했다.

"대장, 저도 남겠어요. 누구 다른 사람을 선임해 주시면……."

"네가 가라. 말없이 회군하는 수하들을 보호하는 임무도 막중한 거야. 이제 여기서 헤어지자. 자, 출발!"

국광은 자신들이 매복대와 교전하는 데 너무 많은 시간을 소모했다고 생각했다. 아침에 자신들은 관지 대장의 명령을 받자마자 거의 최소한의 시간을 투입해서 출동했으니 본대와 더불어 나머지 2개 천인대까지 함께 출발했다면 그 준비에 상당한 시간이 걸렸을 것이었다. 거기에 적이 발견된 140리 지점까지는 대단한 속도로 이동했으니……. 하지만 여기서 막대한 시간을 소모했기에 지금 본대는 국광의 사륙 백인대와 적으면 10리, 최대한으로 잡아도 아마 40리까지 거리를 좁혔을 것이다. 더 이상 거리가 좁혀지면 국광의 30여 기로는 참다운 정찰 활동을 할 수 없다. 그 때문에 국광은 오랜 전투로 지친 병사들을 독려하여 빠른 속도로 이동하기 시작했다.

60리 정도 앞으로 추격해 나갔을 때 전방에서 꽤 많은 사람들이 밀려오는 것이 보였다. 그 모습을 힐끗 바라보며 임충이 입을 열었다.

"멀어서 확실히는 모르겠지만, 행색(行色)을 보아하니 피난민이 아닌가 생각됩니다. 하지만 피난민을 가장한 적의 분대(分隊)인지도 모르니 빨리 가서 확인해 보는 것이 좋을 듯합니다."

"좋아, 자네는 여기 남아 퇴로를 확보하라. 나는 10여 기를 거느리고 정찰을 하겠다. 만약 혼전(混戰)이 벌어지더라도 돕겠다고 혼전 속에 뛰어들지 말고 퇴로 확보에 최선을 다하라."

"예."

임충은 마화와 함께 사륙 백인대에서는 가장 고참이다. 그렇기에 마화를 돌려보낸 지금 자연스럽게 임충은 백인대의 부대장 역할을 수행하고 있었다. 임충은 말 위에서 고개를 돌려 뒤쪽의 대원들을 훑어보더니 외쳤다.

"차림(車林)!"

그러자 뒤편에서 피에 젖은 갑주를 입은 무사가 달려왔다. 그의 갑옷에는 「四六九(사륙구)」라고 쓰여 있었다. 차림은 날카로운 눈빛을 지닌 젊지만 뛰어난 검객이었다.

"예."

"네가 아홉 명의 수하를 이끌고 대장을 따라가라."

"예. 그쪽의 아홉 명 모두 나를 따르라."

국광이 피난 행렬로 보이는 집단에 근접해 갔다. 모두 긴장을 늦추지 않고 상대의 기습에 대비했지만, 더욱 가깝게 접근하자 그럴 필요가 없었다는 것을 알 수 있었다. 그들은 진짜 피난민들이었다.

많은 말 떼와 양 떼를 이끌고 그 사이사이 마차에 짐을 가득 싣고 이동 중인 그들의 표정에는 절망감만이 어려 있었다. 장정들은 없고 모두 노인과 여자, 어린애들뿐……. 국광은 나이 지긋한 노인에게

다가가 물었다.

"어디로 가는가?"

검은 갑옷을 입은 중국인이 난데없이 몽고어로 말을 걸자 그는 놀란 듯한 표정이었지만 순순히 대답했다.

"곤륜하(坤輪河) 쪽으로 갑니다, 나으리."

"왜?"

"진령하(震逞河) 쪽에서 전쟁이 시작되었다고 해서……."

"이 부족의 이름은 뭔가?"

"타지크 부족입니다요, 나으리."

"타지크면 지울 부족의 한 갈래가 아닌가?"

노인의 눈에 공포가 어리더니 더듬더듬 항변했다.

"아닙니다. 타지크는 지, 지울 부족의… 영토에서 일부 생활하긴 하지만 지울 부족과 절친하지도 않습니다요, 나으리."

국광은 의심스럽다는 눈초리로 쏘아보았다.

"그래? 내가 잘못 알고 있었나?"

"잘못 아신 겁니다요, 나으리."

"좋아, 그건 어찌 되었건 상관없어. 이쪽으로 지나가는 7천 기 정도의 몽고 병사들을 만났나?"

"못 만났습니다요, 나으리."

"자네들은 어디서 오는 길인가?"

"울란토르에서 오는 길입니다요."

"울란토르? 울란토르라면 충분히 만났을 가능성이 있는데?"

그러면서 피난 행렬을 휙 둘러보았다. 부족의 크기에 비해 말이 적고 남자가 너무 없었다.

'아마 남자들이 말을 끌고 그 녀석들에게 합류했다고 봐야겠군. 여자들의 숫자로 봤을 때 거의 1천 명 정도?'

"좋아, 나와 별 상관없는 것 같으니 너희들은 최대한 빨리 이 부근을 떠나라. 이 근처에서 뭉그적거려 봐야 신상에 좋을 게 없을 테니까. 이봐, 차림!"

"예."

"임충에게 전진하라고 해. 자, 우리도 출발한다."

대초원에 새겨진, 7천 기나 되는 병력이 움직인 흔적은 쉽게 없앨 수 있는 게 아니다. 폭설이나 폭우가 쏟아진다면 몰라도. 타지크 부족과 서로 합쳐진 부분에서 혼동만 안 하면 추격하는 것에 문제가 없다. 국광은 말을 탄 채 건포로 끼니를 때우며 부하들을 몰아붙여 250리(약 100킬로미터) 정도를 추격해서야 적의 후미를 포착할 수 있었다. 국광은 패잔병들과 20리(약 8킬로미터) 정도의 거리를 유지하며 비밀리에 뒤따르는 본대를 이끌었다. 적들은 그날 1백 리 정도를 더 이동한 다음 약 3천 가구가 살고 있는 몽고 마을에서 야영했다. 그리고 관지 대장의 본대는 그날 저녁 늦게야 국광의 정찰대와 합류했다.

관지 대장은 적이 후퇴의 속도를 조금 줄인 이유가 뒤에 남겨 둔 1천여 명의 매복대에 대한 기대감이란 걸 눈치 채고 재빨리 적의 꼬리를 잡은 국광의 공로를 치하하고, 휘하의 장수들과 전투에 대한 토의를 시작했다. 5개 백인대가 적의 퇴로로 예상되는 지점에 매복을 하고 나머지 25개 백인대가 새벽을 틈타 기습을 한다는 계획을 수립했다. 그중 국광이 거느린 30기는 그의 요청대로 매복대에 합류하기로 했다.

당일 새벽 25개 백인대의 기습이 시작되는 것을 국광은 멀리 초원에서 말들을 눕혀 놓고 구경했다. 사방에서 불길이 치솟고, 격렬한 전투가 개시되었다. 무술을 모르는 몽고인들을, 그것도 기습을 했으니 결과는 보나마나였다. 그것은 전투가 아닌 일방적인 살육이었다. 찬황흑풍단은 그렇게 패잔병과 그들을 도와준 지울 부족의 마을 하나를 없애 버렸다. 적들은 사방으로 도망쳤지만 매복한 5개의 백인대가 그들을 놓치지 않았다.

모든 전투가 종료되었을 때 이미 해는 중천에 떠올라 있었고, 세 명의 천인대장들의 지시로 몽고병 부상자와 포로들을 모두 처형했다. 그리고 그들을 도와준 마을 사람들은 젊은 여자와 어린아이들을 제외하고는 모두 죽였다. 곳곳에서 살인, 방화, 강간, 약탈이 자행되었다. 마을은 그야말로 지옥의 아비규환이었고 수많은 시체가 뒹구는 묘지가 되었다.

국광은 휘하의 30기를 거느리고 마을에서 거리를 둔 채 아직도 매복 장소에 있었다. 국광은 대 송제국 최고의 정예인 찬황흑풍단이 이렇게까지 잔인하게 전투를 이끌어 가리라고는 생각도 못 했다. 아무리 멀찍이 떨어져 있다고 하더라도 마을에서 무슨 일이 벌어지고 있는지 훤히 보였고, 또 군데군데서는 아직도 연기가 피어올랐다. 그는 팔짱을 끼고 지그시 그 광경을 바라보며 옆의 임충에게 말하는 듯, 아니면 혼잣말을 하는 듯 나직이 중얼거렸다.

"과연 전쟁을 이렇게까지 할 필요가 있을까……."

그의 마음을 안다는 듯 임충이 말했다.

"어쩔 수 없습니다. 몽고족들은 아주 강인한 민족이라 이렇게 뜨거운 맛을 보여 놓지 않으면 언제 또다시 반기를 들지 모릅니다."

"그래도 그렇지, 병사도 아니고 민간인들을 저렇게까지……."

국광의 안색을 살피면서 임충이 화제를 돌렸다. 계속 이런 얘기를 해 봐야 시간 낭비이기 때문이다.

"대장, 우리는 어떻게 할까요? 매복했던 다른 백인대들은 모두 약탈에 참가했습니다. 우리만 이렇게 떨어져 있다구요."

"음……."

국광은 잠시 생각하더니 큰 소리로 부하들에게 물었다.

"약탈에 참가하고 싶은 사람이 있나?"

모두 멀뚱멀뚱 눈치를 보더니 고개를 가로저었다. 사실 단장의 지엄한 명령 때문이지 이따위 돈도 안 되는 몽고족 약탈을 하고 싶은 자들은 많지 않았다. 거기에 몽고족 계집들이 빼어난 미인도 아니고, 추위 탓에 목욕도 거의 안 하는 것들을 안아 봐야 그것도 별 재미가 없기 때문이다. 국광은 수하들의 표정을 하나씩 훑어보았다.

"여기 계속 있어 봐야 별 볼일도 없으니 관지 대장에게 통지하고 회군한다. 대장군의 본대에 합류해서 쉬는 게 남는 거겠지. 그리고 떠날 때 마화에게 살짝 일러 놨으니 운 좋으면 술맛도 볼 수 있을 거야. 지금까지 관지 대장의 부대는 움직이지 않고 있나?"

술맛을 볼 수 있다는 말에 모두들 기대감에 차서 군침을 삼키며 '역시 우리 대장' 하는 표정으로 국광을 바라봤다. 국광의 옆에 있던 임충도 미소를 띠며 국광의 질문에 대답했다.

"현재까지는 그렇습니다."

"그럼 관지 대장에게 전령을 보내라. 우리는 회군한다고. 그리고 만약 있을지도 모르는 적의 매복에 대비하기 위해서라고 하면 그도 허락할 거야."

"예."
"그리고 이 지옥에서 언제 떠날 건지 물어보는 것도 잊지 말고. 단장한테 보고해야 하니까."
"예."
전령이 달려갔다가 돌아오자 국광은 바로 본대를 향해 출발했다. 더 이상 피비린내 나는 이곳에 머물 생각이 없었던 것이다. 추격전과는 달리 회군할 때는 수하들을 다그치지 않았는데도 돌아가서 오랜만에 술을 실컷 마시고 푸근히 쉴 수 있다는 생각에 자연히 속도가 빨랐다.
4백 리 정도 이동했을 때 국광의 코에는 짙은 피 냄새가 느껴졌다.
"우리가 매복 기습을 당했던 장소에 도착하려면 멀었지?"
"예, 지금 4백여 리를 왔으니 아직……."
"그럼 이 피 냄새는 뭔가? 이 근처에서 전투를 벌인 기억은 없는데?"
"예? 피 냄새라구요? 아무 냄새도 안 나는데요."
"그런가? 내가 잘못 맡았을 리는 없는데……. 하여튼 좀 더 속도를 내라."
국광이 수하들을 이끌고 5리 정도 나가자 그곳에는 수많은 시체와 타다가 남은 마차, 죽어 넘어진 말과 양, 갖가지 짐들이 흩어져 있었다. 국광이 그것을 멍하니 바라보고 있는데 임충이 어찌 된 일인가를 눈치 챘는지 고개를 끄덕였다.
"그때 만났던 타지크 부족입니다. 관지 대장의 후속대가 한 짓인 모양입니다. 아마 포로들과 약탈한 물건들은 먼저 몇 사람 뽑아서 본대로 보냈겠죠."

"……."

"여기서 지켜보고 있다고 별수 있겠습니까? 이 시체들을 다 묻어 줄 수도 없구요. 출발하기로 하죠."

"그러자……."

본대는 아직도 그 자리에 주둔 중이었다. 국광이 도착하자 마화가 뛰어나와 국광을 반겼다.

"모두 무사하군요. 정작 패잔병 본대의 싸움은 싱거웠던 모양이죠?"

국광의 떨떠름한 표정에 옆에 있던 임충이 거들었다.

"몽고병들이 마을에서 야영 중인 것을 새벽에 기습했으니 싱겁다 뿐이겠어? 그래 술은 구했어?"

"말도 마. 그 술 구한다고 내가 얼마나 고생했는데……."

"또 마유주(馬乳酒)? 난 그놈의 마유주 냄새만 맡아도 올라올 것 같아. 어떻게 그걸 마시고 사는지 원……."

마유주란 몽고 전통의 토속주로 말의 젖을 발효시켜 만든다. 비교적 약한 술로 이상야릇한 냄새가 나고 맛이 시금털털해서 중원 사람이라면 도저히 맨정신에 마시기 힘들다. 그걸 몽고인들은 사발로 벌컥벌컥 들이켰고 거의 주식(主食)처럼 늘상 입에 달고 살았다.

"언제 맛으로 마셨냐? 취하는 기분에 마셨지. 그게 아니고 고량주야. 꽤 오랫동안 여기 머물렀으니까 가까스로 구할 수 있었다고. 어때?"

고량주라는 말에 임충이 꿀꺽 군침을 삼키며 힐끗 국광의 눈치를

다시 찾은 어검술 149

보았다. 역시나 국광의 목젖도 올라갔다 내려갔다 하는 걸 보니 모두들 술에 굶주리기는 매한가지인 모양이었다. 중원의 술에…….
 국광은 주변을 한동안 살피더니 마화를 돌아보았다.
 "인원이 많이 준 것 같은데?"
 "예, 4개 천인대가 주변을 돌며 마을들을 쑥대밭으로 만들고 있어요. 연일 몽고 계집들과 약탈품들이 쏟아져 들어온다구요. 내가 생각해도 너무하는 게 아닌가 하는……."
 "잔소리 말고 나중에 만나자. 나는 먼저 단장 나으리를 만나 봐야겠어."
 "그럼 나중에 보죠. 임충의 막사로 오세요."
 "알겠다."

 오랜 시간 고생한 수하들에게도 고량주를 보내고 나서, 대장급들은 임충의 막사에 모여들어 술맛은 이래야 한다고 외치며 서로 장시간의 노고를 위로하고 치하하면서 마셔 댔다. 점심때가 조금 지나서 시작된 술자리가 해가 진 후 끝이 나자 국광은 임충과 함께 나가 떨어진 네 명의 십인대장들을 한 팔에 한 명씩 집어 들고 나왔다. 마화를 먼저 옆의 막사에 던져 넣으며 임충에게 투덜거렸다.
 "이 계집들은 술도 약하면서 왜 이렇게 마셔 대는 거야."
 그의 말에 임충도 맞장구를 쳤다.
 "글쎄 말입니다. 여자만 아니면 그냥 같이 뒤엉켜 자도 상관없는데, 원… 날 잡아 잡수 하면서 먼저 뻗어 버리니. 그런데, 대장!"
 "왜?"
 "빨리 안 가시면 하부르한테 두들겨 맞지 않을까요?"

"하부르?"

잠시 국광은 하부르가 뭔가 생각했다. 곧 하부르가 사람의 이름이라는 것과 그 애가 자신의 막사에 있다는 걸 떠올리고는 쓴웃음을 지었다.

"이런 완전히 잊어버리고 있었군. 주워 왔으면 돌봐 줘야 되는 건데……. 정말 얼어터지지나 않을지 걱정이군."

"빨리 가 보시죠."

국광은 왼팔에 쥔 사람을 막사에 집어 던지며 인상을 썼다.

"그래야겠지. 잘 자게나, 내일 보세."

임충의 웃음 섞인 말이 등 뒤에서 들려왔다.

"대장도 잘 주무십시오. 내일 일 보시려면, 오랜만에 만났다고 너무 힘쓰시면 안 됩니다."

"……."

국광이 막사에 도착해 보니 하부르는 자지 않고 국광을 기다리고 있었다. 국광이 도착해서 수하를 시켜 보낸 그의 갑주와 말만이 도착했을 뿐, 정작 사람은 밤이 되어서야 술 냄새를 풀풀 풍기며 들어오니 얄미울 만도 하련만……. 하부르는 국광이 들어오는 걸 보고 쪼르르 달려와 국광에게 안겼다. 국광은 그런 하부르를 마주 안고 토닥거렸다.

"얌전히 있었냐?"

"……."

"밥은 제때 먹었어?"

"……."

"너 괴롭히는 사람은 없었냐?"

"……."

"말을 해라. 고개만 끄덕이지 말고……. 어디 얼굴 좀 볼까? 얼굴이 어떻게 생겼는지도 잊어버렸군. 이게 며칠만이지?"

국광이 살며시 턱을 잡고 올리자 아직 앳된 얼굴에는 눈물 자국이 남아 있었다. 자신의 후광이 있어 옆에서 괴롭히는 녀석이 있을 리는 없지만 말도 통하지 않는, 늑대 같은 살벌한 남자들과 같이 있는다는 사실 자체가 소녀에게는 고역이었을지도 모른다. 국광으로서는 이 아이를 빨리 어디론가 보내고 싶었지만 마화의 말대로 4개 천인대가 주변을 돌며 마을들을 쑥대밭으로 만든다면 이 아이를 맡길 만한 마을을 만나기는 힘들 것이다. 국광은 한숨을 쉬며 부드럽게 말했다.

"저녁은 먹었니?"

고개를 가로젓는 걸 보니 국광을 기다리느라 아직 안 먹은 모양이었다.

'이미 수하들과 배 터지게 음식과 술을 먹었지만 그래도 이 녀석이 나를 위해 장만해 놓은 음식이니 같이 먹어야겠지. 가만… 더 먹어도 될까?'

슬쩍 배를 한번 찔러 보고 그나마 가능성이 보이자 국광은 하부르에게 손짓을 했다.

"그럼, 같이 먹자."

하부르는 재빨리 몽고식으로 준비해 놓은 음식들을 가져왔다. 뼈째 삶은 양 다리, 그리고 뭐로 만들었는지 모르는 걸쭉한 국물이 작은 그릇에 담겨 있다. 아마 여기에 고기를 찍어 먹는 것이리라. 그리고 마유주……. 작은 식탁 위에는 작은 칼 두 자루가 놓여 있었다.

'이걸로 썰어 먹는 모양이지? 그건 그렇고 내 위장이 버틸지 모르겠군······.'

국광은 어색한 표정으로 식탁을 바라보면서 잠시 망설이다가 마음을 굳게 먹고 용감하게 식탁으로 달려들었다.

'저 아이를 데리고 있는 내가 멍청한 놈이지······.'

국광이 식탁에 앉자 하부르는 국광에게 칼을 건네줬다. 그리고 자기도 국광 옆에 앉아 칼을 잡았다.

몽고인들은 짐승을 잡으면 어떤 때는 통째로, 어떤 때는 적당히 토막을 쳐서 삶아 먹는다. 토막이 크니까 칼은 식사할 때의 필수품이다. 서로 칼을 든 채 식사를 하다 보니 이놈의 식사 때 문제가 생기곤 한다. 종종 식사하다가 살인이 벌어지기도 하기에 식사를 같이 했다는 것은 서로에 대한 상당한 신뢰의 표시였고, 또 담력이 크다는 징표였다.

양 다리는 두 개······. 한 개씩 집으면 딱 맞는 숫자다. 국광이 양 다리를 들고는 어떻게 해야 할지 망설이자 하부르가 살며시 웃으며 양 다리의 드러난 뼈 부분을 잡고 자신의 소매 위에 올렸다. 국광이 따라하자 칼날을 자신의 쪽으로 오도록 칼을 잡고서 고기를 썰어서 입으로 가져갔다. 고기가 덜 익어서 핏기가 배어 나오는 걸 보고 국광은 멈칫했다.

'맙소사, 설익은 고기군. 그래, 몽고족은 유목 생활을 하지······. 저 큰 고깃덩이를 푹 익히려면 시간이 적잖게 들어가니 당연히 겉만 대강 익혀 먹을 수밖에. 그래도 한 번 칼을 들었으니······. 한 번 죽지 두 번 죽나.'

국광은 모진 결심을 하고 하부르가 하는 대로 고기를 썰어 입속에

쑤셔 넣었다.

'오, 신이시여. 이걸 먹어야만 합니까……. 아마 기억이 사라지기 전에 죄를 많이 졌나 보군.'

속마음이야 어떻든 국광이 맛있는 듯 먹자 하부르는 기뻐했다. 둘은 간단한 얘기를 나누며 피가 뚝뚝 떨어지는 고기를 맛있게(?) 먹었다. 고통은 한 번에 끝내는 게 낫다는 생각에 자신 앞에 놓인 마유주를 한 번에 쭉 마셔 버리자 하부르가 다시 잔을 채워 주었다.

"마유주를 좋아하시는군요."

"그래……."

'돌아가시겠군.'

"천천히 드세요."

너무 안 마시고 고기만 먹는 것도 힘들어서 이번에는 간간히 마유주도 입도 대면서 앞으로의 살길을 찾아 우회적으로 질문했다.

"몽고에서는 고기를 언제나 삶아서만 먹냐?"

"아뇨, 구워서도 먹어요."

"구워? 그럼 내일은 구워 먹자."

"왜요? 맛이 없으세요?"

"아니야, 맛있어. 아주 잘 삶았는데… 그래도 계속 삶아 먹기만 하면 아무리 맛있어도 질리잖니. 가끔은 바꿔야지."

그러자 하부르는 빙긋이 웃었다.

"예, 마유주 더 드세요. 많이 구해 놨어요."

국광은 억지로 미소 지었다.

"그래, 잘했다……."

'내가 못 살아……. 애를 빨리 내보내야 제명대로 살 수 있겠군.'

국광에게는 장도를 들고 전장 한가운데로 뛰어드는 것보다 더 지옥 같은 식사가 끝난 후 국광은 자신의 강력한 비위(脾胃)를 믿고 쑤셔 넣은 반 생고기와 마유주가 반역을 일으킬 것이 더 걱정이었다. 그의 마음을 아는지 모르는지 하부르는 오랜만에 만난 말 상대를 향해 알아듣건 못 알아듣건 재잘거렸다. 전체 내용의 반도 못 알아듣는 국광은 점점 인내의 한계를 느끼고 있었으나 이 멍청한 아가씨는 그걸 알아채지 못했다.

국광은 도저히 참지 못하고 밖으로 나가려다가 마음을 돌려 구석에 놓인 검을 집어 들고 다시 하부르의 옆에 앉았다. 그러고는 요즘 들어 사용하기 시작한 청성검과 장도를 정성껏 닦으면서 건성으로 하부르의 말에 맞장구를 쳐 줬다. 하부르는 갑자기 국광이 검을 꺼내자 움찔하기는 했지만 그가 곧 검을 손질하기 시작했으므로 또다시 쉴 새 없이 떠들어 대기 시작했다.

있는 대로 시간을 끌던 검의 손질까지 끝나자 국광은 자리를 펴고 잘 준비를 했다. 그러자 하부르가 국광의 손에서 가죽을 빼앗아 정성껏 깔고는 국광을 눕히고 자기도 그 옆에 누웠다. 국광으로서는 기가 막힐 노릇이었지만 자신을 완전한 남편이나 남편 대용품쯤으로 생각하는 이 아가씨를 설득할 수도 없었다.

'에이, 될 대로 되라지.'

국광은 오른팔을 뻗어 하부르에게 팔베개를 만들어 주고는 옆에서 속삭이는 하부르의 말을 들으며 잠이 들었다. 오랜 시간 뛰어다니며 거의 잠을 자지 못했기에 그건 어쩔 수 없는 현상이었다. 옆에서 속삭이던 하부르는 곧 국광의 편안한 숨소리가 들리더니 더 이상의 형식적인 대꾸도 없자 살짝 국광을 찔러 보았다.

"이봐요……."

국광에게서 아무런 반응도 얻지 못한 그녀는 살며시 웃으며 국광의 품에 기대 잠을 청했다. 어쩔 수 없이 함께하게 되었지만 그녀는 자기에게 꽤나 신경을 써 주는 이 알 수 없는 이상한 남자가 아주 마음에 들었다.

다음 날 아침이 되자 또다시 마화가 국광을 깨우러 왔다. 그녀는 다짜고짜로 막사 안으로 쳐들어왔다.

"대장."

반쯤 눈을 뜬 국광은 누운 채로 마화를 올려다보았다.

"왜 그래?"

그러자 마화는 국광을 내려다보며 퉁명스럽게 내뱉었다.

"계속 잠만 자면 어떻게 해요? 할 일이 많은데……."

"할 일?"

"예."

"어떤?"

"그러니까……."

"어떤 일인지는 모르겠지만 임충하고 둘이서 해결해. 잠을 오랫동안 못 잤더니 피곤하군."

"안 일어날 거예요?"

"야, 잠 좀 자자. 지금이 도대체 몇 신데……."

"벌써 해 떴다구요."

"벌써는 무슨, 해 뜬 지 1각도 안 됐잖아. 나중에 보자구."

일어날 생각은 안 하고 국광이 가죽을 좀 더 높이 끌어 올리자 마화가 다가오더니 가죽을 확 걷었다. 국광은 저녁에 입고 있던 옷을 그대로 입은 채였다. 그 옆에 역시 옷을 입은 채 누워 있던 하부르는 겁먹은 눈으로 마화를 훔쳐보며 국광을 살며시 껴안았다. 설마하고 있던 마화는 그 모습을 보고 어리둥절한 표정이 되었다.

"……."

국광은 그사이 내공의 운용으로 능공섭물해 마화가 쥔 가죽을 뺏어서 다시 덮고는 졸린 듯한 목소리로 냉랭하게 말했다.

"나중에 보자구. 쫓아내기 전에 빨리 나가."

"그러죠."

국광이 또다시 하부르를 껴안고 잠을 청하자 순순히 물러난 마화는 임충의 막사로 향했다. 마화는 망설임없이 임충이 뻗어서 자고 있는 막사 안으로 쳐들어갔다. 마화는 자고 있는 임충을 툭툭 차서 깨웠다.

"야, 빨리 일어나."

"으응…, 왜 그래?"

"왜 그래고 자시고 빨리 일어나."

"끄응……."

신음 소리와 함께 다시 모포를 뒤집어쓰는 임충을 보고 마화는 이번에도 바로 모포를 뺏어 들었다. 무심했던 국광과는 달리 임충은 비록 바지 안으로지만 아침을 알리는 양물이 마화 앞에 드러나자 황급히 가리면서 당황해 얼굴을 붉혔다.

"야, 빨리 나가."

"쳇, 꼴에 남자라고……."

마화는 앞을 가린 손을 발로 툭 차면서 말했다.

"밖에서 기다릴 테니 빨리 나와, 죽고 싶지 않으면."

"야, 너 정말 여자냐? 아침부터 미치겠군······."
팽창한 양물이 밖으로 드러나지 않도록 간수를 잘한 임충이 투덜거리며 나오자 마화가 임충에게 따지듯 물었다.
"야, 대장이 왜 몽고 계집하고 같이 사는 거지?"
"그걸 몰라서 묻냐? 왜 잘 자는 사람 새벽부터 깨워서 헛소리야. 냄새나는 몽고 계집하고 같이 산다면 이유야 뻔한 거잖아."
"뭐? 성교?"
여자가 이렇게 직설적으로 묻자 임충은 얼굴이 벌게지면서 더듬거렸다.
"그, 그렇···겠지."
"그런데 그게 아닌 것 같아."
"왜?"
"하부르하고 살기 시작한 다음부터 새벽마다 내가 깨우러 갔는데······."
놀란 임충이 외쳤다.
"너 미쳤냐?"
임충이 경악하든 말든 마화는 고개를 가로저으며 말을 이었다.
"아니 멀쩡해. 그런데··· 그때마다 둘 다 옷을 입고 있더라구. 그건 서로 성교를 안 했다는 말이잖아. 남자가 그럴 수도 있냐? 전에 보니 양물에도 이상이 없는 것 같던데······."
대화가 이상한 방향으로 진행되자 임충은 얼굴이 더욱 벌게져서 주위를 두리번거렸다. 그는 도저히 이런 마화를 이해할 수 없었고 이해하고 싶은 기분도 아니었다.
'제기랄, 도대체 누가 우리 대화를 들으면 이게 아침부터 웬 개망

신이냐······.'
"아침부터 헛소리하지 말고 잠이나 좀 더 자. 너야 오래전에 돌아와서 푹 쉬었으니 모르겠지만 나는 지금 죽을 지경이라고. 30기만으로 벌판을 헤맨다는 게 보통 일인 줄 알아. 대장은 거의 한숨도 못 잤고, 나도 그렇다구. 그러니 제발 잠 좀 자자······."
마화는 막사로 들어가려는 임충의 뒷덜미를 잡고 버둥거리는 그를 말이 마실 수 있도록 임시로 물을 받아 둔 곳으로 끌고 갔다. 그 물통 속에 임충의 얼굴을 처박았다가 꺼내고는 다시 말을 시작했다.
"이제 정신이 좀 드냐? 그래서 난 이해가 안 간단 말이야. 욕망을 채우기 위한 것도 아니고, 그렇다고 몽고와는 식생활이 달라서 하녀로 부려먹을 수도 없고······."
임충은 물이 뚝뚝 떨어져 옷을 적시고 있는데도 소매로 쓱 눈만 닦고는 황당하다는 표정으로 마화를 돌아봤다.
"젠장, 들을수록 가관이군. 그래서 네가 하고 싶은 말의 요점이 뭔데?"
"그러니까 내 말은, 그러니까, 왜 하필이면 몽고 계집을······. 대장이 원한다면 여기도 여자는 많은데······."
그러자 멍한 표정으로 임충이 마화를 손가락으로 가리켰다.
"많은 여자?"
"무슨 소리를 하는 거야. 내가 아니라니까······."
마화가 발끈하자 임충이 놀리듯 빙글거렸다.
"흥, 네가 아무리 애태워 봤자 너하고는 격이 다른 분이야. 냉수 먹고 속 차리라구. 대장이 몽고 계집을 껴안고 자든 요나라 계집을 껴안고 자든 너하고는 상관없는 일이야. 그럼 나는 잠이나 좀 더 자야겠다. 일 생기면 네가 알아서 처리해."
임충이 돌아서자 그 뒷모습을 보면서 마화가 소리를 질렀다.
"야, 잘 생각만 하지 말고 내 말도 좀 들어 보라니까······."
임충은 막사 안으로 들어가며 고개를 설레설레 흔들었다.
"헛소리하지 말고 잠이나 좀 더 자. 잠이 모자라니까 정신이 헷갈리고 입에서 헛소리가 나오는 거야."
약이 오른 마화는 임충이 들어가고 나서 펄럭이는 막사의 휘장을 보며 중얼거렸다.
"흥! 내가 말을 말아야지."

국광이 느지막이 일어나자 먼저 일어나서 기다리고 있던 하부르가 먹을 것을 가져왔다.
"드세요."
이번에는 양 다리를 통째로 구운 거였지만 사정은 전과 별로 다른 게 없었다. 겉만 익혔지 안은 똑같이 핏물이 뚝뚝 떨어졌던 것이다. 국광은 사력을 다해 고기를 씹어 삼키고 마유주를 들이켜고는 일어났다.
"좀 더 드세요."
국광은 억지로 웃으면서, 음식을 권하는 하부르에게 더듬더듬 말했다.
"아··· 그러니까, 이거 정말 맛있기는 하지만 나는 원래 식사를 많이 안 해. 그리고 점심은 수하들하고 같이 먹으니까 준비할 필요 없어. 심심하겠지만 혼자 먹어라, 응?"
맛있다는 말에 하부르는 활짝 웃었다.

"부하들하고 가깝게 지내는 것도 좋은 거예요."
"아, 지금 생각났는데 저녁도 수하들하고 약속이 있어. 술을 같이 마시기로 했으니까 먼저 먹어라, 응?"
"내일 저녁은 같이 먹는 거죠?"
"그럼……."
 국광은 서둘러 청성검이 매여 있는 검대를 차고 밖으로 나왔다. 옥영진 대장군에게 청성검을 받은 후부터 묵혼검은 깊숙이 보관해 두고 이걸 애용했다. 마상전에서는 짧은 칼보다 긴 칼이 더 편리했기 때문이다. 국광은 서둘러 임충의 막사로 갔다. 임충과 수하들이 모여서 식사를 하고 있다가 국광이 다가오자 모두들 일어나 인사를 했다. 국광은 인사를 받는 둥 마는 둥 하면서 자리에 끼어 앉았다.
"야, 내가 먹을 것도 좀 있냐?"
 그러자 그 속사정 뻔히 안다는 듯 흉물스런 미소를 지으며 임충이 비꼬았다.
"아뇨, 대장님 드실 게 어디 있습니까? 저희 먹을 것도 없는데……. 게다가 대장님은 예쁜 하부르가 만든 아침 식사를 든든히 드셨을 텐데……."
"그게 인간이 먹을 수 있는 거라면 그렇지. 잔말 말고 빨리 내놔."
 수하 하나가 밥을 한 공기 퍼서 국광에게 줬다. 국광은 열심히 밥과 반찬을 집어 먹으면서 앞으로 이 난국을 어떻게 헤쳐 나가야 할지 궁리를 했다. 하기야 열심히 먹어 대면 나중에는 이골이 나서 어떻게든 먹겠지만 문제는 지금이다. 그리고 하부르를 자기가 평생 데리고 살 것도 아닌데 적응하려고 노력할 필요는 없다는 생각이었다.

텐령 평원 대회전의 서막

본대에는 하루에도 몇 번씩 긴 줄에 손이 묶인 계집들과 아이들의 행렬이 지나갔다. 부근을 약탈한 부대들은 본대에서 진령골에 이르는 비교적 안전한 보급로를 이용해서 약탈물들을 본국으로 수송했다. 그 때문에 국광은 보고 싶지 않아도 묶여서 끌려가는 수많은 사람들의 절망적인 눈빛을 봐야만 했다.

닷새가 지나자 추격전에 나섰던 3개 천인대가 돌아왔다. 돌아오는 길에 주변에 흩어진 모든 몽고 부락들을 약탈하느리 시간이 좀 더 걸린 것이다. 그들도 수많은 포로들을 끌고 왔으며, 노획한 물자들도 수레에 가득했다. 옥영진 대장군은 그것들을 모두 본국으로 출발시키고 나서 천인대장급 이상만 소집하여 장시간 작전 회의를 시작했다.

국광도 사방을 돌아다니며 약탈 사업에 열중인 40개 백인대에게서 주워들은 정보들이 있었다. 철진천이 비록 부상은 당했지만 후퇴하여 전력을 재정비하고 있는 장소를 알아냈다는 것이다.

국광이 멀리 떠 있는 구름을 바라보며 생각에 잠겨 있는데, 뒤에서 마화가 천천히 다가왔다. 오랜 휴식 때문인지, 아니면 부근의 적은 모두 다 전멸시킨 후의 안도감인지 평소와 달리 갑옷을 입지 않은 그녀는, 뛰어난 미인은 아니지만 오똑한 콧날과 고집스러워 보이는 눈매를 갖고 있었다. 마화는 바람에 날리는 머리카락을 귀찮은 듯이 쓱 넘기고 국광에게 말을 걸었다.

"무슨 생각을 하고 있어요?"

갑작스런 목소리에 정신을 차리며 국광이 어리둥절한 표정으로 되물었다.

"응? 뭐라고?"

"무슨 생각을 그렇게 멍하게 하고 있냐구요."

"아… 이놈의 전쟁이 언제 끝날까 생각하고 있었지."

"그거야 철진천(鐵眞天)인지 동진천(銅眞天)인지 하는 양반이 언제 죽느냐에 달린 게 아닐까요?"

"꼭 그를 죽여야 한다면 빨리 진격해서 끝장을 내야지, 왜 여기서 이런 추악한 짓거리를 하고 있지?"

"그거야 이 부근은 모두 철진천의 부족들이 거주하는 곳이니까, 이들을 없애 버리면 그만큼 철진천의 입지가 약화되지 않겠어요?"

"과연 그럴까. 계속 이런 식으로 나가면 이 일대 부족들의 반감만 살 것 같은데……."

"그건 너무 중원식으로 생각하는 거죠."

"중원식이라고?"

마화는 아직 세상 물정을 잘 모르는 어린애를 타이르듯 설명하기 시작했다.

"이들은 강자에게 약하고 약자에게 강한, 철저하게 약육강식의 법칙에 따르는 종족이에요. 본때를 보여 주면 뭔가 결과가 나온다구요. 제가 듣기로는 이미 다섯 개 부족이 우리를 도와주겠다고 전령을 보내 온 모양이에요. 그러니까 다음 작전은 몽고족들과 함께 할 것 같아요."

"몽고족들과 함께……."

"예, 이들은 한 국가를 이룬 적이 없어요. 그렇기에 동족(同族)이란 개념도 없지요. 자신의 부족에게만 피해가 오지 않는다면 무슨 짓이라도 한다구요. 다른 부족을 없애는 걸 도와서라도 자신들에게 화(禍)가 미치지 않는 걸 원해요. 지금 단장은 그 다섯 개 부족의 지원군을 기다리고 있어요. 제가 듣기로는 8만정도 지원을 받을 수 있을 거라고 하던데요."

"확실한 거야?"

마화는 애교스럽게 귀를 잡아당겼다.

"예, 저는 아주 귀가 크다구요."

국광은 빙긋 미소 지었다.

"너무 귀가 크면 명대로 못 사는 법이야. 예로부터 모르는 게 약이라고 했거든."

그러자 마화는 한술 더 떠서 깔보는 듯 혀를 찼다.

"쯧쯧, 그게 아니에요. 큰 귀를 가져도 입이 무거우면 보탬이 된다구요. 뭘 모르시는군. 아는 게 힘이라는 말도 있잖아요."

"흠, 그럴지도. 그럼 언제 진격을 시작할지 아나?"

"사흘 후쯤에 출발할 것 같아요. 몽고족들과는 툴라이 벌판에서 합류한다고 하더군요."

"벌판에서?"

"예, 그들의 속셈을 확실히 알 수 없으니 기습은 막아 보자는 게 단장의 생각이겠죠. 벌판에서는 기습이 될 턱이 없고 또 기습이 아니라면 우리 흑풍단이 겨우 몽고족들에게 치명타를 입을 리가 없으니까요."

"그도 그렇군."

8일 후 몽고족의 대군과 흑풍단이 합류했다. 서로가 믿을 수 없는 사이였기에 관례에 따라 다섯 명의 부족장들은 자신의 아들들을 인질로 보내왔다. 그렇게 하는 편이 서로에게 신뢰감을 주기 때문이다. 이쪽은 이쪽대로 저쪽이 헛수작을 부리지 않을 거라고 생각하게 되고, 저쪽은 저쪽대로 이쪽에 인질을 보냈으니 자신들을 의심하지 않을 거라는 신뢰감이 생기게 되는 것이다.

몽고군 8만을 포함해서 이제 10만의 군세로 늘어난 정벌군은 철진천이 세력을 정돈하고 있는 마추하 부근의 텐령 평원으로 진격했다. 드넓게 펼쳐진 몽고의 대 초원에서는 얄팍한 술수가 거의 통하지 않는다.

또 양쪽이 기병이므로 기습은 거의 불가능하다. 야습이 좋기는 하지만 아군끼리 충돌할 위험도 있기 때문에 소규모의 정예만을 차출해 상대의 진지를 휘저어 놓는 정도밖에는 할 수 없다.

연합군은 드넓은 텐령 평원에서 철진천의 12만 군세와 마주쳤다. 전번의 패배는 벌써 잊었다는 듯 몽고족들은 아직도 투지에 불타고 있었다. 사실상 전쟁이 시작된 지는 그렇게 오래되지 않았고 서전에서 치명타를 입긴 했지만 그들에게는 여력이 있었다. 더욱 중요한 것은 그들이 신뢰하는 철진천이 비록 부상을 입긴 했지만 살아 있다는 사실이었다.

옥영진 대장군은 당당하게 대오를 유지하고 있는 몽고병들을 바라보며 부단장에게 말했다.

"저 자식들이 아직 정신을 못 차린 모양이군."

"예, 그만큼 철진천이란 인물에 대한 신뢰도가 대단하다는 거겠지요. 그리고 사실 전번 전투에서 투입된 주력은 철진천의 동맹 부족들이라고 봐야 하니까요. 지난번의 대패로 동맹을 맺었던 부족들이 대부분 떨어져 나가고 세 부족 정도만 그를 돕겠다고 병사를 보낸 모양입니다."

"그래? 이번에 패하면 그나마도 끝나겠군."

"그럴 겁니다."

"흠, 이번에는 정면 공격을 하기로 하지. 사실 이런 대 평원에서 따로 얄팍한 전술을 써 봐야 통할 리도 없으니까."

"하지만 그래도 약간은 술수를 써야 합니다. 안 그러면 피해가 클 겁니다."

"바로 그거야. 피해가 커야 해."

"예?"

"그러니까 무슨 말이냐 하면……."

옥영진 대장군은 검 끝으로 땅에다 쓱쓱 선을 그으며 설명했다.

"우선 여기에 넓게 어림군을 포진시키는 거야. 그런 다음 다섯 부족의 부족장들에게 어림군의 뒤편에 주둔하도록 명령해."

"하지만 저쪽에서 먼저 공격해 올까요?"

"글쎄……."

"전에는 저들의 수가 많기에 정면 돌격을 해 왔지만 어림군의 활과 쇠뇌에 많은 병사들을 잃었습니다. 지금은 거의 병력이 엇비슷한 상태, 아니 보병인 어림군을 빼면 이쪽은 9만이니까, 이쪽의 보병과 싸우지 않기 위해 선제공격은 하지 않을는지도 모릅니다."

"그래도 만일의 사태를 위해 어림군은 포진시켜야 하니까 이렇게 하고 그 뒤에 몽고병을 놔둬. 적이 공격하면 좋고 안 그러면 이쪽에서 공격하면 되니까……. 그리고 저쪽의 몽고병들이 배신하면 일단 어림군이 진형을 짜고 있는 곳까지 후퇴해서 어림군을 의지해서 싸우면 도움이 되지."

"예."

"적이 공격해 오지 않으면 먼저 몽고병들을 어림군의 양쪽으로 출동시켜 적진으로 돌격해 전투를 벌이는 거야."

"……."

"그리고 흑풍단의 5개 천인대가 좀 더 진격해 들어가서 적의 뒤를 치면 아주 광범위한 포위망이 형성되지. 하지만 우리는 뒤에서 들어가게 되고 다섯 개 부족은 정면을 감당하니까 당연히 다섯 개 부족의 피해가 엄청날 거야. 그러면 철진천도 잡고 몽고족들끼리 서로 싸워 전력도 약화되고, 일거양득이지. 이번에는 완전히 포위해서 철진천의 목을 확실히 베어야 해."

"좋은 작전입니다. 하지만 전처럼 철진천이 후군을 구성해서 뒤로 빠지면 어떻게 하죠?"

"전에는 전군과 후군 간의 간격이 커서 분리되어 격파당했기에 이번에는 함께 행동할 게 확실해. 후군이 있다면 미끼일 가능성도 있지."

다음 날 아침, 양군(兩軍)은 진형을 급히 짜기 시작했다. 흑풍단 쪽에서는 계속해서 몽고군을 유인했지만, 한 번 패배를 맛본 철진천은 쉽사리 선공(先攻)을 취하지 않았다. 아무래도 이쪽의 보병들이 마음에 걸리는 모양이었다.

보병은 후퇴하면 자중지란으로 전멸하고 만다. 그렇기에 보병에게 있어 후퇴란 말은 용납되지 않는다. 적이 앞에 있다면 사수(死守)만이 있을 뿐이다. 그 속도 때문에 일부 기병이 달려나와 상대를 약 올리거나 화살을 쏘는 등 도발 행위를 하다가 적이 달려 나오면 재빨리 후퇴하여 매복, 또는 진형을 갖추고 대기 중인 보병들을 유인하곤 한다.

그 외에 전군이 퇴각할 때는 보병이 앞서 퇴각하고 기병은 언제나 뒤에 남아 퇴로를 확보한다. 기병은 언제라도 빨리 이동할 수 있다는 이점이 있기에 항상 먼저 나서고 나중까지 버티는 것이다.

몇 번의 도발이 통하지 않자 옥영진은 두 번째 작전을 시작하라는 신호를 보냈다. 곧장 휘하의 전 기병들이 적진을 향해 달려 나갔다. 그러자 상대도 함께 돌격해 들어와 대규모 기병전이 벌어졌다. 상대방도 이쪽이 기병들을 대량으로 투입하자 더 이상 보병들을 걱정할 필요는 없다고 생각한 것이다. 정신 나간 지휘관이 아니라면 양군이 얽혀 있는 상태에서 보병들에게 쇠뇌를 발사하라는 명령은 할 수 없을 것이므로…….

수많은 기병들이 텐령 평원에서 충돌하며 장관을 연출했다. 몽고병과 몽고병, 또 몽고병과 흑풍단의 전투를 지켜보던 옥영진 대장군은 갑작스럽게 변하기 시작한 전세에 경악하여 옆에 서 있는 마길수 부단장에게 외쳤다.

"남은 4개 백인대를 이끌고 적의 퇴각을 저지해, 빨리!"

흑풍단이 교묘히 뒤로 돌며 철진천의 군단을 포위하자 위기감을 느낀 철진천이 측면 돌파를 지시했고, 그에 따라 몽고병들은 비교적 약하다고 생각되는 측면의 몽고 연합군에게 맹공을 퍼부었다. 마길수 상장군이 예비 병력으로 남겨 두었던 4백 명의 흑풍단을 이끌고 적의 돌파를 저지하려고 했으나, 한 번 새기 시작한 둑이 걷잡을 수 없이 무너져 내리듯 적의 기세를 꺾을 수 없었다. 옥영진 장군을 비웃기나 하듯 몽고의 대 병력은 거대한 포위망을 깨끗이 돌파하여 퇴각하기 시작했다. 이로써 대회전의 첫 번째의 전투는 연합군의 판정승이라고 볼 수 있었으나 문제는 거기서 시작되었다.

항아리 모양으로 적을 포위했던 옥영진 대장군의 연합군은 항아리 속의 쥐 떼가 도망치자 자연히 항아리의 면적을 좁히며 도망치는 후위의 쥐 떼와 격전을 벌였다. 그런데 철진천이 부상을 무릅쓰고 몸소 지휘하는 몽고병들은 한쪽을 돌파하자 예상과 달리 후퇴할 생각은 않고 양방향으로 나뉘며 쫓아 들어오는 연합군을 공격하기 시작했다. 그러다 보니 자연 안과 밖이 뒤집혀 도리어 연합군이 철진천의 대 군단에 포위된 형국이 되고 말았다.

일단 포위되면 그 중앙에 갇힌 쥐들은 양 옆이 우군이니 칼을 놀릴 도리가 없어 쉬어야 한다. 대신 원의 밖에 있는 쥐 떼와 대치하고 있는 항아리의 치열한 전투가 벌어진다. 사실 충돌하는 면적은 같으므로 서로가 죽자고 싸운다면 포위가 되건 말건 별 상관이 없다. 하지만 일단 포위되면 사방이 적인 것 같아 사기가 급속도로 떨어지므로 여기에서 문제가 생기는 것이다.

작전은 옥영진 대장군의 예상을 완전히 벗어났다. 한 번의 포위 작전에서 궤멸이 가능할 것이라는 예상과는 달리 오히려 적에게 포위되어 버리자 철진천의 무서움을 아는 몽고 연합군 내에서 제일 먼저 동요가 일어나기 시작했다. 거기에 옥영진 대장군은 흑풍단과는 떨어져 보병들과 함께 있으니, 그들을 이끌 장수가 없는 연합군과 비록 부상은 당했을망정 지휘관이 함께하는 몽고병. 이건 처음부터 적수가 되지 못했다.

하지만 이때 몽고의 대 병력에 포위되어 치열한 접전을 벌이던 연합군의 마길수 부단장이 휘하의 4백 기와 부근의 몽고 연합군을 몰아쳐서 정면의 포위망을 돌파하는 데 성공했다. 마길수 상장군은 전 기병대에게 명령을 하달했다.

"어림군이 주둔하고 있는 곳까지 후퇴하라!"

"흑풍단은 몽고군의 후퇴를 지원해라!"

9만의 연합군이 날아다니듯 후퇴하기 시작하자 12만의 몽고군이 추격전을 개시했다. 사실 철진천의 몽고병은 숫자도 많았지만 철진천 하나만을 믿고 의지하는 단일한 군사 집단인데 비해, 9만의 연합군은 흑풍단의 위력 때문에 그들보다 강한 힘을 가지고는 있으나 각기 따로 움직여서 대규모 기병전에서 벌어지는 뜻밖의 사태에 신속하게 대응하지 못했기에 이런 낭패를 당한 것이다.

9만의 기병대가 전속력으로 후퇴하자 옥영진 대장군은 어림군의 진형(陣形)을 더욱 튼튼히 짜서 적의 난입에 대비하는 한편 보병대의 양옆으로 퇴각해 들어오는 기병들을 재편성하느라 정신이 하나도 없었다. 이윽고 흑풍단에 이어 철진천의 추격대가 들이닥치자 쇠뇌들이 일제히 발사되어 수없이 많은 화살들이 몽고병들에게 날아갔다. 일진이 화살에 무너지자 철진천도 더 이상 전투를 계속할 생각이 없는지 퇴각하기 시작했다.

기나긴 하루가 끝나가고 있었다. 병사들은 치열한 기동전(起動戰) 덕분에 밥을 먹을 시간도 없어 칼을 휘두르며 간신히 입속에 육포나 우물거리며 허기를 모면했는데, 서로가 떨어지자 먼저 솥부터 걸고는 식사 준비에 여념이 없었다.

필승을 위한 작전

때늦은 점심 식사를 끝내고 천인대장 이상급 간부들이 모여 작전 회의를 시작했다. 첫 번째 대회전에서 철진천의 몽고군을 이루고 있던 것은 대부분 타 부족의 지원군이었기에 이 정도로 뛰어난 기동력이 없어 흑풍단이 간단히 승리를 거둘 수 있었지만, 막상 철진천의 주력 부대와 부딪치고 보니 무식한 몽고 놈들이라고 깔보던 생각이 완전히 사라졌다. 옥영진 대장군은 전군을 파멸에서 구해 낸 마길수 상장군을 치하하고는 침중한 어조로 말했다.

"적의 전력이 생각 이상으로 강하니, 이것 참. 제장들의 의견은 어떻소?"

옥영진 대장군의 말에 마길수 상장군이 먼저 입을 열었다.

"철진천은 이렇다 할 병법 책을 읽은 위인도 아니고, 그의 전술적 감각은 수많은 실전 경험에서 얻어 낸 겁니다. 거의 짐승과 같은 예리한 감각이 있다고 봐야 할 겁니다. 그러니 속 보이는 함정보다는 아주 치밀한 함정을 준비해야 합니다. 감각은 있되 그 감각을 쓸 수 없도록, 그러니까 뻔히 알고도 당하도록……."

마길수 상장군의 말에 귀가 솔깃해진 옥영진 대장군이 물었다.

"어떤 방책이 좋겠소?"

마길수 상장군은 일부러 말을 약간 늦춰 분위기를 고조시키고 천천히 설명했다.

"일단은 장군과 멍군을 불러 서로 비긴 셈이니, 오늘은 이만 작전을 종료하고 천인대 하나만을 동원해서 야습을 해 보는 건 어떨까요? 정면 승부가 아니라서 전과는 그리 크지 않겠지만 동맹인 몽고 병들의 사기를 올리는 데는 도움이 될 겁니다."

"흐음, 그도 그렇군."

"그러면서 이 전투를 장기전으로 끌고 나가는 척하는 겁니다."

옥영진 대장군은 약간 의아한 표정으로 반문했다.

"척?"

"예, 흑풍단의 두 개 천인대를 뽑아서 부근의 몽고족 마을들을 완전히 쑥대밭으로 만드는 겁니다. 그러면 철진천은 우리가 장기전으로 나가며 자신의 주력 부대를 이곳에 잡아 두고 휘하 부족들을, 그것도 남자들은 거의 빠져나간 허약한 부족들을 쳐서 자신의 세력을 약화시키려 한다고 생각하겠죠. 그리고 휘하의 부하들도 가정이 박살 나니 사기도 떨어질 겁니다. 그러면 방법은 하나뿐……. 일부 병력을 뽑아 내어 우리의 약탈 부대를 치기 위해 병력을 분산할 것이고……."

"아하! 그때 적을 완전히 박살 낸다. 그것 꽤 괜찮은 생각이군."

그 말에 관지 장군이 말을 이었다.
"대장군, 소장의 생각으로는 철진천의 동맹 부족의 마을에는 손대지 않는 것이 더 효과가 있을 것 같습니다."
"왜?"
"동맹 부족의 본거지를 공격하지 않으면 동맹 부족들은 자신의 마을로 돌아가지 않을 거고, 그러면 그만큼 철진천에 의해 단련된 병사들의 비율이 적어지는 결과가 나오게 되죠. 그러면 이번과 같이 신속한 대응 능력을 발휘하지는 못할 겁니다."
그의 의견에 감탄했다는 듯이 옥영진 대장군이 무릎을 쳤다.
"그것도 묘책이로다."
그 말에 장각 장군이 대꾸했다.
"하지만 대장군, 이건 너무 비겁한 술책인데요? 무식한 몽고병들을 상대로 이토록 비겁한 방책을 써야만 합니까?"
장각 천인대장은 정통적인 무인 가문 출신의 무장인지라 무엇보다 의를 중시하는 사람이었다. 그는 아무리 상대가 악하다고 해도 자신은 정통적인 수법으로 적을 상대해야만 그 공명정대함에 상대도 무릎을 꿇는다고 생각하는 순진한 친구다. 이에 대해 노영(盧英) 장군이 반론을 제기했다.
"흐흐, 소장은 상관없다고 생각합니다. 몽고 오랑캐를 치는 데 꼭 정공을 택할 필요는 없습니다."
"그 건은 그쯤 해 두고, 그래 이 부근에 있는 철진천의 부락은 조사를 했소?"
마길수 상장군이 답했다.
"예, 가장 먼저 이곳에 도착한 소장이 10개 십인대를 투입하여 부근을 조사했습니다. 몽고 부족 몇 명을 납치하여 고문도 했고…, 이리저리 모든 정보를 종합해 본 결과 부근에 네 개 부락이 있는 걸로 밝혀졌습니다."

"좋아, 그럼 각 부락에 5개 백인대씩 보내기로 하지. 그들은 그 부락들을 멸하고 나면 회군하지 말고 주변의 또 다른 몽고 부락들이 있는지 조사하여 모두 없애 버리는 것이 좋겠군."

"누구를 보내시겠습니까?"

"공지! 노영!"

"예!"

"너희들은 지금 수하들을 거느리고 출발하라! 자세한 위치는 마길수 상장군이 지시할 것이다."

"예."

제7, 10천인대장들이 막사에서 나가자 마길수 부단장이 물었다.

"오늘 밤의 야습은 실행합니까?"

"그렇지! 오늘 야습은 꼭 해야겠군. 관지!"

"예."

"너는 지금 본대에서 이탈하여 기회를 노리다가 밤에 기습을 감행하라."

"예."

"물이 있는 곳까지 뒤로 80리(약 32킬로미터) 정도 이동해야 하니까 오늘 밤 장작불을 여기저기 피워 놓고 동시에 야습을 감행하면 적은 그 소란통에 우리가 빠져나갔는지조차 알기 힘들 거야."

"좋은 작전입니다."

"오늘 저녁에 일정 거리 후퇴하여 다시 진지를 구축한다고 몽고

족장들에게도 통보해 두게."
"예."

"빌어먹을……. 이번에는 완전히 죽다가 살아난 기분이군."
임충의 투정에 마화도 약간은 동의한다는 투였다.
"이번 몽고군의 움직임은 정말 멋지던데? 안 그래요, 대장?"
마화의 물음에 국광도 고개를 끄덕였다.
"맞아, 그의 용병술도 대단하더군. 하지만 그 정도로는 흑풍단을 멸할 수 없어. 이쪽은 무공이 강한 집단이니 저쪽도 무림인들을 투입하지 않는 한, 아무리 해도 흑풍단에 타격을 주기는 힘들지. 그래도 이번 전투로 몽고병들이 타격을 입었으니 그게 문제라면 문제군."
"하지만 우리 연합군에게 몽고병은 있어도 그만 없어도 그만인 존재들 아닙니까? 그들의 사기가 좀 떨어진다고 해서 문제될 게 있을까요?"
"그렇지는 않아. 처음부터 흑풍단만으로 전투를 벌이는 것과 저들과 함께 연합군을 구성해서 전투를 벌이는 건 아무래도 큰 차이가 있지. 아무리 무용지물이라는 생각이 들어도 저들 족장의 비위를 맞춰 줘야 하는 게 현실이야. 둘이 손발이 맞지 않으면 혼자 해도 될 일까지 안 되니까. 최악의 경우 족장들의 배신으로 양쪽에서 공격을 당해 전멸할 수도 있지."
"그도 그렇군요. 참, 이제 전투도 끝났는데 하부르한테 안 가 봐도 돼요?"
"끅……."

그래도 신경 쓴다고 말해 줬는데 국광이 갑자기 이상한 반응을 보이자 마화가 괴이하게 여겼다.
"왜 그래요?"
어리둥절한 표정의 마화와 질린 듯한 표정의 국광……. 이들의 표정을 보며 재미있어진 임충이 자신은 다 안다는 투로 국광에게 말했다.
"하하, 요즘은 하부르 생각만 해도 마유주와 피가 뚝뚝 떨어지는 신선한 날고기가 함께 떠오르는 모양이죠?"
"아닌 게 아니라 요즘은 꿈에도 피가 뚝뚝 떨어지는 날고기가 입속으로 뛰어드는 게 보이니… 이 일을 어찌 하면 좋을까?"
"잠시 떨어져서 지내면 어떨까요?"
"떨어져서? 말은 쉬운데 그게 좀……."
"왜 그러십니까? 뭐 약점이라도 잡히셨나요?"
"약점?"
국광은 속으로 '그럴지도 모르지' 하고 생각하며 쓴웃음을 지었다.
하부르는 처음에는 흑색 갑주에 안면 보호대를 착용하고 싸늘한 눈만 드러낸 국광의 공포스런 분위기에 압도되어 찍 소리도 못 하고 있었다. 하지만 시간이 좀 지나자 갑주를 벗으면 드러나는 문약한 서생과 같은 모습과 약간 무뚝뚝하기는 하지만 정이 많고 여자에게 강하게 나가지 못하는, 치열한 생존 경쟁을 뚫고 나가는 몽고 남자에게서 느낄 수 없는 부드러움을 눈치 챌 수 있었다. 이런 점들을 본능적으로 포착하자 그다음부터는 하부르의 세상이었다. 수하들도 어린 하부르에게 휘둘리는 국광을 보고 매우 재미있어 하면서 '남자의 속성'이니 '남편은 이렇게 교육시켜야 한다' 느니 하면서 옆에서 부추기며 바람을 넣어 지금의 국광으로서는 죽을 지경이었던 것이다.

'어린 계집애 하나 데리고 살기가 이렇게 힘들 줄이야……'

한숨을 푹푹 쉬고 있는 국광에게 아주 반가운 소식이 전해졌다. 전령이 시근벌떡 달려오더니 외쳤다.

"관지 대장께서 출동 준비를 하시랍니다."

갑작스런 전령의 말에 의아한 표정으로 국광이 물었다.

"왜?"

"작전상 준비가 되는 대로 본대에서 이탈한답니다. 자세한 것은 모르겠구요."

그러자 국광은 하늘이 무너져도 솟아날 구멍은 있다는 듯이 고개를 끄덕였다.

"그래? 이런 공교로운 일이……. 돌에 걸려 넘어져도 동전 있는 곳에 얼굴을 처박는군. 그래, 잘됐다. 마화!"

국광의 혼잣말에 못 말린다는 듯 마화는 빙그레 미소를 지었다.

"예."

"출동 준비를 하라고 지시해라. 혹시 모르니 며칠 먹을 건량도 같이 준비하라고 일러라. 나는 막사에 다녀오겠다."

그러자 마화가 씩 웃었다.

"하부르한테 보고하시게요?"

정곡을 찌르는 말에 쑥스러워진 국광이 버럭 소리를 질렀다.

"말도 안 되는 소리 하지 말고 빨리 가 봐!"

"예!"

국광이 막사 안으로 들어서자 하부르가 쫓아와 국광을 끌어안았다.
"이제 끝난 거예요?"
"오늘 싸움은 그럭저럭 끝났어."
"피곤하시죠? 앉으세요. 식사 준비할까요?"
국광은 멋쩍은 미소를 지으며 말했다.
"아니 식사는 됐고, 지금 출동해야 하거든……. 한 며칠 못 볼지도 몰라."
국광의 말을 들은 하부르는 약간 서운한 듯했지만 곧 기운을 차려 부산하게 움직이기 시작했다. 남편이 전장으로 떠날 때는 마음 편히 가도록 해 줘야지 앙탈을 부리면 안 된다고 죽은 엄마에게 배웠던 것이다. 하부르는 한 대접 가득히 마유주를 담아 와서는 생긋이 웃으며 권했다.
"지금 가더라도 식사는 하고 가야 하잖아요? 고기는 아직 준비된 게 없고 마유주라도 드시고 가세요."
하부르의 말에 국광은 억지로 미소 지으며 사양했다.
"괜찮은데……."
하지만 전장으로 떠나는 남편을 든든히 먹여 보내야 한다고 굳게 믿고 있는 하부르로서는 자신에게 들르지 않았다면 몰라도 이렇게 얼굴을 보게 된 이상 뒤치다꺼리를 해 줘야 한다고 생각했다.
"그래도 좀 드세요. 초원의 밤은 춥다구요. 마유주를 든든히 마셔 두면 몸도 따뜻해지구요."
생긋이 웃으며 마유주를 한 대접 가득 담아 성의껏 권하는 데야 뿌리칠 재주가 없다. 국광이 사발을 받아 들고 꿀꺽꿀꺽 마셔 버리자 미소를 지으며 국광을 바라보고 있던 하부르는 한 잔 더 따라 줬다.

"더 드세요. 장정은 많이 먹어야 해요."

"이제 배부른데……."

국광은 한 잔을 비운 다음에야 마유주의 공포에서 해방될 수 있었다. 국광은 하부르의 머리를 쓰다듬으며 작별 인사를 했다. 자신이 죽을 가능성은 없다고 굳게 믿고는 있었지만 그래도 전쟁의 경험이 없는 국광은 전장으로 떠날 때면 늘 이게 마지막이 아닐까하는 생각이 들곤 했기 때문에 언제나 하부르에게 인사를 하고 갔다.

"얌전히 있어야 한다. 그래야 착한 아이지."

"예."

끝이 보이지 않는 텐렁 평원……. 하지만 말이 평원이지 완만한 둔덕들이 군데군데 솟아 있다. 그중 한 귀퉁이에는 흑풍단 대원들이 옷을 갈아입느라 정신이 없었고 또 한쪽… 둔덕 위에서는 흑색 갑주를 입고 저마다 큰 칼을 허리에 차거나 등에 멘 자들이 지평선의 한 지점을 바라보고 있었다.

"꽤 멀리 돌아서 왔으니 상대가 눈치 채지는 못했겠지?"

"그렇겠죠. 하여튼 관지 대장도 기습전에는 일가견이 있는 모양이에요."

"흐흐흐, 놀라운 일이야."

"뭐가요?"

국광이 비꼬는 어투였다.

"대(大) 찬황흑풍단이 알고 보면 기습전에나 도가 튼 집단이라니……."

그러자 마화가 새침한 표정을 지었다.

"피, 그건 할 수 없잖아요. 소수 정예의 묘를 살리려면 기습이 최고라구요."

"그건 그렇고, 25리(약 10킬로미터) 정도 떨어져서 보니 정말 인마가 개미만 하군. 파오는 완전히 장난감 같은데?"

이때 아래쪽에서 임충이 몽고 옷을 입고 헐떡거리며 달려오더니 국광과 마화에게 옷을 한 벌씩 건넸다. 그걸 무심결에 받아 들면서 마화가 물었다.

"이게 뭐야?"

임충은 씩 웃으며 대답했다.

"뭐긴 뭐야, 몽고 놈들 옷이지. 이걸 입고 야습한다는 관지 대장의 명이야. 그리고 이 하얀 천을 왼팔에 감아서 아군이라는 표시를 하는 거지."

마화는 갑주를 벗고 주섬주섬 받아 든 몽고 옷을 입으려다가 인상을 찡그렸다.

"크… 이게 무슨 냄새야?"

마화의 반응에 당연하다는 듯이 임충이 미소를 지었다.

"몽고 놈들은 거의 목욕을 안 하니까 당연히 옷도 뻔한 거 아니겠어? 그래도 대장과 너를 위해서 특별히 냄새가 덜 나는 걸로 골라 왔다구."

그러자 성의는 생각하지도 않고 마화가 열을 내면서 따졌다.

"골라 가져온 게 이거냐? 이거냐구!"

"할 수 없잖아. 갑자기 내려진 명령이라 옷도 3백 벌 정도밖에 못

구했어. 이걸 세탁할 시간이 어디 있었냐?"

"그러고 보니……. 이럴 줄 알았으면 하부르 것을 한 벌 얻어 오는 건데."

"좋은 생각이지만 본진은 저쪽으로 몇십 리는 돌아서 가야 해. 너 혼자 다시 갔다 올래?"

"……."

"잔말 말고 입어. 누군 코가 없어서 이걸 그냥 입은 줄 알아?"

말없이 몽고군 진영을 바라보던 국광이 임충을 돌아보았다.

"기습은 언제라고 하던가?"

"예, 삼경에 시작한다고 하셨습니다. 옷이 3백 벌뿐이라 천인대 안에서도 무공이 뛰어난 순서로 옷을 입고 나머지는 갑주를 지키며 이곳에 매복해 있다가 기습조의 퇴각을 도우라는 지십니다. 남는 매복조는 맹각(孟覺) 대장이 지휘할 겁니다."

전쟁은 새로운 국면으로

 날이 밝아서야 철진천은 연합군이 자신을 앞에 두고 밤 사이에 도망쳤다는 사실을 잠이 모자라 핏발이 선 눈으로 직접 확인할 수 있었다.
 "빌어먹을……."
 그의 진노한 얼굴을 보며 주위에 늘어선 용장(勇將)들은 어찌할 도리가 없어 묵묵히 그의 화가 가라앉기를 기다릴 뿐이었다. 설마 그들로서도 적이 일부 병력으로 야습을 감행하고 그사이에 줄행랑을 놓을 거라고는 생각하지 못했던 것이다.
 여기저기 쓰러져 있는 파오들 사이로 행색이 말이 아닌 부하들이 돌아다니며 시체들을 치우고 있었다. 그들 또한 뜬눈으로 밤을 새웠는지 눈이 뻘겋게 충혈되어 있었다. 그놈의 흑풍단 녀석들은 밤을 이용해 기습해 와서 거의 한 시진 반 동안이나 진 속을 누비고 다니며 휘저어 댔던 것이다.

흑풍단 놈들은 자신들의 표시라고도 할 수 있는 흑색 갑옷을 벗어 던지고 몽고병들이 입는 옷을 입고 있었기에 누가 누군지 알 수도 없었다. 게다가 상대는 몽고 장수 두셋이 덤벼도 힘들 정도로 뛰어난 무술 실력을 가지고 있었다. 이럴 때 목숨을 부지하려면 구석진 곳에 숨어서 눈앞에 나타나는 사람은 무조건 공격하고 볼 일이다. 그래서 몽고병들의 피해가 더욱 컸는지도 모른다.

"오타이!"

그러자 덩치가 큰 눈매가 부리부리한 장수가 한 발 앞으로 나섰다.

"예."

"1만을 줄 테니 연합군을 추격해라. 나는 정리가 되는 대로 본대를 이끌고 뒤따라가겠다."

"예."

"못된 자식들……. 타우가!"

아직도 분이 안 풀리는지 씨근거리며 철진천이 부른 타우가라는 장수는 덩치는 그렇게 크지 않았으나 다부진 몸매를 가지고 있었다. 가죽 옷에 긴 활을 항상 휴대하여 자신의 활에 대한 자신감을 드러내고 있다. 그는 앞으로 한 발짝 나서며 답했다.

"예."

"1만을 주겠다. 오늘 저녁에 기습한 자식들을 해치우고 나서 본대에 합류하라. 모두들 지금 떠나라!"

"예."

오타이가 지휘하는 추격대 1만은 연합군의 퇴로를 쫓았다. 그리고 활의 명수 타우가가 이끄는 1만은 야습을 가한 흑풍단을 뒤쫓았다. 하지만 타우가가 추격을 시작했을 때 기습조는 이미 멀리 도망친 다음이었다. 그는 관지가 이끄는 천인대를 추격하다가 다음 날 그들이 이미 본대와 합류해 버린 것을 알고 별수 없이 되돌아설 수밖에 없었다.

철진천의 본대는 대강 시체를 수습하고 파오를 걷은 후 오타이의 추격대를 뒤따랐다. 의외로 연합군은 멀지 않은 곳에 다시 진을 치고 있었다. 철진천도 부근에 진을 쳐서 쌍방 간에 대치가 시작되었다.

싸움은 서로가 맞붙어야 하는 것이다. 그렇지 않고 상대가 수비에 전력을 다하고 있는 곳에 공격해 들어가면 오히려 막대한 피해만 보게 된다. 연합군의 진 부근에는 몽고 기병들의 난입에 대비해 목책들이 줄지어 있었고, 그들은 무엇보다 몽고병들에게 없는 쇠뇌를 2백 틀이나 가지고 있다. 거기에 거의 1만에 달하는 보병들이 있다. 그중 5천은 궁병이니 연합군의 진에 돌진해 들어가 봐야 손해만 될 것은 뻔한 이치였다.

상대가 수비에만 전념하며 처박혀 있으니 철진천으로서도 어찌할 도리가 없었다. 중국어를 할 줄 아는 자들을 모아 일부 목소리 큰 병사들에게 욕지거리를 가르쳐서 상대방을 욕하게 하면서 도발해 봤지만 어찌 된 노릇인지 연합군은 꿈쩍하지 않았다.

그게 이상한 노릇이었다. 원래 전쟁을 오래 끄는 것은 수비하는 자들의 전매특허다. 왜냐하면 원정군은 필요한 군수 물자의 상당 부분을 본국에서 지원받아야 하지만 수비군은 그럴 필요가 없기 때문이다. 즉, 병참 지원을 받는 거리에서 압도적으로 차이가 나기에 원정군에게는 속전속결이 절실했고, 수비 측은 그럴 필요가 없으니 전력이 달리면 지연전을 가장 많이 사용하는 것이다. 그런데 원정을 온 상대가 오히려 지연전을 펼치고 있으니 알다가도 모를 노릇이었다. 거기에 연합군에는 새로이 배신자 8만이 붙었으니 사기가 충천할 텐데…….

'이쪽의 양 고기라도 다 떨어지기를 기다리나?'

철진천의 의문은 이틀째에 풀렸다. 거의 2천에 달하는 흑풍단이 사방을 돌아다니며 자신의 부족민들을 학살하고 있다는 보고를 받은 것이다. 주민들이 많이 죽을수록 자신의 입지는 약화된다. 그로서는 이번 전쟁의 승리뿐만 아니라 원대한 꿈인 몽고 통일을 이루려면 우선 부족들의 협조가 있어야 하고 그 수는 많을수록 좋았다.

철진천은 전령으로부터 소식을 듣고는 부들부들 떨리는 몸을 주체치 못했다. 분노……. 송의 찬황흑풍단이라면 최고의 정예. 그 정예 군사들이 전사들이 빠져나간 틈을 타서 아이들과 여자들을 학살하고 있다니……. 그건 자신이 생각해도 필승의 전술임이 틀림없었고, 어쩌면 자신도 적을 향해 그런 방법을 쓸지도 몰랐다. 하지만 막상 그런 일을 당하고 보니 상대에 대해 알 수 없는 분노가 치밀어 오름은 어쩔 수 없었다.

철진천은 전력이 줄어듦을 알면서도 휘하 부족들의 전멸을 막기 위해 할 수 없이 적의 앞에서 부대를 나눌 수밖에 없었다. 남자들은 모두들 전장에 나와 있고 여자들이나 아이들, 그리고 노인들만이 남아 있는 마을을 중국 놈들에게서 지켜야 했기 때문이다. 전선 쪽이 급하다고 그들을 방치하면 부모와 처자를 놔두고 온 수하들의 자신에 대한 신뢰가 무너져 사기가 저하될 것이고, 최악의 경우 모반이 일어날지도 몰랐다. 그래서 전력을 분산시킬 생각은 눈곱만큼도 없었지만 눈물을 머금고 계획을 수정할 수밖에 없었다.
"오타이와 타우가를 불러와라."
"예."
오타이와 타우가가 도착하자 철진천은 잠시 뜸을 들이며 마음을 안정시킨 다음 자신이 지금 하려는 일이 잘못된 것은 아닌지 한 번 더 생각해 봤다.
'어쩔 수 없다.'
"너희들에게 각기 1만씩을 주겠다. 가서 부락들을 중국 놈들의 마수(魔手)에서 구해라. 부장(副長) 두 명씩을 뽑아 가라. 적은 송의 최고 정예다. 될 수 있다면 기습전을 전개하여 정면충돌은 피하는 것이 좋을 거다. 아직 습격당하지 않은 부락 주변에 매복하고 있으면 적이 나타날 거다."
"예."
"지금 떠나라."
"예."
타우가와 오타이가 예(禮)를 취하고 파오를 떠난 후 철진천은 생각했다.
'지금까지의 격전으로 내게 남은 병사는 11만 정도……. 상대는 10만……. 하지만 그중에서 1만은 보병이니 제외한다면 11만 대 9만. 약간은 유리할 거라 생각했는데, 지금 2만을 뺀다면 병력면에서 똑같아지는군. 그렇다고 조금만 보낸다면 격파당할 게 뻔하니 어찌한다? 부처시여, 저에게 힘을 주소서…….'

그로부터 4일 후.

오타이의 부대가 주둔 중인 부락에 5백 명 규모의 적이 나타났다. 오타이는 자신이 신처럼 받드는 철진천에게 받은 정예 부대 앞으로 적이 가까이 접근해 오기를 성질을 죽이며 기다리고 또 기다렸다. 적의 말이 걸어오는 속도가 굼벵이처럼 느리게 느껴졌고, 그로서는 인내의 한계를 느낄 만한 시간이 흘러갔다.

하지만 상대는 일정 거리까지 접근해 오다가 갑자기 불꽃을 공중으로 쏴 올리더니 뒤돌아서서 줄행랑을 치기 시작했다. 그로서는 아쉽게도 흑풍단은 무림의 고수들로 구성된 부대인지라 그들이 좀 더 다가오기를 학수고대하고 있는 몽고병들이 뿜어내고 있는 살기를 느낀 것이다.

몽고병들은 평소 사냥할 때라면 이 정도로 살기를 뿌리지 않는다. 살기를 뿌리면 사냥감이 도망치기 때문이다. 하지만 사람은 그 정도로 오감(五感)이 뛰어나지 않기에 매복해 있으면서 살기에는 신경을 쓰지 않았다. 하지만 무림인들은 수련을 거듭하면서 남달리 감각이 예민해지기에 그들의 기척을 눈치 챌 수 있었다. 오타이는 그걸 몰랐기에 실수를 한 것이다.

'저 자식들이 눈치 챘군.'

"공격하라!"

수천에 이르는 몽고 병사들이 눕혀 놨던 말을 일으켜 세워 재빨리 타고는 달려 나왔다. 그리고 일부 병사들은 그대로 최대한 시위를 당겨서 활을 쏘아 댔다. 오타이는 군사들을 재촉하느라 지평선 저쪽에 또 다른 불꽃이 올라오는 것을 보지 못했다. 오타이는 죽자고 부하들을 몰아붙였지만 매복을 눈치 채고 도망치기 시작한 적을 쉽게 따라잡을 수는 없었다. 하지만 오타이는 한 가지에 희망을 걸고 적들을 필사적으로 추격했다. 자신들은 갑주를 입지 않았기에 말에게 부담이 적지만, 적은 두터운 갑주를 입은 자들이다. 그들은 어떨지 몰라도 말은 쉽게 지칠 수밖에 없다. 죽자고 추격한다면 저쪽의 말이 먼저 뻗을 것은 당연한 이치였다.

쫓고 쫓기는 추격전을 전개하는데, 갑자기 양 옆에서 화살이 날아오기 시작했다. 좌우에 매복하고 있던 새로운 5백 명의 적이었다. 매복한 군사가 5백을 합쳐도 적은 1천 명밖에 안 되었기에 오타이의 병사들은 자신감을 가지고 격전을 벌이기 시작했다. 하지만 중갑주로 무장한 1천 기를 쉽사리 해치울 수는 없었다.

그들이 한 시진 가까이 전투를 벌이고 있을 때 새로이 5백 기의 적이 가세했고, 또 한 시진이 지나자 또 다른 5백 기가 가세했다. 시간이 지날수록 오타이의 부대는 무공이 뛰어난 적들에게 압도당했다. 오타이는 맹렬히 칼을 놀렸지만 갑옷에 「十三(십삼)」이라는 중국어가 쓰인 자의 검 끝에 두 토막이 나고 말았다.

마지막 남은 몽고 병사의 목이 흑색 갑주를 입은 무사의 검에 떨어지는 것을 묵묵히 바라보던 한 무장이 입을 열었다. 그도 또한 흑색 갑주에 흑색의 안면 보호대를 해 분노에 찬 싸늘한 눈만을 드러낸 모습이었다. 다만 그의 갑주에는 「十(십)」이라는 숫자 하나만 덩그러니 쓰여 있었다.

"이 자식아! 늦었잖아. 뭐 하느라고 여기 집결시키는 데 두 시진(네 시간)이나 걸리는 거야."

그러자 말머리를 나란히 하고 안장에 앉은, 흑색 갑주를 입은 사내가 느글느글하게 말했다. 그의 갑주에도 마찬가지로 「七(칠)」이라는 한 글자만 쓰여 있었다.

"노영(盧英), 그렇게 신경질만 낼게 아니라니까……. 나도 수하들의 신호를 받고 150리(약 60킬로미터) 밖에서 열심히 달려왔어."

"야, 겨우 150리 거리를 오는데 두 시진이나 걸린다는 거냐? 수하들에게 물어봐라. 말을 타고 반 시간에 38리밖에 속도를 못 낸다는 게 말이 되는지. 지나가는 개가 웃겠다. 공지(孔知), 너 이 자식! 바른대로 말 못 해?"

독기를 품은 노영과는 달리 공지는 음흉한 웃음을 띠고 있었다.

"험험, 몽고 계집하고 뭐 하고 있었다고 차마 내 입으로는 말할 수 없지……. 참 끝내 주는 싱싱한 애를 하나 봐서 말이야. 어찌나 쫄깃쫄깃하던지 그냥 올 수가 있어야지……."

"……."

느물거리는 공지의 태도에 질린 듯 노영은 아무 말도 못 했다.

"너도 한번 고년을 보면 내 마음 이해할걸. 하하, 화 풀라니까……. 어찌 됐든 잘 끝났잖아."

"적이 우리를 토벌하기 위해 어느 정도 병력을 보냈는지 알지도 못하는 판에 계집질이나 하고 있었다니……. 그것도 냄새나는 몽고 계집하고, 우욱."

노영은 일부러 구토가 난다는 듯한 시늉을 해 보이고는 공지를 다그쳤다.

"우리 둘이 순치(脣齒)와 같이 서로 돕지 않는다면 어떻게 적을 상대할 거야. 만약 한쪽이라도 전멸당하면 입술이 잘려 나간 이빨처럼 차가운 꼴을 당하게 된다구. 알아?"

"쩝…, 어찌 되었든 잘 풀렸으니까 이걸로 끝내자구. 그건 그렇고 겨우 1만을 잡고 몇 시간을 싸운 거야? 나라면 한주먹 거리도……."

"네 녀석이 수하들을 늦게 데리고 와서 그렇다. 이제 됐냐? 처음에 5백 기만 거느리고 있는데 1만의 적이 갑자기 쏟아져 나오길래 놀라서 심장이 목구멍 위로 튀어나오는 줄 알았다. 다행히 살기 때문에 빨리 눈치 채서 최악의 사태는 당하지 않았지만……."

"그건 그렇고 이제 어떻게 할 거야?"

"어떻게 하긴 뭘 어떻게 해. 부상자들 돌려보내고 다시 부락들을 부수러 다녀야지. 적도 병력이 그렇게 많지 않으니 보내 봤자 3만 안쪽일 거야. 이제 1만 명을 해치웠으니 2만이 남았다고 봐야지. 이제부터는 조심하라구. 계집들과 늙은이뿐인 허술한 부락이 아냐. 알겠어?"

"알았어. 나는 이제부터 좀 더 북쪽으로 갈 테니 나중에 전령을 보내라구."

"나는 꾸준히 전령을 보냈잖아. 네 녀석이나 제대로 해!"

"하하하, 그럼 다음에 보자."

전령의 보고를 들은 철진천은 하늘이 무너지는 것을 느꼈다.

'오타이에 이어 타우가 마저 죽다니……. 적을 너무 과소평가? 아니지, 나로서는 그 상황에서 2만을 보낸 것도 무리였는데…….'

낙심한 철진천을 보며 옆에 서 있던 무장이 입을 열었다.

"너무 낙심하지 마십시오. 이렇게 된 이상 죽기를 각오하고 마지막 한판에 승부를 걸 수밖에 없습니다."

"나도 그렇게 생각한다. 적의 기습에 만전을 기하라. 아마 조만간에 정면충돌이 벌어질 거다."

"예."

하루 이틀 시간이 흘러갔지만 연합군은 본격적인 군사 행동을 취해 오지 않았다. 오히려 그들이 더욱 신경을 쓰는 것은 완전히 군사적인 공백 지대가 되어 버린 주변의 군소부락에 대한 정벌이었다. 한 달 정도가 흐르자 철진천의 인내도 한계에 다다랐다.

"이런 치사한 자식들. 군사적인 우위를 차지하고도 여전히 힘없는 부락민들 학살을 그치지 않다니……. 이러면 할 수 없다. 카타쿠이와 테쿠진을 불러와라!"

"예."

이윽고 두 무장이 도착했다는 보고를 듣고도 잠시 뜸을 들이던 철진천이 파오 안의 무장들에게 명령했다.

"쥬베르만 남고 나머지는 나가라."

"예."

철진천은 쥬베르라는 무장과 함께 카타쿠이와 테쿠진을 맞이했다. 카쿠타이와 테쿠진은 뛰어난 무장들로서 지금까지 연합군의 동태를 감시하고 만일의 사태에 대비해 병력을 운용하고 있는 장수들이다. 그만큼 상황 판단과 대처 능력이 뛰어나고 무예도 출중했다.

"요즘 적의 동태는 어떤가?"

"아직 아무런 움직임이 없습니다. 아무래도 적은 우리를 말려죽일 작정인 모양입니다."

"흠…, 너희 둘은 이제부터 나의 적이다."

그러자 두 무장은 의아한 표정으로 되물었다.

"예?"

"그러니까 이제부터 너희 둘은 각자 비밀리에 흑풍단과 접촉을 해

라. 그리고 나를 배반한다고 하는 거야. 밖에서 연합군이 치고 들어오면 내응(內應)을 하겠다고 전하는 거지. 왜 그러냐고 이유를 물어오면 너희들의 부모와 자식들이 죽는 것을 좌시한 철진천을 우두머리로서 받들 수 없다고 하는 거야. 무슨 말인지 알겠냐?"

"예, 그래서 적이 공격해 들어오면요?"

"최대한 적이 공격해 들어올 날짜와 시간을 알아내는 것이 중요해. 그리고 저들의 편인 것처럼 가장해서 적을 안심하게 만들었다가 한 번에 적을 해치우면 되겠지."

그러자 좀 회의적인 표정으로 테쿠진이 말했다.

"하지만 그건 좀 힘들지 않을까요? 저희는 칸(汗)과 함께 있는데, 어떻게 적을 기습한다는 겁니까? 거기다 칸을 빨리 공격하지 않는다면 적이 금방 눈치 챌 것입니다."

"그러니까, 음… 이렇게 하면 되겠군. 만약 정규전으로 붙는다면, 적들도 너희들의 말을 곧이곧대로 들을 바보들은 아니니까 너희들의 말을 믿고 야습을 감행하지는 않을 거야. 그러니까 정규전이 시작되면 내가 중앙에 집단을 이루고……."

그러면서 바닥에 나무 막대기로 쓱쓱 그림을 그렸다.

"너희들은 오른쪽과 왼쪽에 각기 1만씩을 독립적으로 거느리고 상대를 약간 포위하는 진형을 구축하는 거야. 7만의 중군, 좌우 양 날개에 너희들……. 이런 배치를 하면 적을 기습 공격하기가 좋잖아? 우리가 뒤로 밀리는 척하면 적이 따라 들어올 거야. 너희들이 가만히 있다면 자연히 포위되는 형국이 되지. 이때 불시에 적의 양쪽을 공격해 들어가는 거야."

옆에서 듣고 있던 쥬베르가 철진천의 말에 토를 달았다. 그는 철진천의 오른팔로서 뛰어난 무장이자 철진천의 오늘이 있기까지 도와준 모사(謀士)이기도 했다.

"하지만 적들에게 이쪽의 작전을 납득시켜야만 합니다. 적들을 이해시키지 않는다면 칸이 후퇴해도 바로 따라 들어오지 않을 겁니다."

"그러니까… 그거야! 전에 포위되어서 고생한 경험을 살려 좌우에 양 날개를 두어 쉽사리 포위되지 않는 진형을 택했다고 하면 되지. 그러면 적들도 같은 진형을 택하든지 아니면 통상 해 오던 식으로 한 덩어리가 되든지…, 뭐 알아서 하겠지. 어쨌든 적의 대장은 중군에 있을 테니까 중군만 격멸시키면 이긴 것이나 다름없어."

그러자 카타쿠이가 머리 회전이 잘 안 되는 듯 질문했다.

"하지만 적들도 세 덩어리가 된다면 좀 복잡해지겠는데요……."

그에 대해서 쥬베르가 설명했다.

"그때는 이렇게 하면 되지. 우리가 양 날개에 1만씩을 두면 적들도 아마 배신자들을 앞세워 1만씩을 좌우 날개로 삼을 거야. 그리고 카타쿠이와 테쿠진이 배반을 약속한 만큼 저들도 양 날개에 대해서는 형식적인 공격만을 가해 올 테지. 이때 너희들이 그들과 싸우는 척하고 있으면 갑자기 본진은 후퇴할 거고, 그때 그들은 너희들을 믿고 앞으로 나올 거야. 이때를 이용해 일부는 안심하고 있는 적의 날개를, 일부는 나를 뒤쫓아 들어온 적의 뒤통수를 치는 거야. 그걸 신호로 칸이 지휘하는 본대가 적을 협공하면 승리할 수 있지."

쥬베르의 설명을 듣고 있던 철진천이 두 무장들에게 물었다.

"이제 알겠냐?"

"예."

철진천은 소리죽여 웃었다.
"크크크크, 역시 치사한 방법에는 치사한 방법으로 받아치는 게 정석이지. 안 그런가?"

장군 그리고 멍군

 옥영진 대장군은 만면에 미소를 띠며 마길수 상장군이 불러주는 대로 지도 위에 사라진 몽고족 부락들을 표시하고 있었다. 사람이란 짐승은 원래가 나쁜 짓을 할 때 더욱 흥이 나기 마련인가……. 옥 대장군은 치사한 방법을 쓰기는 했지만 요즘 줄줄이 묶여 들어오는 계집들을 보면서 신이 나 있었다. 하나라도 더 많이 노인들과 계집들만 남은 부락을 초토화할수록 철진천의 세력은 약화되는 것이고, 조금 더 박살 내면 아마 몽고족은 한동안 중원 정벌은 꿈도 못 꿀 정도로 피폐해질 것이 뻔했다. 그런 그를 장각(張角)이 못마땅한 듯이 바라보다가 마침내 입을 열었다.
 "도대체 적은 언제 공격할 겁니까?"
 "왜? 이것도 재미있잖아."
 "단장님, 이건 정도에 어긋나는 거라구요. 이제 철진천도 밑바닥을 보이기 시작했으니 시간 끌지 말고 빨리 공격하시지요."

더 이상 못 참겠는지 옥영진 대장군이 허연 수염을 푸들거리며 짜증을 냈다.

"시끄러워, 이 앵무새야. 요즘 들어 만날 때마다 그 소리라니. 그거 말고 좀 더 참신한 의견은 없는 거야? 그건 더 전기(戰氣)가 무르익어야 한다고 내가 얼마나 말했냐? 원래가 전쟁이란 것은 정도(正道)와는 거리가 먼 거야. 이기는 사람이 최고라구. 알면서도 속고, 속이고, 하는 거야."

장각이 뿌루퉁한 얼굴로 서 있는데 공지가 막사로 들어왔다. 옥영진 대장군은 환한 얼굴로 공지를 맞이했다.

"어서 오게나. 이제 돌아다니는 걸 보니 몸이 많이 좋아진 모양이군."

공지가 좀 겸연쩍은 표정으로 말했다.

"죄송합니다, 단장님."

"뭐… 싸움을 하다가 화살에 맞을 수도 있는 거 아닌가. 그래 구멍 난 어깨는 좀 괜찮은가?"

"많이 좋아졌습니다. 그 몽고 놈이 어찌나 큰 활과 화살을 사용하는지 정말 죽는 줄 알았다니까요."

"흥, 못된 짓이나 골라 하고 다니니까 하늘이 노해서 그런 거다."

장각이 표독스럽게 쏘아붙이자 옥영진이 약간 의아한 표정으로 말했다.

"근데 자네 같은 고수가 한낱 화살에 상하다니 이해할 수 없군."

"그게 아니에요. 그 녀석이 강철로 된 살촉을 쓴 데다, 살기와 함께 슝하는 소리를 듣고 순간적으로 착완순으로 막았는데……."

"그런데?"

"세상에… 그놈의 화살이 착완순을 뚫고, 갑옷까지 뚫은 다음 어깨에 박혔다니까요. 혹시나 하는 예감에 몸을 피하지 않았다면 어깨 정도로 끝나지 않았을 겁니다. 처음부터 착완순으로 안 막았다면 화살이 아예 관통해 버려 활촉을 뽑는다고 그 고생을 안 해도 됐을 텐데……."

옆에서 푸념을 듣고 있던 장각이 대소(大笑)를 터트리며 한마디 거들었다.

"하하하, 그것 참 고소하군……."

"잔말 마. 그래도 나한테 활을 쏜 그 녀석을 반 토막 냈으니까, 복수는 한 거라구."

"복수는……. 내가 듣기로는 그 녀석의 무예가 뛰어나서 반죽음 상태가 된 너는 힘도 못 쓰고 노영이 목을 벴다고 그러던데?"

"하여튼 죽은 거는 죽은 거잖아. 끝이 좋으면 다 좋은 거지."

평상시 같은 느글느글한 공지의 태도에 마음이 놓이기는 했지만 옥영진 대장군은 걱정스런 표정이었다.

"자네, 너무 무리하지 말게나. 소문이 쫙 퍼졌더군. 어깨에 구멍까지 뚫린 주제에 계집을 너무 밝힌다구……."

"하하하, 단장님도. 오랜만에 마음 놓고 쉴 때 즐겨야죠. 바쁠 때야 어디……. 흐흐, 마음은 굴뚝같지만……."

자타가 공인하는 공지의 여탐(女貪)에 구역질이 난다는 듯, 일그러진 표정으로 장각이 말을 받았다.

"단장님, 신경 쓰지 마십시오. 이 녀석은 원래가 잡식성이라 가리지를 않거든요."

옥영진 대장군은 이제 한결 편해진 모습이었다.

"그 때문에 노영하고 한바탕했다며?"

"아니, 그 자식이 그런 거까지 고자질을 하다니……."

"참게나. 노영이 한 말은 아니니까."

이때 밖에서 전령이 뛰어오더니 옥영진 단장에게 포권하며 아뢰었다.

"몽고족 병사 한 명을 사로잡았습니다. 그자의 말로는 대장군께 아뢸 사항이 있다고 합니다."

"그래? 들여보내게나."

"예."

곧이어 한 명의 몽고병이 끌려 들어왔다.

"무슨 일이냐? 할 말이 있다고?"

옥영진 대장군의 추상(秋霜)과 같은 위엄에, 겁에 질린 듯한 목소리로 몽고 병사가 답했다.

"예, 저희 대장님께서 대인께 협조하겠다고 저를 보내셨습니다."

약간 흥미로운 눈빛을 띠며 옥영진 대장군이 물었다.

"너의 대장은 누구냐?"

"예, 카타쿠이 장군이십니다."

"카타쿠이? 카타쿠이가 누구지?"

옥영진 대장군의 질문에 옆에 있던 마길수 상장군이 답했다.

"예, 카타쿠이는 철진천의 뛰어난 맹장입니다. 전황을 재빨리 파악하고 임기응변이 뛰어난 자죠. 정면 공격에 능한 장수이기는 하지만 술수를 잘 못 쓰는 것이 흠인 인물입니다."

옥영진 대장군은 적절한 정보를 얻어 내자 다시 몽고병을 향해 질문을 시작했다.

"그래? 협조라……. 무슨 협조?"

"예, 카타쿠이 장군께서는 장군의 부락이 습격당하도록 방치한 철진천이 더 이상 우두머리의 자격이 없다고 생각하고 계십니다. 그리고 장군의 의견에 많은 장군들이 동의하고 계십니다. 장군께서는 자신의 부모를 죽인 것은 문제 삼지 않을 테니 제발 처자식을 돌려주기를 원하십니다. 그러면 무조건적인 협조를 아끼지 않을 거라고 하셨습니다."

"그래? 나쁜 소식은 아니군. 허나……."

옥영진 대장군은 속마음과는 달리 굳은 표정으로 이런저런 질문을 계속했다. 병사에게 금품을 약간 주며 치하해서 돌려보낸 다음 곧바로 회의를 소집했다. 옥영진은 둘러앉은 천인대장급 장수들에게 이제서야 흥분한 표정으로 말했다.

"제장들! 이제 때는 왔다."

지루한 기다림에 진이 빠져 있던 장수들이 반색을 하며 이구동성으로 외쳤다.

"드디어 정면 승부를?"

"그렇다, 제장들! 날이 갈수록 저들의 세력은 점점 더 약해지고 있고 우리들의 세력은 더욱 강해지고 있다. 거기에 천우신조(天佑神助)로 저들의 뛰어난 장수 하나가 협조를 요청해 왔다."

그러자 어디까지나 조심스러운 제1천인대장 곽가(郭嘉)가 신중하게 말했다.

"속임수가 아닐까요?"

"아니야, 나도 그렇지 않을까 생각해 보지 않은 건 아니지만 그자의 처자식이 우리의 손에 있다. 또 부근의 부락들이 계속적으로 약탈당해 자신들의 부모와 처자식이 유린되는데도 방관하고 있는 철진천의 무능함에 많은 장수들이 회의를 느끼기 시작한 것이 확실하다."

관지가 물었다.

"그렇다면 언제 적을 칩니까?"

"협조를 요청한 장수와 약간의 협의를 거칠 필요가 있다."

그러자 공지가 나섰다.

"그러지 말고 지금이라도 야습을 하면 어떨까요? 그러면 회의를 느낀 적장들이 항복해 올 것입니다."

"껄껄, 자네는 구멍 난 어깨나 치료하게나. 그 몸으로 어디 검이나 들 수 있겠나?"

옥영진 대장군의 놀림에 모두들 킥킥거리는데도 불구하고 얼굴색 하나 안 변하며 공지가 느긋하게 말했다.

"아무리 어깨에 구멍이 나도 몽고 놈들 죽이고 계집질하는 데는 아무런 무리가 없습니다."

"그래? 그렇다면 다행이군. 자네의 말에도 일리는 있지만 언제나 만약이라는 상황이 존재하지. 그렇기에 야습은 무리가 있어. 적들이 본진을 비워 놓고 우리가 함정 속에 들어가기를 기다렸다가 부근에 포진하여 화살을 퍼부으면 치명타를 입는 건 우리들일 수도 있다. 그러니 좀 더 확실한 것을 알아보고, 우리들에게 협조할 장수들이 얼마나 되는지 빨리 파악한 다음 공격하기로 한다."

단장의 설명에 관지가 물었다.

"그렇다면 앞으로 행동은 어떻게 합니까?"

"협의가 되는 대로 정면 공격을 시작할 것이다. 그때 배신자들이 철진천의 후미를 공격한다면 자중지란(自中之亂)이 일어날 것이고 그때 몰아붙이면 간단히 승리를 취할 수 있을 것이다."

옥영진 대장군의 자신 있는 말에 관지가 신중한 어조로 덧붙였다.

"대장군, 결전의 시간이 임박한 만큼 흩어진 제3, 10천인대를 빨리 불러들여야 할 것입니다."

"서두를 것 없다. 적의 퇴로를 차단하는 것과 패잔병 토벌도 필요하니 그들을 이리로 불러들일 필요는 없겠지. 노영에게는 계속 부락 약탈을 시키기로 하고…, 순욱(純旭)의 제3천인대만을 몽고군 후방 2백 리(약 80킬로미터) 일대에 넓게 포진하라 일러라."

이번에는 곽가가 이의를 제기하고 나섰다.

"저도 관지의 말에 찬성입니다. 아무리 퇴로 차단이 필요하다 해도 결전에서 8개 천인대만으로는 힘에 부칠지도 모릅니다. 노영만이라도 불러들이는 것이 좋을 것입니다."

"흐음, 제장들의 의견이 그렇다면……. 자네는 어떻게 생각하나?"

옥영진 대장군의 질문에 부단장인 마길수 상장군이 잠시 생각하는 듯하더니 말했다.

"저도 같은 의견입니다. 결전에서는 초반의 기세가 중요합니다. 초반에 기세를 잃는다면 어쩌면 배반을 약속한 무리들도 승세를 타서 배반의 약속을 어길지도……."

"좋아. 그럼 제10천인대는 불러들이도록 하라."

"예."

"자세한 것은 차후에 다시 밀사가 오면 결정하기로 하지."

"예."

서서히 다가오는 마의 손길

"도대체가 마음에 안 들어!"
신경질적인 마화의 말에 시큰둥한 반응이 왔다.
"뭐가?"
"……."
"넌 왜 그렇게 불평불만이 많아?"
별일 아니라는 듯한 임충의 말에 신경질이 돋은 마화가 울컥하는 기분에 따지기 시작했다.
"그럼 불평 안 하게 생겼어? 지금 하는 꼴을 보라고……. 몽고 놈들이 도와주지 않아도 찬황흑풍단의 힘만으로도 몽고 놈들 9만 정도 죽이는 건 식은 죽 먹기야. 그런데 왜 대장군은 몽고 놈들하고 손잡아서 일을 처리한다고 이렇게 시간을 끄는 거야."
"그건 다 단장한테 생각이 있어서겠지."

"거기에 저건 또 뭐야."

임충은 마화가 가리킨 곳을 힐끗 쳐다본 다음 퉁명스럽게 대꾸했다.

"뭐긴 뭐야, 몽고 계집들이지."

"저런 것들은 뭐 하려고 잡아들이는 거야. 매일매일 끌려 들어오는 저 처참한 계집들 모습만 봐도 먹은 게 올라오려고 한다구. 아예 본때를 보이고 싶으면 몽땅 다 죽여서 들판에 던져 놓든지. 그것도 아니고 질질 끌고 오면서……. 이 부근에 정찰 나가면 길가에 지쳐서 쓰러져 죽은 애들의 시체가 한둘이 아니라구. 도대체 뭣 때문에 이런 쓸데없는 짓을 하는 거지?"

"너무 신경 쓰지 마. 관지 대장의 말로는 조만간 결판이 날 거라고 그러던데……."

"하지만 결판이 난다고, 철진천의 목을 벤다고 끝날 것 같지 않아."

"왜? 적의 우두머리가 죽었는데, 왜 돌아가지 않겠어."

"우두머리만 죽일 작정이었으면 흑풍단 내에서 고수 열 명만 뽑아서 암살하면 된다구. 그게 가장 손쉬운 방법이지. 우리 대장…, 참내 국광이라고? 흥! 웃겨서……."

"너 오늘 왜 그러냐? 신경이 보통 날카로운 게 아닌 것 같은데? 그리고 대장 이름은 왜 들먹여."

"그냥 대장, 대장하다가 얼마 전에 이름을 물었더니 국광이라니까 웃겨서 그런다. 흥! 뭐가 국광이야. 그런 이름도 있어? 그런 멍청하고 무공만 강한 나으리를 앞세워 너 같은 바보들 열 명 정도만 보내면 끝날 걸 가지고 이렇게 많은 사람들을 학살할 필요가 있냐고."

"……."
'단단히 성질이 받친 모양이군. 오늘이 그날인가. 계집들은 그날이 되면 성질이 더러워진다고 누가 그러던데…….'
"거기다 공지, 그 파렴치한 녀석은 허구한 날 잡아 온 계집들 중에서 그래도 얼굴이 반반한 애들 골라 가며 계집질을 해 대는데, 수하들이 뭐라고 생각하겠어. 참내 얼굴 뜨거워서……. 겨우 몽고 녀석이 쏘는 화살도 못 피해서 어깨에 구멍이 난 주제에 낯짝이 두꺼워도 유분수지……. 흥!"
드디어 이성을 상실한 마화가 상관 욕까지 해 대자 임충은 얼굴색이 핼쑥해졌다. 국광이야 성질이 좋은 것을 알기에 혹시나 이런 욕설 듣는다고 해도 눈 하나 깜짝 안 할 위인인 것을 알지만 공지 천인대장의 귀에 욕설이 들어갔다가는 세상 종친 거나 다름없기 때문이다.
"너… 오늘 말조심 해야겠다. 안 되겠다, 이리 와."
"왜 그래?"
"나하고 같이 순찰이라도 돌자구. 말을 타고 달리면 기분이 풀릴 거야."
"말도 안 되는 소리 하지 마!"
퍽!
임충은 짐짓 엄청나게 고통스럽다는 듯 배를 주무르며 우는 소리를 했다.
"윽! 빌어먹을, 손은 매워가지고……. 아이고, 나 죽는다."
"뭘 엄살떨고 있어."
"이봐, 그러지 말고 저리 가자. 응? 여기는 사람이 많이 지나다니는 길이라 귀찮은 일이 생길지도…….”
"내 입으로 내가 말하는데 뭔 참견이야.”
"제발…, 나 좀 살려 주라. 정 그렇게 눈 밖에 나고 싶으면 너 혼자 나라구. 나까지 물귀신처럼 끌고 들어가려고 하지 말고…….”
"이게 내뱉으면 다 말인 줄 알아?”
퍽!
임충은 가슴팍을 주무르면서 투덜거렸다.
"아구구구…, 오늘 재수 더럽…….”
'이년하고 싸워 봐야 나만 개망신이고 우선은 이 위기를 잘 피해 나가는 게 최선의 길이지…….'
"…아니지. 마화야, 그러지 말고 나한테 술이 약간 있는데, 마유주 말고……. 혼자 마시려고 꽁쳐 놓은 것이 조금 있으니까 그거 마시면서 얘기하자, 응?”
"술?”
"그럼, 아주 향기로운 중원 토종 술이지. 그리 가자구. 여기서 떠들어 봐야 답도 안 나오니까 이럴 게 아니라 한잔 쭉 하면서 얘기하면 말도 술술 잘 나오고 좋잖아.”
"좋아, 가지. 가자구.”
'끙, 무공이 비슷하니 간단하게 제압하는 건 불가능하고, 그렇다고 치고받자니 나만 못된 놈 되고……. 아고고, 애꿎은 귀한 술만 작살나는군…….'
마화와 임충이 이름하여 낮술(?)을 마시고 있을 때 국광은 10여 명의 수하들을 거느리고 순찰을 돌고 있었다. 몽고군은 처음에는 꽤 당당한 진용을 자랑했지만 뛰어난 일부 장수들과 2만의 병사가 사라지고 거기에 자신의 가족들이 어찌 되었는지 소식도 불투명한 지금에 이르러 기세가 많이 꺾였다는 것을 느낄 수 있었다.

이리저리 둘러보며 순찰을 얼마나 돌았을까……. 국광은 미세한 인기척을 느낄 수 있었다.

'적인가? 아군인가? 대단한 고수다. 지금까지 만나지 못한…….'

국광이 아무렇지도 않게 주위를 한번 쓱 둘러보며 수하들의 얼굴을 살폈지만 숨은 자의 기척을 눈치 챈 사람은 한 명도 없었다.

'아무도 눈치 채지 못했군. 아군이라면 어떤 방식으로든 이쪽에 기척을 알리는 것이 도리……. 아직까지 조용하다는 것은? 적이 분명하겠군. 하지만 나로서도 숨어 있는 대략적인 위치만 알 수 있을 뿐 정확한 위치를 알 수 없다니, 놀라운 녀석이다.'

국광은 상대의 기습에 대비하여 살며시 옆에 있는 나뭇잎 한 장을 따서는 냄새를 맡아 보는 척했다. 그러면서 일부러 뒤따르는 수하에게 말을 걸었다.

"이게 무슨 나무냐?"

"잘 모르겠습니다. 나무의 이름은 알아서 뭐 하시게요?"

"모르면 됐다."

국광은 얼렁뚱땅 답을 흘리며 상대의 위치를 잡아내기 위해 공력을 집중했다. 천라지청술(千羅知聽術)! 황궁무고에서 익힌 기술로서 미세한 소리로 상대의 위치를 잡아낼 수 있는 고도의 기술이다. 국광은 혹 잠결에 이상하게도 적이 어디에 있는지 느껴질 때가 있었는데, 지금은 잠결이 아니라 그런지 적의 위치를 알기가 힘들어 황궁무고에서 배운 술법을 쓰는 것이다. 그러면서도 국광 일행은 말을 몰아 앞으로 나가고 있었다. 거의 10장(약 30미터) 정도 나갔을까……. 어느 순간 미세한 음향이 국광의 천라지청술에 잡히면서 그 위치가 파악되었다.

"갈!"

국광은 최대한, 하지만 상대가 눈치 채지 못할 정도로만 공력을 끌어올려 나뭇잎을 쏘아 보냈다. 그가 사용한 기술은 황궁무고에 있는 암기술의 하나였는데, 나뭇잎이 쏘아져 들어간 위치에서는 이상하게도 더 이상 아무런 반응도 느껴지지 않았다.

'잘못 알았나? 토끼일 수도 있지.'

갑자기 국광의 외침 소리와 함께 나뭇잎이 바위라도 부술 기세로 쏘아져 나가자 수하들이 저마다 무기를 뽑으며 주위를 경계했다. 하지만 아무런 동정도 없자 국광의 눈치만 보며 무기를 다시 거둘 것인지 망설였다.

"내가 신경이 좀 날카로워져서 실수를 한 모양이다. 모두들 무기를 거둬라."

"예."

국광 일행이 멀어져 간 다음 숲 속에서 한 인영(人影)이 나타났다. 그자는 짙은 녹의를 입었는데, 정확히 심장에 구멍이 뚫려 있었다. 아니, 심장 부분의 옷에만 구멍이 뚫려 있었고, 기이할 정도로 심장에 난 상처는 빠르게 아물어 가고 있었다. 그 괴인도 그 상처에 별로 신경을 쓰는 것 같지 않았다.

"과연 부교주가 확실하군. 지금까지의 정보를 종합해 보면 기억을 상실해 본교에서 익힌 모든 무공을 잊은 게 분명한데, 적엽상인(迪葉傷人)을 시전하다니……. 적엽상인은 한낱 나뭇잎으로 사람을 살상할 수 있는 무학인 만큼 내공의 조화로운 통제가 필요한데, 역시 마교 사상 최강의 고수라 불릴 만하군. 심장에 칼을 맞고 전신 혈맥까지 파열된 상황에서 간신히 도망쳤는데 벌써 몸을 완전히 회복했다는 말인가?"

짙은 녹의를 입은 괴인은 점차 속력을 내기 시작하더니 엄청난 속력으로 경공을 전개해 이동하기 시작했다. 그러다가 어느 한 곳에서 멈추었다. 괴인이 그곳의 수풀을 뒤적이자 그 안에는 열 마리의 전서구(傳書鳩)가 들어 있는 큼지막한 새장이 있었다. 그는 전서구를 옆에 두고 주저앉아 작은 붓과 종이를 꺼내어 깨알만 한 글씨를 적어 내려갔다.

「묵향 부교주가 살아 있음이 확실함. 현재 흑풍단의 백인대장으로 근무 중. 묵혼검 대신 호화로운 검을 차고 있기에 부교주의 얼굴을 모른다면 추적이 불가능함. 적엽상인의 무공으로 속하의 심장을 관통시켰는데, 그걸 기초로 추측컨대 황궁의 무학을 익힌 것 같고 본교에서 익혔던 예전의 무공은 모두 잊은 것 같음. 그 내력이나 무공으로 보아 그는 화경 정도의 경지를 회복한 것으로 추측됨. 속하의 실력으로는 묵향 부교주가 대비하지 않은 상태에서도 10장 내로 들어설 수 없었음. 기억은 잃었지만 몸이 예전처럼 반응하는 듯함.

天(천)」

괴인은 이 글을 모두 암호로 작성했고, 똑같은 글을 한 통 더 써서 전서통에 말아 넣은 후 밀랍으로 봉인했다. 그리고는 비둘기 두 마리를 골라 전서통을 다리에 매단 다음 하늘로 날려 보냈다. 괴인은 멀어져 가는 비둘기들을 바라보며 중얼거렸다.

"부교주께 비밀리에 불려가 특명을 받았을 때도 믿지 않았는데, 진짜 묵향 부교주가 살아 있을 줄이야……. 그는 본교가 배출한 최고의 고수……. 그의 기억이 돌아온다면 본교에는 피 구름이 덮이겠군."

이틀 후 비둘기 한 마리가 몽고 남부 숲에 자리 잡은 커다란 장원에 날아들었다. 그 장원은 양(楊) 대인이라 불리는, 중국에서 망명하여 몽고에서 자리 잡은 한 상인의 저택이다. 그는 몽고에서 수확되는 방대한 양의 고급 모피나 말을 중원으로 수출하고, 대신 중원에서는 소금이나 값싼 선철로 만든 냄비, 주방용 칼 등 잡화류와 몽고의 귀족들이 사용하는 금은 세공품 따위, 그리고 몽고인들이 즐겨 마시는 차 종류를 수입하는 인물이다. 그런데 수입하는 물품들이 중원에서는 취급도 안 할 정도의 저급품들이다 보니 막대한 이득을 올리고 있었다. 국경을 통한 무역이니만치 몽고의 여러 부족장들이나 국경을 관장하는 관리들에게 막대한 뇌물을 주어 사이를 돈독하게 유지하고 있는 변경(邊境)의 실력자이기도 했다.

변경에서 야만족들과 무역을 하다 보니 장원 안에는 몽고 옷을 입은 무사들이 눈에 많이 띄었다. 그중 몽고 옷을 입기는 했지만 얼굴 생김새로 보아 중원인이 확실한, 검은 수염을 짙게 기른 중년의 남자가 새로 비둘기장으로 날아든 전서구를 발견하고는 조심스럽게 비둘기를 잡아 발목에서 전서통을 풀었다. 수수하게 생긴 전서통이 밀랍으로 봉인되어 있는 것으로 보아 자신이 볼 성질의 물건이 아님을 직감하고는 재빨리 양 대인의 집무실로 뛰어갔다.

"양 대인 나으리, 전서가 도착했습니다."

"음……."

양 대인은 먼저 전서통의 봉인을 살펴봤다. 전서의 봉인은 그렇게 복잡한 문양이 있는 것도, 그렇다고 화려한 것도 아니었다. 그것이 양 대인의 마음에 걸렸다. 대부분의 상행위에 사용되는 전서는 구태여 밀랍으로 봉인을 하지 않기 때문이다. 그는 봉인을 뜯고 전서통 안의 서신을 들여다봤다. 편지 내용은 자신이 알지 못하는 암호로 가득했다. 하지만 정작 양 대인을 경악하게 만든 것은 종이의 뒷면에 쓰인 여섯 글자였다. 그것은 별 뜻 없이 쓴 것 같은 「父親本家入納(부친본가입납)」이라는 글자였다. 원래 1급이니 특급이니 하는 말을 쓰면 우연히 전서를 입수한 사람이 더욱 호기심을 나타내기에, 사냥꾼이나 야생 매에게 잡혀 희생될 소지가 다분한 전서구를 이용해 통신할 때는 그럴듯한 상투어를 써서 그 등급을 나타냈다. 그는 지체 없이 무사에게 명령했다.

"장 집사를 빨리 불러라!"

"예!"

장 집사라 불리는 나이가 지긋한 사내가 헐레벌떡 달려오자 양 대인은 그 전서를 건네주었다.

"어서 오게나. 긴급한 연락이 왔는데, 수단과 방법을 가리지 말고 빠른 시간 내에 필히 이것을 총타에 전해야 한다. 어찌 하는 것이 좋을까?"

그러자 장 집사라고 불린 노인은 신중한 어조로 답했다.

"국경을 통해 전서구를 날리는 것은 좋지 않습니다. 수비군이 발견하면 활을 쏘거나 매를 날릴 가능성도 있습니다. 그리고 변경 지방이라 야생매도 많습죠. 직접 낙양의 분타에 보내는 것이 최선의 방법입니다."

"하지만 시간이 너무 걸려. 다른 방법은 없나?"

"다른 방법도 있기는 하지만 가장 안전한 방법은 역시 직접 전하는 것뿐입니다."

"이건 최상층부로 보내지는 특급 전서다. 낙양에 전달하는 게 늦어지면 내 목이 위태롭단 말이다. 경공술이 뛰어난 자 다섯 명을 뽑아서 가장 좋은 말 열 필을 주어 빨리 출발시켜라. 그리고 길목에 있는 족장들과 수비대의 조장군에게도 연락해서 편의(便宜)를 봐달라고 부탁해라."

"예."

양 대인은 뛰어 나가는 집사의 뒷모습을 바라보며 멍하니 생각에 잠겼다.

'이런 변방에 거의 좌천되다시피 와서 본타 최상층부에 직접 보내져야 함을 뜻하는 '부친본가입납'이 쓰인 전서를 받을 줄이야······. 몽고에서 수집되는 모든 정보는 이곳을 통해 낙양 분타로 가고, 그 다음 낙양 분타에서 원하는 지역으로 보내진다. 그렇다면 이번 일은 몽고에서 벌어진 일을 총타에 알리는 것인데······. 총타의 핵심 세력이 신경을 쓸 만큼 중대한 일이 몽고에서 벌어지고 있다는 것인가? 도대체 무슨 일일까? 맞아! 왜 그 생각을 못 했지? 지금 찬황흑풍단이 철진천과 대전 중이지. 아마 그 일에 대해 총타에서도 관심을 가지는 모양이군.'

그로부터 일주일 후, 숨 막히는 마기를 내뿜으며 탁자의 끝 부분에 앉은 30대 초반 정도의 수려하게 생긴 마인이 입을 열었다.

"놀라운 소식이 있어서 그대들을 소집했소."

그의 피부는 은은한 자색(紫色)이 어려 있어 기괴하게 보였다. 하지만 그 점을 제외한다면 전체적인 이목구비가 반듯한, 상당한 미남이었다. 자색을 띤 괴인의 말에 넓은 탁자의 양쪽에 앉아 있는 20대 후반에서 30대 후반 정도로 보이는 괴인들은 은근한 마기를 뿜어낼 뿐, 침묵을 지켰다.

"……"

"묵향 부교주가 살아 있소!"

그 자색을 띤 괴인의 확정적인 말에 좌중은 경악했다. 묵향 부교주가 누군가. 교주마저도 두려움을 느낄 정도로 뛰어난 고수이다. 때문에 제거했었는데……. 하지만 북궁뇌(北宮雷) 내총관이 이의를 제기했다. 그의 얼굴은 경악과 불신에 가득 차 있었다.

"속하는 교주님의 말씀을 믿을 수 없습니다. 아마 부교주와 얼굴만 비슷한 다른 인물이 아닐까요? 아무리 환수(幻壽)가 부교주를 탈출시켰다고 해도 그건 무사생환은 불가능한 일……. 환수의 시체는 발견되었고 부교주의 시체는 찾지 못했지만, 그때 부교주는 단전과 심장이 파열된 상황에서 무리하게 역혈수라마공(逆血修羅魔功)을 써서 공력을 끌어올렸습니다. 그 무공은 여러분도 알다시피 동귀어진(同歸御盡)을 위해 최후로 극한의 공력을 짜내는 역천(逆天)의 무학입니다. 결과는 전신혈맥의 파괴로 인한 즉사입니다. 설혹 살아났다 하더라도 전신혈맥과 단전이 파열되어 폐인이 되었을 텐데, 어찌하여……."

북궁뇌 내총관의 말에 옆에서 듣고 있던 혁무상 장로가 입을 열었다.

"그건 내가 대답함세. 북궁뇌 내총관의 말에도 일리는 있소이다. 허나 지금까지 수집한 정보를 종합해 봤을 때 그가 부교주라는 것은 확실하오. 무영문에서 묵향에 대한 정보를 수집하는 것은 이해할 수 있는 처사였소. 그는 누가 뭐래도 과거 본교 최강의 고수였으니, 그의 행방불명에 대해 관심을 가졌을 것이오. 하지만 황궁에서도 그에 대해 관심을 가지다니……."

모두들 혁무상의 말에 관심을 기울이며 듣고 있다가 황궁이라는 말이 나오자 큰 흥미를 나타냈다. 황궁은 무림의 일에 관여하지 않는 것이 피차간의 관례였기 때문이다.

"황궁이라니요?"

"금의위 말이외다. 최근에 금의위에서 비밀리에 묵향에 대한 정보를 입수해 갔소. 하지만 그 사실은 삼비대에게 포착되었소. 그래서 본인은 왜 모반에나 관심을 갖는 금의위에서 무림에, 그것도 거의 알려지지 않은 묵향 부교주에 대해 신경 쓰는지 의문이 일어 정보를 역으로 추적했소. 그 결과 찬황흑풍단의 수장인(首長) 옥영진 대장군의 수하 중에 과거의 기억을 상실한 국광이라는 초고수가 있다는 사실을 알아냈소."

"국광이라구요?"

밑도 끝도 없는 혁무상 장로의 말을 듣던 좌중은 사실 여부를 확인이라도 하듯 일제히 교주를 쳐다봤다. 그러자 교주는 혁무상 장로의 말을 인정했다.

"그렇소. 혁 장로가 알아본 바로는 국화를 광적으로 좋아한다고 해서 국광이라 부른다더군. 지금 현재 그는 몽고 원정에 참전 중이기에 본좌가 장인걸 부교주에게 부탁해서 묵향의 얼굴을 알고 있는 네 명의 뛰어난 고수를 급파했소. 그중 진궁(眞窮)이 직접 국광을 확인했는데 기억 상실로 인해 본교에서 배운 무학은 모두 잊었지만 황궁무학을 익혔는지 거의 화경(化境)의 수준을 유지하고 있다고 하더군. 그대들도 알 거요. 아무나 화경의 경지에 오를 수는 없소. 화경이라면 거의 중원 안에서도 열 손가락 안에 들어가는 실력이오. 얼굴 모습은 흉내 낼 수 있으나 그의 무공 수준까지 흉내 낸다는 것은 불가능하오. 그래서 본좌가 내린 결론은, 얼굴이 비슷하면서도 화경이라면 묵향뿐이오."

능비계 부교주는 묵향에게 강기 세례를 받았던 과거의 공포스럽던 기억이 떠올라 몸을 떨면서 단호하게 말했다.

"그렇다면 그의 기억이 되살아나기 전에 없애야 합니다. 화경이라면 저희들에게도 승산이 있지만 현경이라면 어렵습니다. 그것도 부교주의 경우 자신의 입으로도 말했지만 현경의 끝에 다다라 생사경을 바라본다고 했을 정도니……."

묵향을 암습했을 때 묵향의 장력을 정통으로 맞은 사람은 두 명뿐이었다. 둘 다 화경에 오른 부교주들이었다. 장인걸의 경우 귀혼강신대법(歸魂殭身大法)을 익혔기에 상관없었지만, 능비계는 그 한 방으로 호신강기가 파괴되었던 것이다. 다행이 흑미륵마공 덕분에 혈도를 상하지는 않았지만 그 퍼런 강기 덩어리가 몰려오던 것을 생각하면 지금도 등골이 서늘해지는 그였다.

"기억을 잃었다손 쳐도 화경임이 확실하다면 그를 제거하는 데 본교의 5대 세력을 총동원하는 것이 후환이 없을 것입니다."

"클클클……."

옆에서 듣고 있던 장인걸 부교주가 웃음을 터트리자 자신을 비웃는 것 같아 능비계 부교주가 발끈했다.
"왜 웃으시오? 본인의 말이 틀렸다는 거요? 만약 잘못해서 놓친다면 그 뒷감당을 어떻게 할 거요?"
"아니외다. 그대의 말이 틀렸다는 것이 아니오. 우리들은 지금 아주 중요한 사실 한 가지를 잊고 있소이다."
"중요한 사실?"
"그렇소. 묵향 부교주는 모두들 알다시피 동자공을 통해 눈부신 성취를 이룬 사람이오. 그가 어떤 수행을 해서 현경에 올랐던 그건 문제가 되지 않소이다. 중요한 것은 그 내공의 기반이 동자공이라는 사실이오. 그렇다면……."
장인걸 부교주의 말에 교주가 너털웃음을 터뜨렸다.
"클클클, 본좌도 깜빡 잊고 있었군. 맞아, 그 친구 여색을 멀리했었지. 하지만 그 사실을 곧이곧대로 믿을 수도 없는 노릇이니 자네가 뒷조사를 해 보게나. 동침한 여자가 있는지……."
혁무상 장로가 공손히 대답했다.
"알겠습니다."
장인걸 부교주는 자신 있게 말했다.
"동자공을 연성한 것이 확실하다면 뒤처리는 간단합니다."
"하지만 그것도 간단하지는 않아."
교주의 회의적인 말에 의아해하며 장인걸 부교주가 반문했다.
"예?"
"자네들은 지금 묵향이 어디에 몸담고 있는지 잊었나?"
"……."
"황제 직속인 찬황흑풍단의 백인대장을 암살하는 건 어떻게 둘러

대도 황실에 대한 모반이야. 내 말은 그가 흑풍단에 몸담고 있는 한은 해치우기 어렵다는 것일세."

교주의 조심스런 말에 혁무상 장로가 낮게 웃으며 말했다.

"헤헤헤, 그걸 피해 갈 아주 간단한 방법이 있습니다."

"뭔가?"

"지금 간신 엄승(嚴承)은 옥영진 대장군을 별로 탐탁치 않게 여기고 있습니다. 자신을 따돌린 다음 요, 몽고와 전쟁을 일으킨 인물들 중의 한 명이니까요. 거기다 자신이 황실을 요리하자면 막강한 세력을 가졌으면서도 우직하고 융통성 없는 충신인 그가 눈엣가시겠죠. 엄승을 설득해서 옥영진을 없애는 겁니다."

"옥영진을? 왜?"

"옥영진을 없앤다면 옥영진의 수족이라고 볼 수 있는 백인대장급 이상의 장수들도 모두 처단될 것입니다."

"하지만 황실에서는 그들을 없앨 정도의 고수가 없으니 그 계획은 실패할 수밖에 없어. 옥영진이 그냥 자결해 준다면 얘기가 다르겠지만……."

"아니죠. 그러니까 옥영진과 그 수족들을 없앨 때 본교가 도와준다고 넌지시 떠 보는 겁니다. 국광이란 고수를 이쪽에서 처치해 주고 나머지를 죽이는 데도 최대한 협력하겠다고 말이죠. 꽤 향기로운 미끼니까 대어(大魚)의 관심을 끌지 않을까요?"

교주는 혁무상 장로의 말에 수긍을 하면서도 다소 미심쩍은 어조로 말했다.

"흠…, 묘책이군. 묵향도 죽이고 황실에 연줄도 만들고……. 하지만 너무 저쪽에 일방적으로 좋은 제안이라 의심하지 않을까?"

교주의 말이 일리 있다고 여긴 혁무상 장로는 곧바로 추가 방책을 제시했다.

"예, 그럴 수도 있겠군요. 그렇다면 돈이나 토지 등을 상대가 의심하지 않을 정도로 적당량 요구하고, 나중에 정권을 잡고 나면 본교가 중원을 장악하는 데 일조해 주기를 원한다고 제안하면 어떨까요?"

"그게 좋겠군. 묵향을 없애는 방법은 혁무상 장로가 삼비대를 동원해 묵향의 내력을 조사해서 확실히 동자공을 익혔는지 여부를 확인한 후 결정하기로 하지. 혁무상 장로는 묵향의 내력 조사와 더불어 엄승과의 접촉도 시도하도록!"

"존명!"

텐령 평원 대회전의 결말

 마교의 밀실에서 비밀회의가 이루어지고 있을 때 옥영진 대장군이 지휘하는 대군과 철진천은 몽고의 운명을 결정한다고 해도 과언이 아닌 한판 승부를 벌였다. 현재 송은 모든 국력을 요와의 전쟁에 쏟아 붓고 있다고 해도 과언이 아니다. 이런 때 옥영진 대장군이 거느린 정예를 물리친다면 송은 요와의 전쟁을 마치고 국력을 회복한 후가 아니면 몽고를 건드릴 수가 없다. 하지만 대 전쟁 후 하루 이틀에 국력을 회복할 수 있는 것도 아니고, 또 대 전쟁 후에는 언제나 염전사상(厭戰思想)이 판을 치기에 웬만큼 시일이 흐르지 않고는 타국에 대한 침략은 생각도 못 하는 것이다.
 위정자가 침략을 원한다고 해서 무조건 전쟁을 할 수 있는 게 아니라는 것은 역사가 말해 준다. 저 고구려라는, 중원의 변방에 자리한 강대한 이민족을 정벌하기 위해 얼마나 많은 중원의 젊은이들이 피를 흘렸던가. 하지만 고구려와의 전쟁에 지친 국민과 군대를 부추겨 반기를 들어 수나라를 건설한 양제도 자신이 무엇을 이용해 정권을 찬탈했는지 잊어 먹고 다시 고구려를 건드렸다가 아들인 문제에게 목이 날아갔다. 문제 역시 자신이 어떤 배경으로 아버지를 시해할 수 있었는지 잊어버리고 고구려를 쳤다가 나라가 망하는 사태로 연결되었던 것이다.

중원의 역사야 알든 모르든 호전적인 몽고족도 계속적인 전쟁에는 지칠 수밖에 없다는 것을 잘 아는 철진천이기에 무슨 짓을 해서라도 옥영진의 목을 베어 이 전쟁을 승리로 이끌기를 원했다. 하지만 옥영진 대장군 편에서도 이 전쟁에서 질 수는 없었다. 무엇보다 몽고 통일을 염원하고 또 그 정도의 능력이 있는 철진천을 죽여 후환을 없애지 않는다면 송이 위험하다는 것을 잘 알기 때문이다. 그래서 내친김에 수하들의 반발도 무릅쓰고 '더럽고 치사한' 살육전을 벌이고 있는 것이다. 그는 몽고인들이 앞으로 수십 년은 아예 '중원'이라는 말만 들어도 공포에 질리게 만들 심산이었다.

전투가 시작되자 모든 것이 옥영진 대장군의 생각대로 진행되었다. 옥영진 대장군은 3개의 부대로 나누어 전쟁을 시작했다. 처음에는 한 덩어리로 이루려고 했었는데, 적이 각기 1만씩의 좌우 날개를 만들어 포위당하는 것을 방비함과 동시에 여차하면 적을 포위할 수 있는 진형을 사용할 거라는 카타쿠이의 정보를 듣고 바꾼 것이다. 처음에는 혹시나 하고 진형을 완전히 갖추지 않았는데, 그들의 진형을 보고 옥영진 대장군은 황색 깃발을 흔들어 각기 1만씩의 몽고 연합군에게 상대 좌우 날개와 대치하도록 지시했다. 몽고군 좌우 날개의 우두머리인 카타쿠이나 테쿠진이 이쪽 편인 이상 좌우 날개에 대한 대비군을 보낼 필요는 없었지만 이쪽이 보내지 않으면 철진천이 의심할 것 같아서 취한 조치였다. 그리고 만에 하나 마길수 상장군의 조언대로 적의 속임수일 수도 있다는 점에 대한 대비이기도 했다.

연합군의 진형은 좌우 날개의 몽고군 1만씩과 중군의 몽고군 6만. 후군의 흑풍단 9천의 당당한 형태였다. 보병들은 방어 작전이 아닌 이런 광활한 평지에서의 기동전에는 써먹을 수 없으므로 본진을 지키며 만일의 사태에 대비하라는 명령을 내려놓았다. 개전(開戰)부터 전세는 연합군에게 유리하게 진행되었다. 적의 좌우 날개는 어쩐 일인지 싸움에 적극성을 보이지 않고 밀리기 시작했고, 좌우측 날개가 밀리자 연합군의 좌우 날개와 중군에게 집중 공격을 받은 몽고군은 막심한 피해를 입었다. 그 전투를 흐뭇한 표정으로 바라보고 있던 옥영진 대장군이 마길수 상장군에게 말했다.

"하하하, 자네의 우려와는 달리 아주 빨리 끝나겠군."

"모든 게 다 대장군의 복(福)이십니다. 허허, 언제나 무운(武運)이 함께하는군요."

"이 상태라면 흑풍단을 투입할 필요도 없겠군. 괜히 노영을 불러들였어."

약간의 질책성이 있는 옥영진 대장군의 말에 마길수 상장군이 약간 무안한 듯 웃으면서 사과했다.

"허허, 제가 너무 과민했던 것 같습니다. 용서해 주시기를······."

"하하하, 용서고 뭐고 할 것까지 있나. 자네도 잘되자고 한 소리였는데 말일세."

이러쿵저러쿵 희희낙락 농담을 하면서 관전하는 사이 전세가 일변(一變)하기 시작했다. 좌우 날개가 밀리면서 중간에 노출되어 집중타를 얻어맞던 적의 중군이 일시적으로 후퇴했고, 몽고 연합군은 그 뒤를 바짝 추격해 들어갔다. 거기까지는 좋았는데, 그때 뒤로 밀리던 중군이 돌아서면서 연합군을 공격하기 시작했고, 여태까지 아군이라고 믿어 의심치 않게 행동해 온 적의 좌우 날개가 밀고 들어간 연합군의 측면과 후면을 포위하면서 집중 공격을 가해 왔다. 독 안으로 들어가 버린 몽고 연합군의 군사들은 당황하기 시작했고 그에 따라 전사자가 속출했다. 놀란 얼굴로 전세의 변화를 바라보던 마길수 상장군이 옥영진 대장군에게 말했다.

"아무래도 오늘 전투는 패색이 짙군요. 후퇴하시겠습니까? 아니면 무리를 해서라도 지금 결판을?"

"흠…, 지금 결판을 내기로 하지. 이번 싸움에서 밀리면 우리 측에 가담한 몽고 족장 놈들이 무슨 짓을 할지 모르니까. 정말 철진천이라는 자는 대단하군. 한 번씩 나를 놀라게 만드니 말일세."

"그럼 흑풍단의 총력으로 적의 좌군을 박살 내 버리고 그 여세를 몰아 적의 중군을 포위 공략하심이 어떨까요?"

"그게 좋겠군. 수하들에게 지시하라. 하지만 전투는 완만하게 진행해서 동맹한 부족들에게 일부러 피해가 크게 돌아가게 하도록. 이 전투에서 모두 힘을 소진해 버려야 더 이상 통일하겠다고 깝죽거리는 놈이 없겠지."

"예."

마길수 상장군의 지시를 받은 흑풍단 9천 기는 좌측으로 돌격해 들어가서 적의 좌군과 치열한 기마전을 전개했다. 흑풍단은 뛰어난 고수들로 편성된 만큼 몽고군들이 그 적수가 되지는 못했다. 다만 옥영진 대장군의 지시로 연합군에 참여한 몽고병들의 피해가 더 커지도록 전투는 완만한 속도로 진행되었다.

아침에 시작된 그날의 전투는 해가 질 때까지 계속되었고 쌍방의 피해는 막심했다. 흑풍단의 피해는 거의 없었지만 몽고병 측에는 반 이상의 사상자가 나온 격렬한 전투였다. 그리고 몽고가 배출한 뛰어난 무장 철진천은 이 전투에서 누군가의 칼에 맞아 전사했으니……. 그로 인해 새로운 영웅이 배출될 때까지 몽고의 통일은 50여 년 늦춰지게 된다.

혼전 중에 철진천이 전사하고도 전투는 계속됐다. 몽고에게 패배란 곧 노예로 전락됨을 의미했기에 그들은 죽기를 무릅쓰고 격렬하게 저항했다. 하지만 그것도 잠시……. 더 이상 싸울 여력마저 떨어진 그들은 뿔뿔이 흩어져 후퇴했고, 그에 따라 쫓기는 자들에 대한 처절한 사냥이 시작되었다.

추격전의 주역은 흑풍단이었다. 그들은 전력을 다해 전투를 전개하지 않았기에 연합군에 비해 더 많은 체력을 비축하고 있었기 때문이다. 몽고 통일의 뿌리까지 뽑아 버리기 위해 추격전은 밤새도록 도가 지나치다 싶을 정도로 전개되었다.

다음 날 아침이 되자 옥영진 대장군은 흩어진 천인대장급 이상의 고급 장수들을 소집하여 뒷마무리에 따르는 작전 지시를 했다. 5개 천인대를 제외한 나머지 천인대들은 모두 다 흩어져서 주변을 깨끗이 정리하라는 명령이었다. 그리고 더 이상 필요 없어진 보병대는 본진 수비를 위한 1천 명만 남겨 두고 모두 본국으로 후퇴하라는 명령도 함께 떨어졌다.

국광은 자신의 백인부대를 이끌고 추격전에 나서기 전에 자신의 막사에 들렀다. 그로서는 이번 작전이 아마도 몽고에서 마지막 작전이 될지도 모른다는 생각에 다급해졌기 때문이다. 작전이 끝나면 흑풍단은 본국으로 후퇴할 것이고, 본국에 도착하면 자신에게 주어졌던 하부르는 노예로 팔려갈 게 뻔했다. 국광의 타는 속을 알 리 없는 하부르는 국광이 들어오자 반갑게 맞이했다.

"무사하셨으니 다행이에요."

자신을 껴안는 하부르를 떼어 놓은 국광은 수하에게서 얻어온 흑색 의장용(儀裝用) 경갑주 한 벌을 하부르에게 내밀었다.

"빨리 이걸 입어라."

"예?"

"빨리 입어. 그리고 바지와 신발은 내 것을 써라. 그거 입은 다음 나하고 같이 말 타러 가자."

"예."

엉겁결에 하부르는 갑주를 입기 시작했고, 국광이 멀리 나들이를 데리고 가겠다는 말에 옷을 갈아입는 속도는 더욱 빨라졌다. 국광은 복장을 갖춘 하부르를 백인대에 끼워 넣어 표시 안 나게 만든 후 출발했다. 옥영진 대장군에게 부탁하는 게 더 좋을지도 모르지만 만약 거절당했을 때는 아예 하부르를 빼돌리지 못하기 때문에 국광이 서둘렀던 것이다.

안면 보호대까지 착용해 두 눈만 내놓은 하부르를 알아볼 수 있는 사람은 아무도 없었다. 갑옷을 자세히 살펴보면 똑같은 번호를 가진 사람이 둘 있다는 것을 알겠지만, 국광의 부탁을 받은 데다가 하부르를 놓아 줄 거라는 말에 그동안 정이 많이 든 백인대 대원들이 다른 사람들의 눈에 띄지 않게 열심히 보호했다. 그러니 점쟁이가 아닌 바에야 하부르가 거기 끼어 있다는 사실을 알아낸다는 것은 불가능했다.
 국광 일행은 북쪽으로 달리고 달려 마을을 찾아 헤맸다. 다른 백인대들도 국광의 일행처럼 마을이나 패잔병을 찾아 헤매고 있을 것이다. 다만 그들은 약탈과 살인을 하기 위한 것이라는 점이 국광의 일행과는 다를 뿐이었다. 북쪽으로 4일간 달려 올라갔을 때 산에 가려진 작은 마을 하나를 발견할 수 있었다. 만일을 대비해 대부분의 수하들을 마을 주변에 포진시킨 다음 국광은 하부르와 몇몇 수하들만을 거느린 채 마을 안으로 들어갔다. 그들이 마을에 들어섰을 때 마을 사람은 한 명도 밖으로 나오지 않았다. 그걸 보고 마화가 신경질적으로 말했다.
 "이거 벌써 누가 다녀간 거 아냐?"
 "아닐 거야. 다녀갔다면 시체가 즐비할 텐데……. 알다시피 본보기로 죽이는 거니까 묻을 필요가 없지."
 "그렇군."
 말에서 내린 국광은 파오 앞에 서서 낮지만 내공을 실어 목소리가 멀리 퍼지도록 해서 몽고어로 말했다.
 "모두들 나오시오. 족장을 만나서 얘기할 것이 있소."
 저쪽 파오에서 웅성거리는 소리가 들리는 것 같더니 노인과 몇 명의 장정이 나왔다.
 "나으리…, 무슨 일로 오셨습니까? 저희 부락은 작아서 식량도 없고 또 쓸 만한 처녀도 없습니다요."
 국광이 뭐라 말하려는데, 뒤쪽에서 웅성거리는 소리가 들리더니 안 된다는 만류의 목소리와 함께 한 소년이 국광 앞으로 나섰다.

"당신들이 원하는 사람은 나지 이 사람들이 아니오. 나만 잡아가고 이들을 해치지 마시오."

15세 정도로 보이는 아이는 단단한 체격과 어딘지 모르게 기품 있는 말투와 분위기를 가지고 있었다. 국광은 그 아이에게 흥미를 느끼고 아이의 생김새를 자세히 뜯어보며 말했다.

"그렇게 못 하겠다면?"

아이는 그 나이 또래에 어울리지 않게 침착했다.

"이들은 아무것도 모르는 순박한 사람들이오. 이들을 해칠 필요는 없지 않소?"

소년의 말을 듣고 국광은 비웃는 듯한 어조로 말했다.

"재미있는 녀석이군. 네 녀석의 힘으로 나를 막을 수 있다고 생각하나?"

"그렇지는 않소. 당신들 검은 악마들은 너무나 강하오. 하지만 아무리 강하다 해도 그렇게 재미로 사람을 죽이는 것은 옳지 못하오. 늑대도 배가 고플 때만 사냥하듯 당신들도 그 강함에 맞게 저들에게 관용을 베풀어 주시오."

"하하하, 재미있는 녀석을 이곳에서 만났군."

국광은 갑자기 정중한 어조로 소년에게 말했다.

"용의 눈을 가진 소년이여. 나는 자네에게 한 가지 부탁을 하고 싶다. 물론 그 부탁을 들어준다면 나도 자네의 부탁을 들어주지."

소년은 의아해하는 표정으로 물었다.

"무엇이오?"

"저 아이는 하부르, 이번 전쟁에서 부모를 잃은 아이다. 내가 딸처럼 아끼던 아인데 사실 중국인인 내가 몽고인인 저 아이를 데리고 중원으로 들어갈 수는 없다. 이곳에 남는 것이 저 아이에게도 좋을 거고. 저 아이를 맡아 주겠나?"

"부탁이란 그것뿐이오?"

"그렇다."

"하지만 당신이 떠난 후에 내가 저 아이를 죽여 버릴지 어떻게 믿고 나에게 맡긴다는 거요?"

"나는 너를 믿는다. 용의 눈은 가지고 싶다고 아무나 갖게 되는 것이 아니거든."

둘의 대화를 듣고 있던 하부르가 마침내 참지 못하고 눈에 눈물이 그렁그렁한 채 두 손을 꼭 쥐고 국광에게 사정했다.

"나으리…, 저를 버리실 건가요?"

국광은 그런 하부르를 애처롭게 바라보며 부드러운 어조로 타일렀다.

"아니야. 다만 너를 위해 가장 좋은 길을 선택했을 뿐이다. 너는 몽고인……. 몽고의 초원에서 동족들과 있어야 행복할 수 있어. 내 말대로 하거라, 응?"

"나으리…, 흐흑."

국광은 울고 있는 하부르를 이끌어 그 소년에게 넘겨주었다.

"이 아이의 이름은 하부르. 아무도 손대지 않은 순결한 몸을 가지고 있으니 자네가 좋은 배필(配匹)을 얻어 짝을 지워 줬으면 하네……. 성격도 착하고 순박한 아가씨야."

"약속하겠소."

국광은 그 소년을 다시 한 번 자세히 바라보고는 떠나려 하다가 말했다.

"용의 눈을 가진 소년을 만난 기쁨의 표시로 자네에게 이걸 선물하고 싶군. 자네는 무기가 없으니 지니고 있으면 자그마한 보탬이 될 걸세."

국광이 갑자기 허리에 찬 검을 풀어서 건네주자, 약간 당황한 소년이 고개를 저었다.

"당신에게 이걸 받을 이유가 없소."

"내 작은 성의라고 봐 주게. 이 검은 그렇게 좋은 검도 아니고 그냥 호신용으로 쓰기에 적당한 그저 그런 검이니 받아 주게나. 그리고 나한테는 따로 좋은 검이 하나 있어."

몽고에서는 철이 생산되지 않는다. 그래서 몽고에서는 검을 대단히 아끼며, 정강(精剛) 정도로만 만들어도 보검으로 칠 정도다. 역대로 중국에서는 몽고 등 이민족에게 무기는 물론 철의 수출을 금지하고 있었고, 솥도 좋은 철로 만들면 그걸 잘라서 무기를 만든다고 일부로 불순물이 많은 철로 만들어 수출하고 있었다. 그런 형국이니 국광이 내미는, 보석이 많이 박힌 검은 그들이 한눈에 봐도 뛰어난 보검임이 확실했기에 아무 이유도 없이 주는 것을 거절한 것이다. 하지만 국광이 사정하듯 말하자 소년은 망설이다가 그 검을 받았다.

"몸을 잘 숨기도록 해라. 아마 한 달 정도 지나면 우리들은 몽고에서 철수할 거다. 장차 몽고의 별이 될 자네를 지금 죽이지 않음은 내 상관인 옥 나으리에 대한 반역이나 다름없으나, 나는 큰 나무가 될 게 분명하다고 싹부터 자르고 싶지는 않아. 자네는 요절(夭折)하지 않는다면 몽고의 역사에 남는 영웅이 될 거야. 쓸데없는 만용을 부리지 않는다면 자네를 죽일 수 있는 사람은 거의 없겠지. 그럼, 인연이 있다면 훗날 다시 볼 수 있겠지. 잘 있게나."

그 말을 끝으로 국광은 뒤도 돌아보지 않고 떠났다. 소년은 당당히 떠나가는 국광을 보고 불현듯 그의 이름을 물어보지 못했다는 생각에 다급히 외쳤다.
"당신의 이름은 뭐요?"
국광은 뒤도 돌아보지 않고 멀어져 갔다. 다만 그의 목소리만이 초원을 꿰뚫고 들려왔다.
"내 이름은 국광……. 아니지, 묵향……. 묵혼검의 주인이다."
소년은 세월이 지나며 뛰어난 무장(武將)으로 성장했지만 국광의 우려대로 우연히 만난, 사이가 좋지 못한 부족의 식사 초대에 응했다. 사실 그들 부족의 식사 초대에 응하지 않아도 문제될 것은 없으나 '겁쟁이'라는 비난을 받고 싶지 않아 식사에 동참한 후 독이 든 마유주를 마시고 젊은 나이에 죽었으니 또다시 몽고의 통일은 뒤로 미루어졌다. 소년과 결혼해 네 명의 자식을 낳은 하부르는 그 장자의 이름을 테무진(鐵武眞)이라 지었다. 몽고의 통일은 3대에 걸친 소망으로 내려오다가 송의 약체를 틈타 테무진의 손에서 마침내 이루어지게 된다.
마을에서 멀어지며 마화가 물어 왔다.
"묵향은 또 뭐예요? 대장 이름은 국광이라고 안 그랬어요?"
"……"
국광으로부터 아무런 답이 없자 마화는 옆에 있는 임충에게 확인을 구했다.
"임충! 대장 이름이 국광 맞지?"
"응."
마화는 조금 놀리는 투로 말했다.

"갑자기 애한테 국광이라고 하려니까 부끄럽던 모양이죠? 없는 이름을 지어서 불러 주게? 묵향이라고 하니까 지금 대장의 분위기와 잘 어울리는 것 같기는 하지만……."

"……."

"앞으로 계속 묵향이라고 불러도 돼요?"

"안 돼!"

"왜요? 국광보다는 백배 나은데……."

그러자 떼를 쓰던 마화의 귀에 소리가 들려왔다. 국광은 입도 달싹이지 않는데 소리가 들려오는 걸 보고 마화는 그것이 말로만 듣던 어기전성(御氣傳聲)이라는 걸 눈치 챌 수 있었다.

《왜 안 되는가 하면 그건 내 본명이기 때문이야. 과거를 모르는 만큼 만약 나에게 적이 있다면 나는 아주 좋지 못한 상황에 처할 수 있어.》

국광의 말은 아주 정당했기에 마화도 할 수 없이 수긍할 수밖에 없었다.

"그럴 수도 있겠군요."

황홀한 정사

　마지막 작전이 수행되고 난 다음 한 달이 지나자 몽고에서는 더 이상의 위험이 존재하지 않는다고 생각한 옥영진 대장군의 지시로 정벌군은 후퇴를 시작했다. 몽고란 나라 자체가 별로 돈이 없는 가난한 야만족들의 나라이기에 노획한 금은보화는 마차 세 대 분량 정도로 그렇게 많지 않았다. 하지만 대신 엄청난 양의 노예를 잡아서 그 손실을 만회했다.
　이번 전쟁의 승리로 한동안 북방으로부터의 위험은 존재하지 않을 것이다. 그리고 동방의 늑대라 할 수 있는 요와의 전쟁도 상당히 유리하게 전개되고 있었다. 아마 조만간에 승리를 획득할 가능성이 컸다. 벌써 다섯 개의 수도 중 두 개가 송의 영토가 되어 버렸으니까……. 그러니 이번의 대규모 원정만 끝나고 나면 적어도 1백 년 동안은 동북방에서 송을 위협할 만큼 거대한 세력이 재등장할 가능성은 사라지게 된다.

 동방에 자리 잡은 고려의 경우 강력한 군사력에도 불구하고 타국을 침입할 정복욕이 없는 평화로운 국가라 그냥 내버려 두면 될 것이다. 그리고 왜(倭)의 경우 무력은 강하나 통일된 집단이 아니고, 통일이 된다손 치더라도 영토는 작지만 30만에 이르는 군사력을 갖추고 길목을 지키고 있는 강력한 고려와 일전을 치러야 하기에 위협이 될 것도 없었다.

 서방(西方)의 경우, 비단 판매상의 정보에 따르면 수많은 나라들이 난립해 있어 송의 막강한 힘에 도전할 정도의 배짱도 없었고, 그럴 여유도 없었다. 그야말로 모든 주변국들의 상황이 대 송제국의 탄탄한 앞날을 보장해 주고 있었다.

 옥영진 대장군이 거느린 찬황흑풍단은 당당히 개선하여 수많은 보화와 노예들을 황제께 바친 후 원래의 위치로 돌아갔다. 아직도 요와의 전쟁은 계속 진행 중이라 크게 연회를 베풀지는 않았지만, 황제도 그의 개선을 축하해 주었기에 그로서는 상당히 기분이 좋았다. 간신배가 중간에 끼어든 이후로 황제 폐하와 사이가 조금 벌어졌지만, 이번의 귀중한 승전으로 다시 가까워질 것이고 황실에서의 위치도 더욱 탄탄해질 거라는 생각 때문이었다.

 개선 후 옥영진 대장군은 산적한 일 때문에 정신이 없는 나날을 보냈다. 황제 폐하의 논공행상이 있었으나 그건 다만 공이 큰 몇몇의 장수에게 하사금을 내리거나 승진시키는 일일 뿐이었다. 실질적으로는 자신이 황제 폐하로부터 하사 받은 보화와 노예를 적당한 액수로 팔아 공이 있는 모든 자들에게 은자(銀資)를 나눠 줘야 하는 거의 1만 명에 이르는 수하(手下)들에 대한 논공행상을 처리해야 했다. 거기에 그동안 밀린 봉록(俸祿)도 지급해야 했고, 전쟁을 치른 만큼 새로이 무기나 말, 식량 등도 보급 받아야 했다.

옥영진 대장군이 바쁜 데다 나으리가 붙여 놓은 혹이라 볼 수 있는 옥항도 잔인했던 전쟁을 치르면서 제법 노숙해져 국광으로서는 오랜만의 평안한 하루하루를 보낼 수 있었다. 국광으로서는 저놈의 선머슴 같은 마화가 와서 떠들어 대지만 않는다면 더 이상 바랄 것이 없었지만, 그건 아마 단시간에는 바랄 수 없는 꿈인 것 같았다. 그날도 마화의 등살에 귀를 막고 지내다 한시름 돌리고 있는데 고요한 달빛을 통해 금음(琴音)이 들려왔다.

어쩌다 한 번씩 금음이 들리는 것이 이상할 것도 없었지만, 그 음을 듣는 순간 국광은 망치로 한 대 얻어맞은 것 같은 충격과 함께 무어라 할 수 없는 그리운 감정이 몰려왔다. 국광은 오랜 시간 이슬을 맞으며 금음을 듣다가 이 소리를 기억할 수는 없지만 어쩐지 자신이 이 곡을 알고 있다는 것을 느꼈다. 다음 소절이 시작되기도 전에 그 소절이 기억나는 걸로 봐서 그 점을 확신할 수 있었다. 벌써 다섯 곡째 들려오고 있었는데 그 모든 곡이 그런 감회를 불러일으키다 보니 국광으로서는 이상한 생각이 들지 않을 수 없었다.

"아무래도 한번 가 봐야겠군."

그 말이 끝나기도 전에 그의 신형(身形)은 어둠을 박차고 날아가기 시작했다.

국광은 금음이 울려 나오는 저택까지 가면서 금을 뜯는 사람이 누군지 더욱 의문이 솟아났다. 처음에 금음이 그렇게 크지는 않았지만 또렷이 들리는 점으로 미루어, 멀지 않은 곳인 줄 알았지만 막상 찾아가다 보니 의외로 먼 곳이었기 때문이다.

'상당한 고수로군. 기를 교묘하게 조정하여 심금(心琴)을 울리다니……. 과연 누굴까?'

넓은 저택의 후원, 아담하게 꾸며 놓은 정원 중간에 자그마한 정사(靜舍)가 있었다. 그 정사의 벽면에 뚫린 둥근 창문 안으로 엷은 청의를 입은 묘령의 소녀가 금을 뜯는 모습이 보였다. 살며시 미간을 찌푸리기도 하고, 또 추억에 잠기는 듯 몽롱한 표정을 짓기도 하며 계속 금을 타고 있는 모습이 국광의 눈에 들어왔다.

먼저 국광은 정사의 창문이 정면으로 보이는 큼직한 나무 위에 자리를 잡고는 주변을 철저히 살폈다. 물론 이 저택 전체를 둘러보아 아무런 위험이 없음을 조사해 본 후에 자리 잡은 곳이다. 정원에는 국광의 능력이 미치는 한도 내에서는 그 어떤 위험도 없었다.

'함정은 아닌 듯한데……. 그럼 저 계집은 뭐지? 껍데기는 젊게 보이지만 아마도 알맹이는 최소한 마흔은 넘은 무림고수가 분명한데……. 그런데도 어쩌면 저렇게 청순하고도 아리따운 얼굴과 분위기를 풍길 수 있는지 이해가 가지 않는군.'

반 각 정도 더 지속되던 금음이 멈췄고 그녀는 잠자리에 들려는지 창문을 닫았다. 잠옷을 갈아입는 음영(陰影)이 창문에 비쳤다. 국광은 그 모습을 바라보며 마지막으로 자신의 기를 최대한 끌어올려 주변을 수색했다.

'역시 잡히는 게 없군. 그렇다면…….'

국광은 기척도 없이 몸을 날려 정사에 다가갔다. 국광이 다가가는 도중에도 주위에는 풀벌레 소리만이 들려올 뿐 그 어떤 기척도 없었다.

갑자기 국광이 방 안으로 들어서자 잘 준비를 하고 있던 소녀는 조금 놀란 것 같았지만 소리는 지르지 않았다. 그녀는 황급히 일어선 후 우선 자신의 옷매무새를 단정히 정돈을 한 다음 국광을 아래위로 주의 깊게 훑어보며 당황한 듯한 목소리로 말했다.

"어떻게 오셨죠?"

"우선… 앉으시오."

국광이 방 안을 둘러보니 무기는 없었다. 대신 무기 대용으로 쓸 만한 것이라면 침상 옆 탁자 위에 놓인 경옥(硬玉)으로 만든 한 자 정도 길이의 옥적(玉笛)이 있을 뿐이다. 그 외에는 여자의 방답게 갖가지 아담한 장식물들이 걸려 있었고 한쪽에는 화장대도 보였다. 방 안에는 달콤한 향기가 은은히 배어 있었는데, 방 한쪽에 있는 작은 향로에서 조금씩 연기가 솟아오르는 것으로 보아 그 향을 소녀가 언제나 즐기는 모양이었다.

'향기도 좋고, 살기도 없고……. 그런데 이런 밤중에 금을 잘 타는, 미모를 갖춘 여고수(女高手)라……. 하나하나를 두면 문제가 없는데 함께 섞어 놓으니 좀 이상하군. 아무래도 여고수라는 점이 마음에 걸려.'

소녀는 엉거주춤 앉더니 다시 물었다.

"누구신가요?"

그러면서 아무렇지도 않다는 듯 슬며시, 도둑에게서 이것만은 지켜야 한다는 듯한 몸짓으로 옥적을 들었다. 일단 옥적을 손에 잡자 약간 말투가 바뀌었다. 약간은 초조해 보이더니 느긋해졌다고 해야 할까.

"흥! 빨리 말을 안 한다면 살아서 이곳을 나갈 생각을 안 하는 게 좋을 거예요."

소녀의 가시 돋친 말투와 경계심이 오히려 국광의 경계심을 누그러뜨렸다. 사실 흑막이 있다면 이 정도로 상대가 조심스럽게 자신을 경계할 필요가 없을 테니까…….

"그대는 금을 누구에게서 배웠소?"

국광의 질문에 돌아오는 것은 싸늘한 냉소뿐이었다.

"흥! 그따위 질문을 하려고 야밤에 담을 넘어 여인의 처소에 왔다는 건가요?"

그러자 국광은 좀 더 험악하게 인상을 쓰며 싸늘하게 내뱉었다.

"다시 한 번 더 질문하지. 누구에게서 배웠소?"

그러자 소녀는 조금 말투를 누그러뜨리며 말했다.

"강아(姜娥) 사부님께…….."

"강아? 그대의 이름은?"

"설약벽(薛若碧)이라고 해요."

"설약벽? 언젠가 들어 본 것 같은 이름이군. 기억은 안 나지만……. 그런데 문제는 그대가 뜯는 금음이 좀 이상하다는 데 있소. 아무래도 과거에 들어 본 것 같기도 하고, 또 그 곡들도 내가 아는 것 같고. 설명을 해 줄 수 있소?"

"글쎄요. 소녀도 당신 같은 무례한 사람은 처음 보는지라 뭐라 말할 수 없네요."

"그렇다면 한 가지만 더……. 그대가 뜯은 곡들은 많은 사람이 알고 있는 곡이오?"

국광의 질문에 소녀는 조금 어리둥절한 표정을 지었다.

"아니요, 그 곡들을 알고 있는 사람은 많지 않아요. 그런데 당신이 그 곡들을 들어 봤다니 이상하군요. 당신은 어디서 그것들을 들어

봤죠?"

 잠시 침묵이 흘렀고 마침내 생각을 정리한 국광이 다시 말문을 열었다.

 "기억이 나지 않는군. 사실 나는 과거를 기억할 수 없기에 그대에게 몇 가지 확인해 볼 것이 있어 찾아온 거였소. 그런데… 헉! 이런, 무슨 농간을?"

 국광의 다급한 어조와 달리 설약벽은 느긋한 목소리로 답했다. 하지만 이상하게도 그녀의 얼굴에는 어조와는 달리 후회, 동정의 빛이 어려 있었다.

 "확인하실 필요 없어요. 저기서 피어오르는 향은 천락마라향(千樂魔羅香)……. 일단 흡입한 후에는 손쓸 방법이 없는 음약(淫藥)이죠. 당신의 무공은 너무나 강하기에 눈치 채지 못하게 처음부터 아주 조금씩만 피어오르게 만들어 서서히 중독시켰으니 지금에야 효과가 나오는 거예요."

 국광은 치밀어 오르는 욕화(慾火)를 억누르느라 얼굴이 벌겋게 달아오르며 핏줄이 불거져 나오기 시작했다. 국광은 어서 이 자리를 피해야 한다는 생각뿐이었지만 도저히 몸이 말을 듣지 않았다. 바로 앞에 미모의 여인이 있다 보니 점차 가물거리는 이성(理性)이 욕정(欲情)을 억압하지 못하는 것이다.

 '나는 동자공(童子功)을 익혔다. 그렇다면……. 보기 좋게 당했군. 이제 더 이상의…….'

 이성으로 간신히 욕화를 억누르고 있는 국광을 보며 설약벽이 딱하다는 듯이 말했다.

 "묵향 부교주님, 당신은 너무나 강하기에 본교로서는 당신을 없애는 데 이 길을 택하지 않을 수 없었어요. 그렇지 않고 정면 대결을 한다면 수많은 형제들이 그대의 묵혼 앞에 목숨을 잃어야 하겠죠. 교주께서 명령하셨을 때 제가 기꺼이 이 일을 떠맡은 건… 어쩌면 도저히 넘볼 수 없었던 당신을 약간이나마 사모했던 제가 끝마무리를 하는 것이 좋을 거라는 판단에서예요. 더 이상 참지 마시고 이리 오세요. 그리고 평안한 안락을 찾으세요…….'

설약벽이 두 팔을 벌리고 그를 이끌자 더 이상 참을 수 없었던 국광은 그녀의 품속으로 뛰어들었다. 설약벽은 노련한 경험자답게 무식하게 파고만 드는 국광을 아주 자연스럽게 이끌어 나갔다.

설약벽은 우악스럽게 찢듯이 옷을 벌린 후 탐스럽게 부풀어 오른 유방을 빨아 대는 국광을 적당히 밀어내면서 살며시 옷을 벗었다. 그리고는 국광의 옷을 조심스레 벗겨 주고 침상으로 이끌었다. 국광은 음욕(淫慾)에 눈이 멀어 눈앞의 이 아름다운 여체(女體)를 감상할 시간도 없었으니…….

국광은 온몸이 약 기운으로 타올라 끓어오르는 음욕을 주체할 수 없을 지경이 되어 달려들었지만, 경험 많은 설약벽이 한눈에 보기에도 그는 초보자가 확실했다. 무턱대고 끌어안으며 파고들기만 했지 뭘 어떻게 해야 하는지 모르는 게 눈에 보일 정도였기 때문이다. 50년이 넘게 무공에만 매진해 온, 존경했던 고수가 한낱 음약에 굴복해 버린 모습은 설약벽에게도 충격이었다. 하지만 그의 기억이 그대로 유지된 상태라면 이런 허점 따위는 만들지 않을 인물이란 점을 누구보다 잘 알기에 그녀는 존경했던 인물의 마지막을 부드럽고 깨끗이 장식하기 위해 노력했다.

설약벽은 파고드는 국광을 안은 채로 침상에 누워 약 기운에 한없이 뜨겁게 달아오른 국광을 몸속 깊이 받아들였다. 일단 거기까지 유도하자 그다음부터 국광은 본능에 따라 움직이며 밀어붙이기 시작했다. 정사가 지속되면서 헐떡거리며 매달리는 국광을 바라보는 설약벽의 눈에는 이슬이 맺혔지만, 얼마 지나지 않아 그녀도 계속되는 자극에 달아오르며 국광의 동작에 달콤한 신음성을 흘리며 무의식적으로 호응해 나가기 시작했다.

그의 허리를 다리로 꽉 잡고 매달리며 헐떡거리는 설약벽의 몸 위에서 거칠게 몸을 움직이던 국광의 몸이 약간 경직되며 방사(放射)했을 때, 설약벽도 어느 결에 쾌락의 극치에 올라 비명을 질렀지만 그녀의 쾌감은 오래 지속되지는 못했다. 국광의 방정(放精)이 뭘 뜻하는지 깨달았기 때문이다.

이제 곧 국광의 체내에서 동자공이 무너져 방대한 양의 기가 막대한 고통을 수반하며 흩어지고 육체 또한 사그라들 것이다. 설약벽이 존경의 뜻에서 일부러 채양보음(採陽補陰)의 수법을 쓰지 않았기에 죽음에 이르지는 않겠지만, 20대 초반으로 보이는 국광의 육체는 50대가 가진 본래의 육체로 돌아갈 것이 분명했다.

이제부터 다시 속성으로 내공을 쌓는다면 어느 정도까지 무공을 회복할 수도 있으리라. 만약 그 전에 마교의 고수들에게 살해되지 않는다면…….

설약벽이 이런저런 생각을 하느라 신경을 쓰지 않고 있었지만 국광의 힘은 줄어들지도 않았고 또한 육체도 사그라들지 않았다. 조금 시간이 지나자 국광은 또다시 허리를 놀리며 설약벽을 공격하기 시작했다.

'하악! 이럴 수가……. 아마 현경의 고수라서 기가 다 빠져나가려

면 다른 사람보다 시간이 오래 걸리는 걸까? 이건 말도 안 돼…….'
 하지만 그녀의 생각은 더 이상 연결되지 않았다. 그녀의 육체도 덩달아 급속히 뜨거워지기 시작했기에……. 가을이 무르익어 조금 쌀쌀한 날씨였지만 설약벽에게는 그런 것조차 느껴지지 않았다. 그녀에게 그 밤은 너무나도 뜨거운 열락(悅樂)의 밤이었다.

떨어지는 별

　국광이 음희의 거미줄에 걸려 정신을 못 차리고 있을 때 옥영진 대장군의 저택에는 불가사의한 일이 벌어지고 있었다. 갑자기 옥영진 대장군이 호출하지도 않은 1백여 명이 넘는 방문객이 쳐들어온 것이다. 그들의 내왕을 통보받은 옥영진 대장군은 뭔가 이상하다는 생각이 들었다. 그들이 지금 이 시간에 자기한테 올 일이 없기 때문이리라. 옥 나으리는 하인의 안내로 들어오는 방문객 중 한 명에게 의문이 가득한 표정으로 물었다.
　"자네가 여기는 웬일로 왔나?"
　"예? 회의도 할 겸 원정의 성공을 축하하는 의미에서 멋지게 한턱 낼 테니 모두 오라고 하셔서 왔는데요. 왜 그러십니까?"
　갑작스레 수상한 태도로 나오는 옥영진 대장군에게 전포(戰袍)이기는 하지만 한껏 멋을 낸 마길수 상장군이 되물었다.

"그렇다면 백인대장급 이상이 모두 다 왔다는 말인가?"
"아닙니다. 관지와 관지를 보좌할 백인대장 두 명은 오지 않았습니다. 관지는 별로 이런 자리를 안 좋아하기에……. 왜 그러십니까?"
"누가 그 말을 전하던가? 나는 그대들을 부른 적이 없는데."
"단장님 댁의 하인이라고 하는 자가 전해 왔습니다. 저희들도 그런 줄 알았구요."
"이거 큰일이군. 아무래도 모종의 흑막이 있는 거 같아. 자네는 빨리 돌아가서 부대를 장악하게. 나도 준비가 되는 대로 갈 테니까……."
"예."
이때 밖에서 우렁찬 목소리가 들려왔다.
"껄껄껄, 그러실 필요 없소이다. 옥영진 대장군 나으리. 그대를 모반 혐의로 체포하라는 어명(御命)이 계셨소이다."
"뭐시라?"
어느덧 사방에서 앞 부분에 「禁(금)」이란 글씨가 수놓아져 있는 황의를 입은 무사들 1천여 명이 날아와 경악한 옥영진 대장군과 그 수하들을 포위했다. 그리고 그들의 뒤편에서 「親(친)」이란 글씨가 쓰여 있는 적의를 입은 열두 명 정도와 황의를 입은 세 명이 함께 걸어 나왔다. 방금 한 말은 그중의 한 명이 내뱉은 것이었다.
모반……. 이 얼마나 살 떨리는 단어냐. 말도 안 되는 모함이라도 그것에 걸려들기만 하면 삼족(三族)이 살아남을 수 없다. 옥영진 대장군은 기가 막혀 말도 안 나올 정도로 분노가 끓어올랐으나 차분히 노화를 가라앉혔다. 여기서 처신을 잘못하면 모든 게 다 끝장나는 것이다. 별 볼일 없는 자가 이런 말을 한다면 웃어넘길 수도 있지만, 복장을 보아하니 이들은 모반의 냄새를 찾아다니는 황제의 사냥개, 금의위인 것이다.

"그런 말도 안 되는 말을 하는 그대는 누구요?"

"소인은 이번에 금의위의 포박대장으로 임명된 엄사량이라고 합니다. 만약 대장군께 죄가 없다면 그건 취조하는 과정에서 밝혀지겠지만 본 금의위에서는 대장군이 모반을 획책하고 있다는 확실한 물증을 잡고 있습니다."

옥영진은 잠시 멍하니 생각에 잠기더니 말했다.

"이들을 불러 모은 것도 그대들의 짓인가?"

"그렇습니다. 뿌리를 남겨 두면 안 되죠. 화근의 싹은 뿌리째 뽑아야……."

상대의 단호한 대답에 옥영진 대장군은 허탈한 음성으로 사정했다.

"그대들이 원하는 것은 본인의 목. 수하들은 놔 줄 수 없겠나?"

"그럴 수 없음은 대장군께서도 잘 아실 겁니다. 여봐라, 모두 다 포박하라."

도저히 말이 통하지 않자 옥영진 대장군은 지금 잡혀 가든지 아니면 일단 이들을 물리치고 후일을 도모하든지 둘 중의 하나를 택해야 함을 알았다.

'지금 잡혀 간다면 끝장……. 보나마나 혹독한 고문 끝에 그냥 죽임 당할 것이 분명하다. 그렇다면…….'

"으으으, 나로 하여금 어쩔 수 없이 손을 쓰게 만드는구나. 좋다, 너희들의 목을 베고 황상께 따지리라. 나의 죄가 무엇인지. 쳐라!"

옥영진 대장군의 판단을 기다리던 무장들도 그의 명령에 따라 검을 뽑아 들었다. 이왕에 자신들에게도 역적의 누명이 씌워진 이상 모두 함께 행동하는 수밖에는 도리가 없었다.

사방에서 전포를 입은 흑풍단의 장수들과 금의위의 위사들 간의 격돌이 벌어졌다. 찬황흑풍단은 기병대라 원래가 마상전(馬上戰)에 익숙한 무리들이다. 하지만 여기 모인 자들은 모두 백인대장급 이상의 일당백의 용장들……. 전마(戰馬)도 없고 갑주도 입지 않았지만 그들의 무공은 뛰어났기에 삽시간에 금의위의 위사들이 몰리기 시작했다. 그것을 차분히 바라보던 적의(赤衣)를 걸친 한 사내가 마침내 입을 열었다. 그런데 놀랍게도 그자가 입을 열자 남자의 목소리도 아니고 여자의 목소리도 아닌 이상한 소리가 튀어나왔다.

"도와줘라!"

그에 답하는 적의 무사들의 목소리도 그와 비슷했다.

"존명!"

이들이 달려들자 장내의 상황은 완전히 역전되었다. 그만큼 적의 무사들의 무공은 가공할 정도로 뛰어났다. 아마도 이들이 지닌 이상한 목소리도 그들이 익힌 괴이한 사공(邪功) 때문인 듯싶었다. 적의 무사들이 장내로 뛰어들어 순식간에 몇 명의 전포를 입은 무사들을 베어 버리자 그 장면을 보고 있던 옥영진 대장군이 뒤에 서 있던 사내에게 말했다.

"항아, 황상의 경호대인 친황대(親皇隊)까지 나선 것을 보면 아무래도 뒷일을 기약하기 힘들 것 같구나. 참, 국광은 어디 있냐?"

옥항은 고개를 저었다.

"모르겠습니다, 할아버님. 방에 있는 것 같았는데 일이 시작되었을 때는 찾을 수 없었습니다."

"그가 있다면 사태가 역전될 수도 있었을 것을……. 아마도 그 녀석의 무공이 강하니 꾀어 낸 다음 일을 벌였겠지. 그도 지금쯤 힘든 싸움을 벌이고 있을 게다. 내 검을 다오."

"여기 있습니다."

옥영진 대장군은 검을 건네는 옥항의 손에서 검을 통째로 건네받지 않고 손잡이만을 잡은 후 검을 뽑았다. 그리고는 적의를 입은 무사들을 향해 몸을 날렸다. 옥영진 대장군은 황궁이 자랑하는 3대 무공의 두 가지를 익힌 인물답게 그 쏘아 가는 신법 또한 엄청나게 빨랐다. 적의 무사가 흠칫하는 사이 옥영진 대장군은 이미 그의 뒤에 떨어져 내렸고, 그와 동시에 번쩍이는 보검을 쳐올렸다. 순식간에 한 명의 적의 무사를 토막 낸 다음 또 다른 먹이를 향해 쏘아 갔다. 그가 두 번째 상대를 베고 세 번째 상대에게 검을 날렸을 때 그의 검은 옆에서 튀어나온 검에 막혔다.

캉!

두 검에서 불꽃이 튀었고 상대방 검의 압력에 밀려 옥영진 대장군은 두 걸음이나 물러서서야 자세를 잡고 상대를 쏘아봤다. 상대는 적의의 사내들에게 명령을 내렸던 사내로 20대 초반 정도로 보였는데 쏘는 듯한 눈빛을 지닌 예쁘장하게 생긴 자였다. 그는 희고 깨끗한 피부에 시원하게 솟은 콧날, 수염이 나지 않은 가냘픈 턱선으로 말미암아 언뜻 보기에 계집이 남장(男裝)을 한 것처럼 보였지만 옥영진과 더불어 황궁 5대 고수에 끼이는 인물이었다.

그는 젊은 나이에 남성을 상실한 태감(胎減)으로, 뛰어난 무공의 자질 때문에 황제의 경호단인 친황대에 뽑힌 인물이다. 1백여 명의 내시(內侍)들로 구성된 친황대는 황제를 가장 가까이에서 경호한다. 과거에는 무술이 뛰어난 자들을 뽑아 경호 무사로 삼기도 했으나 그들도 남자인지라 여자들만 있는 황궁에서 황제의 잠자리 가까이까지 호위를 하다 보니 심각한 문제가 벌어졌다. 궁녀와 경호 무사가 눈이 맞아 아이를 가지는 사태가 벌어지자, 그들은 모두 황궁 외곽 경호로 내몰고 다소 무공이 떨어지더라도 내시들에게 무공을 가르쳐 측근경호대를 조직했다.

이게 친황대가 만들어진 배경이다. 하지만 무림의 정설대로 내시들은 근력(筋力)이 떨어져 절정무공을 익히기가 어려웠기에 뛰어난 실력자가 없었다. 그런데 모반에 연루되어 사형을 언도받은 황궁의 고수(高手)가 태감(胎減)이 되면서 그 죄를 씻고, 50여 년간 황궁 내에서 무공을 연구하여 황궁무공 최고의 걸작인 규화보전(閨花寶典)을 만들어 냄으로써 그 문제가 해결되었다.

규화보전 전편에는 내시들이 속성으로 내공을 익히는 토납법이 기록되어 있고 후편에는 검법이 기록되어 있다. 규화보전은 세월이 지나면서 후인들이 더욱 발전시켜 황궁 3대 무공에 들어갈 수 있을 정도로 뛰어난 무공이 되었다. 하지만 보전 자체가 내시들이 발전시킨 무공이기에 그 무공을 익히는 초기 단계의 내공수련에서 급격히 차오르는 음기 때문에 일반인은 익힐 수 없는 괴이한 무공이 되어 버렸다.

남자가 익히는 경우 급격히 차오르는 음기와 기존의 양기가 더해져 생기는 상승효과로 인한 욕념(慾念) 때문에 도저히 주화입마에서 벗어날 수 없다. 그리고 여자가 익히는 경우 기존의 음기에 초기에 차오르는 강렬한 음기가 더해져 극음(極陰)의 상태가 되기에 도저히 몸이 버티지를 못한다. 그러나 거세를 당한 내시의 경우 몸속에 차오르는 강렬한 음기를 다스릴 양기가 내제되어 있으면서도, 그들이 엉켜 상쇄되며 일어나는 욕화가 일어나지 않기에 극성까지 익힐 수 있는 것이다.

하지만 규화보전은 아주 익히기 까다롭고 또 그 위력이 엄청나기에 1백여 명이나 되는 친황대의 무사들 중 일부에게만 익히는 것이 허락되었다. 보통 친황대 고수들 중 20명 정도가 보전의 무공을 익히는데, 그중에서 보전이 완성된 후 극성까지 익힌 몇 안 되는 인물 중의 한 명이 자신의 검을 막은 해공공(海公公)이라는 사실을 옥영진은 잘 알고 있었다.

자신도 황궁 3대 무공 중 두 가지나 익히고 있지만, 오늘 한 차례 검을 부딪쳐 본 다음에야 해공공의 무공이 자신보다 한 수 위라는 사실을 느꼈다. 하지만 해공공은 거의 실전 경험이 없었고, 자신은 막대한 실전 경험을 가지고 있었다. 옥영진 대장군은 그 점에 기대를 걸고 해공공과 감히 맞설 생각을 하기 시작했다. 또 달리 선택의 여지도 없었기에…….

'저 녀석은 실전 경험이 적으니 무조건 선제공격과 암수를 교묘히 조화시켜 정신을 못 차리게 만들면 승리가 가능하다.'

옥영진 대장군은 상대가 눈치 못 채게 슬며시 내력으로 품속에 들어 있던 엽전 몇 개를 왼손으로 끌어당겼다. 갑작스런 기습으로 무기를 챙기지 못했기에 암기 대용으로 쓰려는 것이다.

"호… 친황대를 맡고 계신 해공공께서 어찌 황상 곁에 계시지 않고 여기까지 나오셨소이까? 거기에 거의 보이지도 않던 고수들만 뽑아 가지고……."

"흐흐흐, 그대를 없애 버리라는 황제 폐하의……."

해공공의 말은 더 이상 이어지지 않았다. 해공공이 말을 하는 순간을 노려 옥영진 대장군의 공격이 시작되었기 때문이다. 실제 한 번이라도 상대의 기습에 혼쭐이 나 보았다면 조금 힘이 들더라도 계속 내력을 유지하지만, 실전 경험이 없는 자들은 대화를 나눌 때는 자연히 끌어올렸던 내력을 흐트러뜨린다. 바로 이점을 노린 한 수였다.

"이얏!"

옥영진 대장군의 검은 화려한 광채를 날리며 36방위를 거의 순간적으로 찔러 들어갔다. 그 검 끝에서는 막대한 검기(劍氣)가 뿌려졌다. 상대에게 들키지 않도록 순간적으로 내력을 끌어올렸기에 10성의 내력을 사용하지는 못했지만 웅후한 옥영진 대장군의 6성 공력으로 펼쳐지는 황궁 3대 무공의 하나 파황벽사검법(破荒壁邪劍法)의 위력은 엄청났다. 하지만 그 검기를 막아 내며 가까스로 뒤로 물러선 해공공의 옷은 여섯 군데나 길게 찢어진 흔적이 만들어졌지만 놀랍게도 하나의 상처도 없었다.

하지만 옥영진 대장군의 공격은 멈추지 않았다. 이미 상대가 뒤로 빠질 것을 염두에 둔 탓인지 해공공을 향해 세 개의 동전이 파공성을 흘리며 날아갔고, 그 뒤를 쫓아 이번에는 할 수 있는 한 최대한도로 공력을 끌어올리며 옥영진 대장군이 쏘아져 들어갔다. 그는 해공공이 검으로 동전을 막는 사이 두 번째 공격을 가할 작심이었지만 그의 기대와는 달리 해공공은 슬쩍 옆으로 비켜서며 두 개의 동전만을 피했을 뿐, 나머지 하나는 그냥 몸으로 받아 버렸다.

'세 개를 다 맞으면 충격이 오지만 겨우 하나쯤은 맞아도 상관없

다는 건가?'
"이야압!"
파황벽사검법의 마지막 초식 파천파지(破天破地)! 64곳을 찔러 들어가며 강기(剛氣)들이 백룡의 형상으로 사방을 덮었고 막강한 검기와 검풍이 사방으로 몰아치며 주변에 있던 황의 무사들을 날려 버렸다. 하지만 64마리 중 급속도로 뒤로 물러서고 있는 해공공이 있는 곳으로 날아간 것은 겨우 10여 마리……. 해공공은 간단히 검들을 놀려 그들을 튕겨 버렸다. 놀랍게도 해공공이 초식을 펼칠 때 그의 검은 이전과 달리 푸른색으로 빛나고 있었다.
'어기충검! 놀랍게도 저자는 화경(化境)의 고수로군. 그러나 방법이 없는 건 아니지.'
옥영진 대장군은 거의 무리다 싶을 정도로 막대한 내력을 소모하는 파황벽사검법을 써 댔다. 하지만 해공공은 일부러 옥영진 대장군이 지치기를 기다리는지 적당히 피하거나 받아칠 뿐 본격적인 공격은 가해 오지 않았다.
"깔깔깔, 황궁 5대 고수의 실력이 겨우 이건가? 웃기는군, 깔깔깔……."
이때 놀랍게도 옥영진 대장군의 검법을 요리조리 피하며 도망 다니던 해공공의 뒤에서 갑자기 막대한 검강(劍剛)이 뿜어져 나왔다. 이번만은 해공공도 준비하지 못했기에 검강 중의 몇 개가 해공공의 등판을 때릴 수 있었다.
"큭!"
그 검강은 해공공의 호신강기를 뚫기는 했지만 강력한 타격을 입히지는 못했다. 해공공은 치밀어 오르는 핏덩이를 꿀꺽 삼킨 다음 비웃듯이 말했다.

"오호… 마길수 대인을 잊었군. 깔깔, 언제부터 황궁 5대 고수들이 기습이나 일삼는 치사한 도배(徒輩)들로 전락했지?"

"갈!"

옥영진은 비웃는 해공공을 향해 왼손을 들어 황궁 3대 무공 중 하나인 파열태양장(破熱太陽掌)을 먹인 다음 본격적인 합공(合攻)을 시작했다. 오래전에 정해졌던 황궁 5대 고수의 첫째 자리를 옥영진이 차지하고 있다면, 두 번째는 전 금의위의 대영반이었고, 세 번째가 해공공, 네 번째가 마길수 상장군이었다. 하지만 해공공을 제외한 나머지 인물들이 공무(公務)로 바빠 연공(練功)을 할 시간이 없었던 반면, 황상의 호위만을 전담한 친황대의 해공공은 열심히 무공을 닦았으니 세월이 지난 다음에 벌어진 대결에서 그 실력이 월등히 차이가 나 버린 것이다.

암습에 의해 상처를 입었다고 하지만 그들은 해공공에게 치명타를 먹일 수 없었다. 20초가 경과하자 옥영진 대장군이나 마길수 상장군은 해공공을 이길 수 없다는 점을 뼈저리게 느꼈다.

'관지가 여기 있었다면 저 요물을 처치할 수 있었을 텐데……. 하늘이 나를 버리는구나.'

관지는 연회 같은 공식적인 자리를 별로 좋아하지 않는 소박한 성격을 가지고 있지만 그 수하들의 신뢰를 한 몸에 받고 있는 황궁 5대 고수의 말석(末席)을 차지하는 뛰어난 무장이다. 아무리 화경의 고수라도 세 명이 진법을 형성하여 공격한다면 물리칠 가능성이 있었다. 화경에는 못 미치지만 그들도 뛰어난 고수들이기 때문이다. 하지만 둘뿐이라 그 단순한 삼재진(三才陣)도 형성할 수가 없으니……. 이건 하늘이 자신들을 버렸다고 생각할 수밖에 없었다.

옥영진과 마길수, 두 노장(老將)은 수많은 전장을 누볐던 백전의 용장들이다. 상대도 그들과 비슷한 종류의 무공을 익혔다면 아무리 화경에 올랐다 하더라도 실전 경험이 떨어지는 이상 벌써 시체가 되었으리라. 하지만 해공공이 사용하는 규화보전의 무공은 너무나도 괴이한 검법이었고, 무엇보다 쾌(快)를 중시하기에 그 들고 빠지는 속도가 섬전(閃電)과도 같아 얄팍한 술수에 걸려들지 않았다.

초수(初數)가 거듭될수록 옥영진 대장군과 마길수 상장군의 몸에는 작은 상처가 늘어갔다. 그러던 어느 순간 괴이한 기합 소리와 함께 해공공의 신형이 섬전처럼 움직이자, 마길수 상장군의 움직임이 중지되었다. 그리고는 그의 손에서 검이 툭하고 떨어지더니 마길수 상장군의 육중한 몸이 뒤로 천천히 쓰러졌다. 그의 심장에는 언제 생겼는지 하나의 구멍이 뚫려 있었다. 마길수 상장군이 쓰러지는 모습을 보고 옥영진 대장군이 악에 받쳐 외쳤다.

"더럽게 빠르구나. 네 녀석을 찢어 죽이지 않는다면 사람이 아니다."

그와 동시에 옥영진 대장군의 공격이 시작되었다. 지금까지는 그런대로 몸을 사리며 공격을 했지만 이제는 더 이상 물러설 곳이 없었기에 완전히 동귀어진(同歸御盡)을 각오한 필살의 공격이었다. 자신의 몸을 돌보지 않는 무식한 공격이 몇 초 진행된 후 약간 수세에 몰리던 해공공의 입에서 괴이한 기합성이 터졌다.

"끼요옷!"

캉!

그와 동시에 은빛 광선이 옥영진 대장군의 몸을 떠나 왼쪽으로 빛과 같이 빠른 속도로 튀어나갔고, 그 선상에 있던 금의위 무사의 몸에 연결되었다. 금의위 무사는 아닌 밤중에 홍두깨처럼 날아와 자신의 복부에 삐죽이 뚫고 나온 검날을 쳐다보다가 숨을 거두었다. 옥영진 대장군의 검이 부러짐과 거의 동시에 어느덧 옥영진 대장군의 가슴에도 마길수 상장군과 같은 상처가 생겨 있었다. 가슴에서 뿜어져 나오는 피를 보며 옥영진 대장군은 허탈한 듯이 중얼거렸다.
"허허허, 황상을 위해 내 평생을 바쳤거늘……."
그의 말은 더 이상 이어지지 않았다. 해공공은 아직도 숨이 채 끊어지지 않은 옥영진의 목을 간단히 잘라 버린 다음 그 수급을 들어 올렸다.
"깔깔깔, 황궁 5대 고수. 이름이 좋구나, 깔깔. 너희들도 빨리 항복하거라. 더 이상 손을 쓰기도 귀찮으니……. 깔깔깔."
그러나 해공공의 비웃는 듯한 항복 권유에도 모든 일이 글렀다는 걸 알면서도 찬황흑풍단의 장수들은 한 명도 검을 던지지 않았다. 그들도 무인(武人)이었기에, 이길 수 없음을 알지만 구차스럽게 목숨을 건지려 들지는 않았다. 설혹 여기서 목숨을 건진다 하더라도 남은 건 혹독한 고문 뒤의 죽음이라는 당연한 결과가 남아 있다는 걸 모두들 알고 있었던 것이다.

열락(悅樂)의 결과

　관지는 마길수 상장군 이하 대부분의 백인대장급 이상 고급 장수들이 옥영진 대장군의 연회에 참석하기 위해 나간 후 혹시나 있을지 모르는 사태에 면밀한 점검을 하고 있었다. 평상시 일과가 끝나면 막사에 모여 술을 마시는 게 거의 당연한 일과처럼 되어 있었지만, 오늘은 백인대장급 이상이 없으니 만일의 사태가 벌어진다면 수습하기 힘들다는 걸 의식한 때문이다. 수하들에게는 내일 진하게 한잔하자는 약속을 해 두고 방비 태세를 유지했다.
　지금 요와의 전쟁은 막바지로 치닫고 있었기에 요로서도 총력전을 펼쳐 원정군이 어려운 전쟁을 벌이고 있다는 걸 잘 알고 있었다. 어쩌면 이번의 휴식과 보급을 완료한 후 다시 요와의 전선(戰線)에 투입될지도 모른다. 거기에 오랜 전쟁으로 민심도 흉흉했고 그를 이용해 어쩌면 모반이 일어날지도 알 수 없는 노릇이다. 자신의 막사

앞에서 이런저런 생각을 하며 밤하늘을 바라보고 있는데 한 인물이 그의 앞에 나타났다.

상대는 관지도 알고 있는 인물이었다. 그는 옥영진 대장군의 경호원이라 할 수 있는 무림인이었는데, 뛰어난 검술 실력을 가지고 있었고, 암행, 첩보에 뛰어난 재주가 있어 옥영진 대장군의 신뢰를 한 몸에 받고 있는 충복(忠僕)이었다. 그는 관지의 앞에 부복(俯伏)하며 긴급히 말했다.

"큰일 났습니다."

"뭔가?"

"대장군 관저를 금의위의 무사들이 포위하는 것을 보고 속하는 나으리에게 도움을 청하고자 달려왔습니다."

"뭐라고? 금의위가 왜?"

"이번에 대영반이 엄승의 수족으로 교체되었기에 아무래도 흑막이 있는 것 같습니다. 속히 결단을……."

'대장군 정도의 인물을 무조건 체포한다는 건 불가능에 가깝다. 이건 황상의 묵계(默契)가 있어야 가능한 일. 지금 군을 움직이면 대장군은 구하겠지만 역적의 누명을 면키 어렵고, 또 외면하자니 정의가 아니로구나. 어찌하면 좋을까……'

"금의위 무사가 몇 명이나 동원되었더냐?"

"1천 명가량 되옵니다."

"1천 명이라. 그렇다면 이쪽에서 도울 필요도 없다. 금의위의 실력이 뻔한데……. 그들의 실력으로는 대장군을 잡을 수 없지. 다만 대장군이 어떤 결단을 내리느냐 하는 문제만 있을 뿐이다. 우리는 기다리는 수밖에 없구나."

"그러하오나 금의위와 함께 친황대의 무사 10여 명이 있었사온데… 그중 한 명은 친황대의 대장 해공공이 분명했습니다. 친황대까지 동원되었다면 대장군께서 순순히 포박을 받지 않았을 때 모든 고급 장수들까지 없앨 수 있다는 계산이 있어서 그런 것 아니겠습니까?"

"해공공과 친황대가 분명하더냐?"

"어느 안전이라고 거짓을 아뢰겠습니까?"

'해공공은 황궁 5대 고수 중의 한 명. 그도 대장군과 상장군의 무위(武位)를 모르지 않을 터……. 충분한 승산이 있기에 달려들었겠지. 그렇다면?'

"맹각(孟覺)!"

"예, 대장."

"대장군을 구출하러 간다. 이건 황명이 아니기에 출동 명령을 내릴 수는 없다. 자네가 자원자를 모집하라."

"옛!"

"자원자들은 무장을 갖추고 연무장(練武場)에 집합하라."

"옛!"

'과연 이것이 옳은 일인가…….'

관지는 자원자 4천여 기를 이끌고 옥영진 대장군의 관저를 향해 출동했다. 4천 기 정도만을 이끌고 떠난 이유는 지금 수행하려는 일 자체가 살얼음판을 달리는 것과 같기 때문이다. 이들은 대부분 무림인 출신으로 의를 숭상하는 자들이었고 또한 그들이 가담한다 하더라도 집안에 피해가 없는 자들만을 고른 것이다. 관부에 인척이 있어 역적으로 몰리면 집안이 풍비박산 날 가능성이 있는 자들은 제외할 수밖에 없었다.
 4천여 기에 이르는 흑풍단이 무장을 갖추고 달리는 모습은 일대 장관을 이루었으나 이들의 진격도 성 외곽에서 괴이한 인물들의 출현으로 막힐 수밖에 없었다. 관지는 한눈에 흑의를 입은 상대들이 정상적인 수행을 쌓은 무사들이 아님을 알 수 있었다. 그들의 몸에서는 뭐라 형언할 수 없는 마기가 음울하게 배어 나오고 있었기 때문이다.

 밖에서 난리가 났는지도 모르고 황홀한 여체에 싸여 시간을 보내던 국광……. 시간이 얼마나 흘렀는지 모른다. 점차 정신이 들기 시작한 국광은 본능적으로 주변을 살폈다. 나체인 자신 옆에는 오랜 정사의 흔적을 온몸에 지닌 설약벽이 기진해 누워 있었다.
 '내가 살아 있단 말인가?'
 몸속에 기를 일주천시켜 봤으나 이상하게도 변한 것은 하나도 없었다. 공력은 없어진 것도 생긴 것도 없이 그대로였던 것이다.
 '그렇다면 나는 동자공을 익힌 게 아닌가? 아니면 이들이 나를 묵향이란 인물로 착각한 것인가……. 알 수가 없군.'
 국광이 일어나서 주섬주섬 옷을 입고 있는데 이윽고 정신을 차린 설약벽이 국광을 보고 대경해서 외쳤다.
 "부교주… 당신은, 당신은… 동자공을 익힌 게 아니었나요?"
 그녀는 자신이 알몸이라는 것에는 신경 쓰지 않고 침상 옆에 서 있는 국광의 상태만을 보고 다급한 표정을 떠올리는 것이 우스워 국광은 미소를 지었다. 하지만 곧 약간 시선을 돌리며 말했다.
 "글쎄, 나는 전에 어떤 녀석에게도 말했듯이 부교주가 아닌지도 몰라. 어쨌든 이번 일로 동자공을 익히지 않은 것은 확실하군."

국광의 말에 설약벽은 멍한 표정으로 말했다.

"그럴 수가……. 당신은 부교주가 맞아요. 당신에게 금을 가르친 것은 저라구요. 오랜 시간 함께했기에 당신을 알아보지 못한다는 것은 있을 수 없는 일이에요."

국광은 씁쓸한 미소를 지었다.

"그랬군. 금을 가르친 건 당신이었어. 혹시나 했는데……."

국광은 묵혼을 허리에 차면서 설약벽을 돌아보았다.

"그럼 과거 나한테 무슨 일이 있었는지 말해 주겠나?"

설약벽은 일어나 앉은 후 바닥에 떨어져 있는 겉옷을 주워 입었다.

"당신이 동자공도 안 익혔고, 또 이렇게 정력이 좋은 줄 알았다면 진작에 안기는 건데……. 아야야, 온몸이 안 쑤시는 곳이 없군요."

"약 탓이지 정력이 좋은 건 아냐. 엄살 그만 떨고 이제 대답을 해주실까?"

"간단히 말해 드리죠. 당신은 마교의 부교주였어요. 당신의 강함이 교주와 다른 부교주들에게는 부담스러웠고, 그래서 당신을 처치한 것이죠."

"다른 부교주들?"

"예. 교주, 능비계, 장인걸 부교주 모두 4마제(四魔帝)로 꼽히는 극마(極魔)의 고수들이죠. 당신이 없어진 지금 교주와 장인걸 부교주의 사이가 점차 나빠졌지만, 당신이 존재하는 한 당신을 없애는 데 힘을 합칠 것이 분명해요."

"재미있군. 하지만 나도 그들에게 호락호락 당할 정도로 형편없지는 않아."

"과거에는 그랬죠. 하지만 본교에서 익혔던 모든 무공을 잊어버린 지금, 당신은 그들의 합공을 당할 수 없어요."

"그럴지도 모르지. 허나 그때는 그때고……. 나는 과거에 내가 무슨 일을 당했는지 기억도 못하는 상황에서 복수를 할 만큼 어리석지는 않아. 대신 상대가 나를 죽이려고 든다면 그때는 어쩔 수 없지만."

말을 끊고 잠시 생각을 하던 국광이 다시 입을 열었다.

"우선, 그대를 지금 죽이고 싶지는 않아. 하기야 나에게 살수를 쓰지도 않았는데 죽일 필요도 없지. 나는 이만 숙소로 돌아가고 싶은데 괜찮나?"

설약벽은 생긋 웃으면서 말했다.

"살려 주신다니 고맙군요. 좋을 대로 하세요."

"좋을 대로 하라고?"

"예, 이 집에는 본교의 고수는 한 명도 없어요. 모두들 옥영진 대장군의 집에 몰려가 있거든요. 그러니 당신을 가로막을 사람은 아무도 없어요."

"뭐라고? 거긴 왜 갔지?"

"왜긴요. 옥영진 대장군을 처치하기 위해 갔죠."

"이런 맙소사."

그와 동시에 국광의 신형(身形)은 창문을 뚫고 쏘아져 나갔다.

마교의 출현

 넓은 장원, 그 지어진 모양은 검소한 듯하면서도 웅장함과 장대함이 곳곳에 어려 오랜 영광을 지닌 무가(武家) 옥씨 가문의 위상을 잘 드러내고 있다. 하지만 오늘 저녁에 이르러 장원 근처에 거주하는 모든 사람들은 하늘을 찌르는 기합성과 병장기가 부딪치는 소리, 갖은 비명성에 잠을 설치며 두려움에 질려 있다. 어떤 변괴가 옥씨 가문에 도래했음을 모두들 눈치 챘지만, 누구도 감히 그걸 확인할 엄두를 내지 못하고 집에만 틀어박혀 떨고 있을 뿐이었다.

 수많은 시체들과 피로 넓은 마당은 어지러웠고, 곳곳에서 전포(戰袍)를 입은 무리들과 황색 복장에 「禁(금)」이란 글자가 수놓아져 있는 옷을 입은 무리들이 치열한 접전을 벌이고 있었다.

 그렇지만 이 격전은 거의 일방적이라 할 정도로 전포를 입은 무리들이 밀리고 있었다. 그들의 무공이 약해서? 천만에, 그들의 무공은 금의위의 위사들을 압도하고 있었지만 금의위의 숫자가 너무 많았기 때문이다. 더구나 그 중간 중간에 끼어들어 전포를 입은 무사들을 몰아붙이는 10여 명의 적의(赤衣) 무사들의 무공은 오히려 전포를 입은 무사들을 압도하고 있었다.

이때 흑의를 입은 1천 명 정도의 인물들이 어디선가 날아들어 진형을 갖추었다. 순식간에 진형을 갖추는 움직임으로 이들이 얼마나 훈련이 잘되어 있는지 알 수 있었다. 하지만 이들은 옆에서 구경만 할 뿐 아무런 행동도 취하지 않았다. 그렇지만 이들의 몸에서 짙게 풍기는 사이한 마기는 결코 이들이 정도(正道)의 길을 걷는 무리들이 아니라는 점과 결코 그들의 무공이 약해서 이 난리통에 끼어들지 않는 것이 아님을 대변해 주고 있었다.

일단 전세의 가닥을 잡자 적의를 입은 무리들은 뒤로 빠졌다. 더 이상 자신들이 손쓸 필요를 못 느낀다는 듯이. 그들 중의 한 명이 흑의를 입은 준수하게 생긴 젊은이에게 다가가 입을 열었다.

"조금 늦었군."

"예, 하지만 저희들이 손쓸 필요는 없겠는데요, 해공공."

"깔깔깔, 그렇지만 그대들을 부른 건 뒤를 맡기기 위함이다. 저 영감탱이의 수하들이 부근에 주둔하고 있다 보니, 황명으로 억눌러 놓긴 했으나 아무래도 일부가 이쪽으로 몰려올 가능성이 있지. 그래 얼마나 거느리고 왔나?"

귀에 거슬리는 높은 음조의 웃음 소리를 듣는 순간 흑의를 입은 젊은이의 얼굴에서 미소가 싹 걷혔다. 그 웃음에 감도는 공력은 결코 자신의 아래가 아니었던 것이다.

'사파의 하늘이라 불리는 4천왕에 버금갈 공력이라니……. 황궁

도 가벼이 볼 존재가 아니군.'

그는 더욱 공손한 어조로 반남반녀(半男半女)인 혐오스런 상대에게 말했다.

"본교의 2개 대를 거느리고 왔습니다. 여기 있는 천랑대(千狼隊)와 성 외곽에서 대기 중인 염왕대(閻王隊)입니다. 만약 흑풍단의 반도들이 몰려온다면 염왕적자(閻王笛子)가 알아서 처리할 것입니다."

"믿을 수 있소?"

적의인의 회의적인 반응에 흑의인은 자신 있게 말했다.

"그럼요, 해공공. 만약 그의 힘으로 처치 못할 정도라면 이리로 도움을 청할 겁니다. 그러면 저기 있는 천리독행(千里獨行)이 1천 마리의 늑대들을 이끌고 완전히 끝장낼 겁니다. 하지만 흑풍단이 제가 가늠하고 있는 정도의 실력이라면 전체가 몰려온다고 해도 염왕적자의 손길을 피할 수 없을 겁니다. 죽음의 손길을……."

"놀랍군. 일개 방파에서 보유한 1대(隊)의 힘이 흑풍단을 능가하다니……."

"하하하, 과찬이십니다. 원래 정보에 의하면 흑풍단의 힘은 본교의 2개 대나 아니면 천마혈검대와 맞먹을 겁니다. 하지만 모든 장수들이 여기 있고 수하들만 남은, 머리가 없는 짐승의 힘이란 보잘것 없는 것이지요. 본교가 10만 사파의 우두머리로 존재하는 것은 강력한 힘과 함께 정보, 그리고 책략이 없이는 불가능하죠. 지금 가장 힘겨운 인물이 음희(淫嬉)의 손길에 녹아났으니 큰 문제는 없을 겁니다. 안심하십시오, 해공공."

그러자 해공공은 흥미가 있다는 듯 물었다.

"가장 힘겨운 인물이라니? 옥 대장군 외에?"

"저희는 이번 일에 옥 대장군이 아닌 다른 한 인물을 척살하기 위해 해공공을 도운 겁니다. 그는 본교의 반도로서 아주 위험한 인물이죠."

해공공은 더욱 흥미를 느끼고 물었다.

"무공이 강한가?"

"아마 지금은 저와 호적수…, 아니면 조금 앞선 정도일지도 모릅니다."

"깔깔깔, 놀라운 일이군. 벽안독군(碧眼毒君) 능비계(凌非癸)라면 사파의 4천왕으로 이름이 높은 그 유명한 극마의 고수인데……. 그 반도라는 인물이 궁금하군. 누군가? 장인걸인가?"

능비계는 공손히 말했다.

"아닙니다, 해공공. 묵향이란 부교주죠."

"묵향? 들어 보지 못했는데……."

"해공공께서는 아마 못 들으셨을 겁니다. 본교가 자랑하던 비밀 무기였으니까요."

"비밀 무기?"

"예, 지금 그의 무공은 아마도 교주와 비등할 것입니다."

"놀라운 인물이군. 이제부터 5천왕으로 고쳐야겠군."

"아닙니다. 그는 음희(淫嬉)에게 제거되었을 테니 4천왕이 맞죠."

"교주 정도의 고수를 음희가 처리할 수 있을까? 아마 음희라는 별호를 보니 미혼약(迷混藥)이나 음약 계통을 쓰는 음란한 계집인 모양인데…, 그 정도로 절대고수를?"

"껄껄껄, 그게 아닙니다. 그자는 치명적인 약점이 있죠."

"약점?"

"멍청하게도 동자공을 익힌 겁니다. 그 사실을 아는 본교에서 그를 처치하기는 쉬웠지만, 아마 다른 문파에서 그를 없애려 들었다면 그 사실을 모르기에 엄청난 피를 흘려야 했겠죠."

"동자공? 깔깔깔, 그따위 무공을 익히려면 아예 태감이 되어 버리는 게 낫지."

이때 갑자기 외곽에서 외치는 소리가 들렸다.

"동쪽에서 엄청난 속도로 접근하고 있는 인물이 있습니다."

"뭐?"

과연 동쪽 하늘에서 거의 빛과 같은 속도로 접근해 오는 인물이 있었다. 몸에서 금색 광채를 내고 있었기에 금빛 혜성이 달리는 것처럼 보일 정도였다. 그걸 보고 있던 해공공이 중얼거렸다.

"금황신보(金皇神步)! 놀랍군. 미완성의 경공술이 나타날 줄이야……."

"미완성이라구요?"

"황궁 3대 무공 외에도 많은 무공들이 황궁무고에 존재하지. 하지만 그 모든 것들이 완전한 것은 아냐. 일부 무공들은 창안자들조차도 공력이나 실력이 미천하여 미완성인 채로 버려진 것들이 많지. 하지만 그것들은 미완성이니 위력이 3대 무공보다 떨어지기에 황궁의 무사라면 누구나 익힐 수 있다구. 하지만 완성된다면 그 위력이 3대 무공에 비할 바가 아니지. 그런데 저자는 누구지? 황궁에 저 정도의 고수가 있다는 말은 들은 적이 없는데……."

"저자가 묵향입니다. 아무래도 음희가 실패한 모양이군요. 저자의 무공은 화경 정도, 어쩌면 최악의 경우……. 이봐!"

능비계는 하던 말을 얼버무리며 옆에 서 있는 흑의인을 불렀다. 처음부터 진실을 말해 줘 해공공을 겁먹게 만들 필요는 없으니까.
"예!"
"한중평에게 염왕대를 이리 돌리라고 일러라."
"존명!"
"천랑검진(千狼劍陣)을 펼쳐라!"
"존명!"
능비계의 지시에 따라 천랑검진이 펼쳐졌다. 검진을 바라보며 해공공은 놀랍다는 듯이 말했다.
"대단한 검진이군. 저 정도 검진을 펼칠 필요가 있을까?"
"어쩌면 모자랄지도……."
"뭐?"
"저자는 과거에 천랑검진을 익혔습니다. 잘못해서 그의 기억이 돌아오기라도 한다면……."
약간이나마 능비계의 얼굴에 공포가 스쳐 지나가는 걸 본 해공공은 내심 경악했다. 그의 말대로라면 그자는 능비계보다 약간 뛰어난 고수이다. 하지만 자신보다 조금 더 뛰어난 인물에게 저 정도 공포를 느낄 사람은 아무도 없다.
'아무래도 나한테 숨기는 게 있군. 저들의 무공으로 봤을 때 지금의 흑풍단 정도 무너뜨리는 건 저기 있는 천랑대 하나만으로도 충분하고도 남을 지경이야. 그런데 거기에 염왕대까지 이끌고 왔다는 건…….'
해공공이 의아심을 느끼고 있을 때 금빛 광채는 장원 안으로 돌진해 들어왔다. 그와 동시에 금빛 광채를 내는 괴인은 허리에서 검을 뽑아 들었고 아무런 예고도 없이 공격을 시작했다. 무작정하고 부딪쳐 들어오는 국광을 보면서 두근거리던 능비계의 마음은 놓이기 시작했다.

'천랑검진을 기억하지 못하고 있다. 그렇다면 이쪽에 승산이 있지.'

달려 들어올 때까지만 해도 국광은 분노와 증오심으로 심장이 터져 버릴 지경이었다. 사방에 쓰러져 있는 시체와 이제 30여 명도 남지 않은 흑풍단의 간부들……. 그들 또한 많은 황의를 입은 무사들에게 둘러싸여 얼마 버틸 것 같지 않았다. 하지만 일단 검을 뽑고 나자 그의 정신은 강렬한 마기를 발산하는 패도적인 진세에 빠져 들었다. 그의 마음속에는 더 이상 흑풍단이나 옥영진 대장군에 대한 것은 남아 있지 않았다. 다만 앞에 있는 먹이를 어떻게 공격하느냐 하는 것뿐…….

삽시간에 장내에는 검강과 검풍(劍風)의 회오리가 가득 차기 시작했다. 해공공은 천랑대와 묵향이라 불린 젊은이의 대결을 주의 깊게 관찰했다. 만약의 경우 마교와 충돌할 가능성도 있었으므로 그로서는 마교의 무학을 연구할 수 있는 기회가 생긴 것에 대해 믿지도 않는 신께 감사하는 심정이었다.

'묵향이란 녀석은 완전히 황궁무공만 사용하는군. 정말이지 황궁의 잡학(雜學)들이 저 정도의 위력을 지닐 것이라고는 생각도 못했어. 저자는 황궁 3대 무공은 익히지도 않은 게 분명해. 그런데도 저 정도의 위력이라니……. 거기에 대적하는 천랑대도 대단하군. 천랑검진은 검진으로서는 졸작이라고 볼 수 있어. 기묘한 함정도, 어떤 볼 만한 연수합격도 없어. 다만 그 진세 안의 인물들이 마음껏 자신의 힘을 쓸 수 있도록 돕고, 한 사람이 모든 압력을 받지 않을 정도로만 만들어 주는 아주 자유스런 검진. 검진 자체의 위력은 별 볼일 없으나 그 검진을 펼치는 검수들의 실력은 상상 밖이군. 진세의 위력이 강할 때는 그 검진이 깨지면 걷잡을 수 없이 무너져 내려 파멸의 길로 접어들지만 저토록 검진 자체의 위력이 약하다면 저걸 부수는 방법은 오로지 검수 하나하나를 모두 없애는 방법 뿐……. 쉬운 일이 아닐 거야.'

해공공이 감탄하는 순간에도 싸움은 계속되었다. 국광은 계속되는 대결로 작은 상처들이 늘어 가고 있었고, 웬만한 강기나 어검술을 가미한 강력한 초식으로도 이놈의 진법을 관통할 수 없다는 것을 깨닫자 초조해지기 시작했다. 이런 식으로 시간을 계속 끌어 봐야 좋을 게 하나도 없는 것이다. 마침내 그의 결정을 부추긴 것은 뒤쪽에 위치한 검수 다섯 명이 공격해 들어와 입힌 세 군데의 가벼운 상처였다.

'그렇다면 할 수 없지. 내가 아는 한 가장 강한 초식으로…….'

"이야압!!"

고오오오오…….

그와 동시에 무시무시한 기세로 막강한 강기의 덩어리가 뿜어져 나갔다. 강기의 덩어리와 부딪친 검수들은 피떡이 되어 흩어졌고 그들의 검은 가루가 되어 흩어졌다.

쿠콰콰콰콰콰…….

"크악!"

"캑!"

국광을 중심으로 거의 반경 20장(약 60미터) 정도가 박살이 나 있었고, 그 검강의 덩어리들은 2백여 명 정도의 목숨을 한줌 육편으로 만들어 놨다. 그리고 3백여 명 정도가 강기와 검풍의 회오리에 말려 들어 중상을 입고 튕겨 나갔다. 그걸 본 해공공이 눈을 부릅뜨며 경악성을 터트렸다.

"파황천류도(破荒闡流刀)!"

능비계가 궁금하다는 듯이 물었다.

"파황천류도가 뭡니까?"

"저것 또한 미완성의 무공. 저걸 창안한 사람조차 이론상 가능하지만 실질적으로는 불가능하다고 말한 것인데……. 음, 인간의 능력을 벗어난 인물이군. 하지만 저자도 저걸 또 사용하기는 힘들 거야. 저건 엄청난 내력을 필요로 하지. 어쩌면 지금쯤 약간의 내상을 입었을지도……."

수많은 검수들이 피떡이 되어 사라지며 검진이 파괴되는 그 순간을 이용해 국광은 달려들었고 그의 어검술을 통한 초식에 많은 검수들이 저항도 못 해 보고 토막이 나기 시작했다. 그 순간 뒤쪽에 쳐져 있던 흑의를 입은 중년인이 외쳤다.

"백랑검진(百狼劍陣)을 펼쳐라!"

그와 동시에 검수들은 뿔뿔이 모여 다섯 개의 검진을 구성했다. 일단 검진이 또다시 구축되자 국광에게 더 이상 손쉬운 먹잇감은 없어졌다. 각 검진은 국광을 포위한 채 순서대로 공격하며 차륜전(車輪戰)을 펼쳤다. 그들의 의도는 명확했다. 국광을 실력으로 제압하기는 힘드니 계속적으로 충돌하여 힘을 빼자는 수작이 분명했다. 국광은 한 번 더 최후의 초식을 쓸 준비를 하기 시작했다. 그의 몸이 어찌 되든 그건 별 문제가 되지 않았다. 몸이 가루가 되도록 싸울 수 있다는 사실이 그를 더욱 즐겁게 만들고 있었다.
"끼야압!"
고오오오오…….
쿠콰콰콰콰콰…….
"크악!"
"으악!"
처음에 한 번 호되게 당했기에 그들은 국광의 검에서 사이한 푸른 광채가 뻗어 나오자마자 뒤로 재빨리 피했으나 검강의 속도는 그들의 경공술을 앞질렀다. 그래도 처음보다 피해가 적은 건 당연했다. 그러나 그걸 보고 있는 능비계 입장에서는 즐거운 기분이 아니었다. 마교 최고의 정예에 속하는 천랑대가 거의 궤멸 직전에까지 이른 것이다. 보다 못한 해공공이 말했다.
"놀랍군. 파황천류도를 연속해서 두 번이나 펼치다니……. 하지만 저자의 몸속도 엉망일 것이고 내공도 크게 소모되었을 것은 당연. 이 기회에 저자를 없애지 않는다면 천추의 한을 남길 것이오."
"맞습니다, 해공공. 하지만 미리 알려 드리는 것이 좋을 거 같아 말씀드리는데… 저자의 무공이 바뀌면 뒤돌아보지 말고 최대한 빨리 피하십시오."
해공공은 다소 떨떠름한 표정을 지었다.
"무공이 바뀌다니?"
"저자는 전번에 치명타를 입은 후 기억을 잃어 본교의 무공을 사용하지 못하고 있습니다."
그러자 해공공은 가소롭다는 듯이 코웃음을 쳤다.
"흠, 너무 과민 반응을 보이는군. 상승무공이란 거기서 거기…….

거의 종이 한 장 차이도 안 되지. 황궁의 무공을 쓰든 마교의 무공을 쓰든 별 차이는 없을 텐데……."

"그렇지 않습니다. 그가 각성한다면 무공만이 아니라 자신이 이룩한 경지까지 되찾을 겁니다. 그게 문제지요."

"경지?"

"예, 저자는 교주도 어쩔 수 없었던 탈마의 고수였습니다."

경악한 해공공이 되물었다.

"탈마? 현경이란 말인가?"

"예, 현경이라고 할 수도 있죠."

"그렇다면 더더욱 살려 보낼 수 없군."

이때 흑의를 입은 무사가 달려왔다.

"아룁니다."

"뭐냐? 염왕적자는 어디 있느냐?"

"염왕대는 지금 흑풍단과 교전 중입니다. 지휘자가 빠졌는데도 의외로 분전하기 때문에 그들을 격멸하려면 두 시진 정도는 있어야……."

그러자 분노한 능비계가 외쳤다.

"갈! 너는 한중평에게 이곳이 더 위험하다고 그들을 패퇴시킨 후 추적하지 말고 최대한 빨리 달려오라 일러라."

"존명!"

능비계는 명령을 받은 흑의인이 쏜살같이 멀어져 가는 것을 보며 툴툴거렸다.

"일이 재미없게 꼬이는군. 이럴 줄 알았으면 천마혈검대(天魔血劍隊)를 끌고 오는 건데……. 이제는 어쩔 수 없이 내가 나서야겠군."

마교의 출현 269

해공공(海公公)

 국광은 진법이 깨지면서 허둥대는 검수들을 정신없이 베고 있었다. 그런데 뭔가 이상한 느낌과 함께 자신도 모르게 몸이 옆으로 움직였다. 그와 동시에……
 "크윽!"
 급소는 피했다고 하지만 강렬한 타격이었다.
 '무슨 일이지? 벽사제류강(壁邪帝流剛)을 뚫고 나에게 충격을 주다니, 설마…….'
 국광이 두리번거리자 저쪽에서 흑의를 걸친 한 인물이 다가오고 있었다.
 '저자로군. 엄청난 고수다.'
 국광은 순간적으로 옆에서 공격해 오는 네 명의 검수를 토막 낸 후 새로운 강적을 기다렸다. 그의 입에서는 가는 핏줄기가 흘러내리고 있었다.

'공력의 소모가 너무 심했어. 거기에 방금 전 무형무음(無形無音)의 일격. 큰 피해는 없었지만 내장이 울릴 정도야. 과연 이곳에서 뼈를 묻게 되려나……'

이때 국광의 모습을 뚫어지게 보고 있던 해공공이 능비계에게 말했다.

"이보게, 나한테 양보할 수 없겠나?"

"예?"

"깔깔깔, 저 정도의 고수는 흔하게 만날 수 없지. 이 기회에 본좌의 무공도 한번 점검해 보고……."

능비계는 떨떠름한 표정으로 고개를 끄덕였다. 해공공의 부탁을 거절할 입장이 아니었기 때문이다.

"예, 양보해 드리겠습니다."

"검을 다오."

옆에 서 있던 적의를 입은 무사가 검을 뽑아 해공공에게 건넸다. 해공공은 검을 잡고는 방어 자세도 없이 한발 한발 국광에게 접근했다. 그걸 보고 능비계는 기가 찰 노릇이었다.

'도대체 뭘 믿고 저러는 거지? 황궁무학이라야 별 볼일 없는 수준……. 방금 전의 그 뭐라더라 파황천류도는 대단했지만 본교의 무공보다 더 공력의 소모가 심한 무식한 검법인 것 같고, 승산이 별로 없을 텐데……. 저 녀석이 죽는 건 별로 아쉬울 게 없지만 황궁과의 밀약(密約)은 누가 지키지?'

하지만 일단 해공공이 나선 이상 그가 뭐라고 제지할 입장이 아니었다. 해공공은 거의 알려지지 않았지만 황궁 내의 실세 중의 실세인 황제의 경호를 주 임무로 하는 친황대의 대장이었기 때문이다. 친황대는 극소수의 막강한 고수들로 이루어진 집단으로 아마도 1백 명은 넘지 않을 거라는 의견이 정보를 관장하는 삼비대에서도 지배적이었다.

일단 국광과 해공공의 본격적인 대결이 펼쳐지자 능비계의 모든 걱정은 기우였음이 밝혀졌다.

'역시 믿는 구석이 있으니 저 괴물 앞에 나섰겠지.'

해공공의 검법은 쾌를 생명으로 하고 있었다. 하지만 눈에 보이지도 않을 정도의 빠름만을 전부로 하는 것은 아니고 그 위력도 엄청났다. 해공공의 검은 푸르스름한 광채를 띠고 있어 그 와중에도 막강한 내력이 지속적으로 공급되고 있음을 드러냈다. 거기에 기이할 정도로 빠른 보법……. 국광이 점차 뒤로 밀리는 것을 보며 능비계가 경악했다.

'세상에, 저런 무공이 황궁에 있었다니…….'

그는 염치 불구하고 옆에 서 있는 적의를 입은 무사에게 물었다.

"저게 무슨 무공입니까?"

그러자 그 적의를 입은 무사는 자못 거만스레 답했다.

"저건 규화보전의 신공(神功)이오."

상대가 잘난 체하는 모습을 보고 능비계는 상대를 더욱 띄워 주었다. 기분이 좋아지면 안 할 말도 하는 게 사람이기 때문이다.

"정말 대단한 무공이군요. 저렇게 막강한 무공이 있는데 어찌하여 황궁에 그렇게 고수가 많지 않은지 이해가 가지 않는군요."

능비계의 질문에 그 적의를 입은 사내는 씁쓸한 미소를 지었다.

"그건 이유가 있지."

"이유라니요?"

"저 무공은 무상(無上)의 위력을 지니지만 신체적인 금제가 필요한 무공이오."

"금제요? 아주 어릴 때부터 익혀야 한다든지, 아니면 뭐 특이한 신체라야만 한다든지 그런 건가요?"

"아니오, 태감만이 익힐 수 있다 이거요. 저 무공을 익힐 수 있는 사람은 친왕대의 고수뿐이오."

"왜 그렇습니까? 아주 궁금하군요."

"규화보전은 남자가 익히면 초반에 급속히 차오르는 음기로 인한 욕화 때문에 주화입마에 걸리지. 또 여자는 자신이 가진 음기에다 초기에 차오르는 강렬한 음기가 더해져 그 극음의 상태를 견딘다는 게 불가능하거든. 하지만 우리들 내시들은 몸속에 차오르는 강렬한 음기를 다스릴 양기가 내제되어 있으면서도 상승효과가 불러일으키는 욕화가 일어나지 않기에, 오로지 내시만이 익힐 수 있다 이거지. 하지만 아주 위력이 강하기에 경호를 위해 밤이나 낮이나 황제 폐하의 측근에서 경호하는 친황대 소속의 내시들만이 규화보전을 익히는 특전을 누리지. 이제 알겠소?"

'크크, 그러면 규화보전을 익힌 건 1백 명도 안 된다는 소리군. 거기에 지금 말하는 자는 해공공의 발치에도 못 미치는 무공을 지니고 있으니……. 규화보전이란 것도 별 볼일 없다고 봐야 하나.'

하지만 내심과는 달리 상대를 칭찬하는 것으로 끝냈다. 어쨌든 고마운 정보였으니까.

"오호, 그렇군요. 오늘 안계(眼界)를 넓히는 기분입니다. 정말 대단한 무공이군요."

그런 대화가 오가는 중에도 해공공과 국광의 대결은 극을 향하고 있었다. 그들의 대결은 인간이 어느 정도의 쾌를 실현할 수 있는지 여실히 드러내 주었다. 국광이 사용하는 무공은 황궁무공의 정점. 은은한 금빛을 내는 호신강기 벽사제류강에 황궁무공 중 최고의 속도를 내는 금황신보를 이용한 각종 정통 무학을 사용하고 있었고, 그에 대해 해공공의 무공은 전혀 황궁무학이라고 보기에는 어려운 사악하면서도 괴이한 무공을 사용하고 있었다. 누군가 얼핏 보았다면 사파의 마두(魔頭)와 황궁의 신장(神將)이 대결하고 있다고 했을 것이다.

하지만 이 대결도 종반으로 치닫고 있었다. 둘의 실력은 막상막하, 아니 이성적으로는 아니지만 본능적으로는 거의 현경의 수준을 유지한 국광이 회피나 그 반사적인 움직임에서 우위를 점하고 있었다. 하지만 해공공은 황궁의 무학을 자세히 알고 있었기에 국광의 공격을 어렵지 않게 피할 수 있었다. 반 시진여 동안 검이 오간 후 국광은 이 사실 하나만은 확실히 느낄 수 있었다.

'움직임이 읽히고 있다. 이런 식이라면 시간이 지날수록 저 요괴에게 유리하다. 나에게 남은 공력은 많지 않아. 내상도 약간 있다. 이때는 비장의 수법을…….'

해공공은 상대의 움직임이 약간씩 늦어진다는 점을 포착했다.

'클클, 공력을 비축하고 있군. 아마 조금 더 지나면 결정타를 날려 오겠지. 그럼 어떻게 한다?'

국광의 최강 공격법 파황천류도를 구경한 다음이라 해공공은 감히 방심할 수 없었다. 그래서 그는 보전에 기록된 최강의 호체기공 화령수라강기(花逞守羅剛氣)를 극성으로 끌어올렸다. 그에 따라 그의 속도도 조금 늦춰져 또다시 평행선상을 달리는 대결이 시작되었다. 그러던 어느 순간…….

"끼얍!"

찬란한 금광(金光)이 뻗어 나와 밤하늘을 밝혔다. 순간적으로 눈이 멀 것 같은 광채 속으로 다섯 가닥의 지풍이 해공공에게로 달려들었다. 그 지풍 중 세 가닥은 간신히 피했지만 두 가닥은 해공공의 몸에 격중되고 말았다.

"큭!"

하지만 지풍들은 화령수라강기를 관통하지 못했다. 약간의 충격만을 주었을 뿐……. 휘청하던 해공공은 순간적으로 자세를 가다듬으며 검초를 날렸다.

"얍!"

'이상하군."

그의 검초에 아무것도 걸리는 것이 없었다.

'클클, 도망갈 생각을 하다니.'

곧이어 시력을 회복한 해공공의 눈에는 저 멀리 금광(金光)을 흘리며 멀어지는 국광이 보였다.

"받아랏!"

그와 동시에 해공공이 가진 검이 허공을 향해 일직선으로 파공성을 내며 날아갔다.

퍽!

국광은 뒤에서 뻗어 오는 날카로운 예기(銳氣)를 느끼고 사력을 다해 피했으나 검은 국광을 따라오더니 등을 관통했다.

"큭!"

국광은 자신에게 박혀 있는 검을 공력을 이용해 해공공이 장난치지 못하게 앞으로 튀어나온 검날을 손으로 움켜쥔 채 필사적으로 달려 나갔다.
"제기랄, 두고 보자……."
'흐흐, 내 입에서 두고 보자는 말이 나올 줄이야…….'
하지만 국광으로서는 욕설을 내뱉는 것 외에 다른 방법으로는 그 더러운 기분을 해소할 수가 없었다.
"쫓아랏!"
그와 동시에 흑의, 적의를 입은 자들이 섬전과 같이 국광의 뒤를 쫓기 시작했다. 그리고 옥영진 대장군의 저택에서는 더 이상 죽일 것이 없다고 판단한 황의를 입은 자들이 그들의 뒤를 뒤따랐다.
저택에 목숨이 붙어 있는 건 하나도 없었다. 옥영진 대장군의 시신은 머리가 잘린 채 구석에 쓰러져 있었고, 그를 받들던 백인대장급 이상의 장수들도 작전 회의라는 미명 하에 소환되었다가 모두 척살되었다. 거기에 집 안에 있는 모든 남녀노소를 불문하고 하인들, 심지어는 개까지도 죽음을 면할 수는 없었다.

각성(覺醒)

"제기랄, 언젠가 이런 일을 한 번 당해 본 것 같은 기분이 드는군. 하기야… 헉헉, 이런 일을 두 번이나 당할 리가 없지. 내 정신이 어떻게 된 모양이군. 제기랄…, 헉헉."

국광이 죽자고 도망치고 있었지만 흑의와 적의를 입은 자들의 추격은 집요했다. 조금이라도 틈을 보이면 국광을 향해 암기를 날려댔다. 벌써 국광의 등에는 장거리의 적에게 공격하기에 알맞게 만들어 놓은 다섯 치(약 15센티미터) 정도 길이의 묵직한 암기인 혈령전(血翎箭)이 다섯 개나 박혀 있었다. 물론 이것들은 호신강기 때문에 피부 속으로 뚫고 들어오지는 못했지만 옷에 덜렁거리며 붙어 있어 여간 성가신 게 아니었다.

암기란 쇠털처럼 가늘고 가벼운 흑모침(黑毛針)부터 혈령전처럼 크고 무거운 것까지 수많은 종류가 있다. 가늘고 가벼운 것들은 보통 공력으로 날리며 대부분이 2장(약 6미터) 이상 거리가 벌어지면 맞을 가능성이 없다고 봐야 한다. 하지만 혈령전처럼 무거운 것들은 공력과 힘을 이용해서 날리면 무게가 있기에 대단히 멀리 날아가며 거리를 벌리고 도주하거나 돌진해 오는 적들을 향해 사용한다. 이걸 한두 대 쏴 봐야 피하면 그만이지만 뒤쫓는 모든 무리들이 쏘아 대다 보니 한두 방은 맞고 그중에서 공력이 높은 녀석들이 쏘아 대는 것만 피하는 도리밖에 없었다. 공력이 높은 자가 쏘는 건 호신강기를 뚫고 들어오기 때문이다.

또다시 뒤에서 파공성과 함께 무서운 예기가 느껴졌다.

"누굴 바보로 아나?"

예기가 가까워졌다고 느끼는 순간 국광은 뒤로 돌아서며 검을 휘둘렀다.

"합!"

캉!

검은 불꽃을 튀기며 튕겨 나가 옆의 나무에 깊게 박혔다. 그걸 본 국광은 또다시 몸을 돌려 도주하기 시작했다. 국광은 죽을힘을 다해 달리고 또 달렸다. 이때 또다시 뒤에서 파공성이 들려왔다.

'멈추지 말고 해결하자. 이런 식으로 계속 멈추면 따라잡힌다.'

국광은 멈추지 않고 달리면서 고개를 뒤로 살짝 돌렸다. 저 뒤에서 무시무시한 속도로 다가오는 검이 보였다. 적당한 시간을 재서 국광은 멈추지 않고 몸만 살짝 뒤로 돌려 묵혼을 휘둘러 쳐 냈다.

캉!

불꽃을 튀기며 옆으로 떨어지는 검을 보며 국광은 신이 나서 외쳤다.

"크흐흐흐, 나는 살아날 수 있어…, 억!"
풍덩!
뒤에서 날아오는 검에만 신경 쓴다고 앞을 보지 않은 게 화근이었다. 하기야 어두운 밤이라 거의 보이지도 않았지만 그래도 안 보는 것보다는 보는 게 낫지 않은가.
"어푸푸, 이게 뭐야!"
묵향은 공력을 운기해서 배에 꼽힌 검을 간단히 뽑아낸 다음 물 밖으로 나왔다.
'몸 사정이 말이 아니군……'
그 즉시 북명신공(北冥神功)을 운용하여 주위의 대지로부터 공력을 흡수하기 시작했다. 묵향의 몸은 투명한 청광(靑光)을 냈고, 그 밝은 빛은 쫓아오던 무리들이 묵향의 위치를 포착하는 데 도움을 주었다. 묵향의 몸에서 청광이 뿜어져 나오는 걸 보고 능비계가 해공공에게 물었다.
"해공공, 황궁무공 중에서 저런 것도 있습니까?"
"글쎄…, 저건 처음 보는 것 같군. 하기야 미완성의 무학들이 스무 개 정도 있고, 또 황궁무고 안에 있는 모든 무공을 내가 알 수는 없잖아."
"그렇군요."
능비계는 좀 찝찝한 마음을 느끼며 묵향에게로 다가갔다. 어느덧 묵향의 몸에서 뿜어져 나오던 청광은 점차 줄어들기 시작해 지금은 거의 미약한 빛만 내고 있었다. 그 때문에 모두들 그 아름다움과 괴기함에 질려 묵향의 주변에 모여 포위하고 섰을 뿐, 더 이상 접근하는 바보는 한 명도 없었다.

묵향은 자신을 향해 검을 겨눈 채 눈치만 보고 있는 흑, 적, 황색의 옷을 입은 무리들을 보며 말했다.

"이런, 비겁한 자식들! 네 녀석들이 쓴 방법은 내 방법이란 말이야! 감히 내가 즐겨 쓰는 방법으로 나를 기습해서 이 지경을 만들다니······."

갑자기 쏟아져 나오는 아리송한 말에 모두들 이상한 표정으로 옆 사람의 얼굴을 쳐다봤다.

'저 자식이 미쳤나?'

하지만 이들은 어둠 때문에 가장 간단한 것을 한 가지 놓쳐 버렸다. 어느새 묵향의 상처가 다 나아 버린 것을 깨닫지 못했던 것이다.

"교주가 나 모르게 별의별 종자들을 만들어 뒀군. 크흐흐흐, 감히 나한테 검을 들이밀다니······. 거기에 추격대의 두목은 능비계인가?"

묵향은 무심히 조금 높게 쳐들었던 검을 아래로 내렸다. 천천히······. 그걸 본 능비계는 이상한 생각이 들었다.

'검을 왜 내렸을까? 검을 허리 아래로 내리는 것은 별로 좋은 자세는 아닌데. 거기에 검을 내리는 기세는 산악과 같이 무거운······.'

"피해랏!"

그와 동시에 무형의 검풍이 일으키는 회오리에 늘어선 검수들은 충격을 받고 나뒹굴거나 튕겨났다. 그때를 놓칠 묵향이 아니다.

"오늘이 네놈들 제삿날이다."

묵향은 거의 빛과 같은 속도로 달려 나오며 검을 휘둘렀고 무시무시한 강기의 회오리가 묵혼검을 통해 사방으로 뻗어 나갔다. 아아, 무림에서 잊혀진 저주받은 검법이 회생하는 순간이었다. 무상검법

(無上劍法)이라 불리는…….

'클클, 다강(多剛)을 응용한 통강(通剛)……. 감히 나한테 숫자만 믿고 덤비다니…….'

주변에 널린 수하들을 토막 내며 자신을 향해 무시무시한 빠르기로 접근해 오는 묵향을 보고 능비계는 아찔함을 느꼈다.

'글렀다. 각성해 버렸구나. 탈마의 고수를 상대로 도주는 불가능. 이렇게 되면 남은 길은 하나…….'

순간적으로 능비계의 몸이 부풀어 오르기 시작했으며 온몸에서 적광(赤光)이 은은히 피어올랐다. 거기에 머리카락까지 하늘을 향해 솟아올라 악귀와 같은 형상을 갖춘 능비계는 몸속의 모든 공력을 뽑아 올렸다.

"적양신공(赤陽神功)!"

그와 동시에 두 손을 모아 접근해 오는 묵향을 향해 모든 공력을 다해 뿜어냈다.

쿠아아아아…….

두 손에서 붉은 강기의 덩어리가 앞으로 쏘아져 나갔다. 하지만 묵향은 그 강기의 덩어리를 향해 곧장 달려들었다. 묵향은 강기의 덩어리를 피하는 수고를 생략하고 곧바로 1장 4절, 방(防)의 초식을 전개했고, 그 엄청난 강기의 덩어리는 묵향의 1장 안으로 뚫고 들어오지 못한 채 좌우로 퍼져 나가며 대 폭발을 일으켰다. 능비계가 회피 동작을 취하려 했을 때는 이미 묵향은 그의 코앞에 다가와 있었고, 그 순간 묵혼검은 푸른 광채를 내며 이글이글 타오르는 가운데 위에서 아래로 떨어져 내렸다.

"끼얏!"

묵향의 검이 이제까지와는 달리 거의 타오르는 것 같은 강렬한 청광을 내기 시작한 데다 능비계가 일초에 두 토막이 나자 모두들 경악했다. 이제서야 모든 흑의를 입은 자들은 사태가 어떻게 돌아가는지 깨달았던 것이다.

'부교주의 기억이 돌아왔다!'

이것만으로도 그들은 전의를 상실했다. 묵향에 대한 숙청 작업이 시작되었을 때 만일의 사태를 대비해 마교의 1백 위권 내의 모든 고수들과 주요 무력 세력들이 총집합했던 일을 그들은 기억했다. 그만큼의 준비를 해야만 감히 척살하겠다고 나설 수 있었던 인물이다. 그때는 다행히도 연이은 암습으로 큰 피해 없이 거함(巨艦)을 침몰시킬 수 있었다.

하지만 지금은 그때의 기억까지 되살아나 웬만한 방법으로는 그를 암습한다는 건 꿈도 못 꿀 것이다. 거기에 여기까지 온 걸 보면 단 하나의 약점으로 꼽혔던 동자공도 가짜임이 분명했다. 그렇다면… 능비계까지 두 토막이 나서 쓰러진 지금 그들은 한 가지밖에는 생각할 수 없었다.

"부교주님…, 용서를……."

흑의를 입은 자들은 바로 그 자리에서 오체투지(五體投地)한 채로 그 말만을 내뱉었다. 오히려 칼 들고 싸우는 것보다는 이쪽이 생존 확률이 높았기 때문이다.

갑작스런 사태의 반전에 당황한 쪽은 황궁의 무리들이었다.

'이것들이 미쳤나? 죽자고 싸워도 시원치 않은 판에 겨우 두목이 죽었다고 저 야단이라니……. 마교도 완전히 말뿐이었군.'

해공공은 비웃음을 흘리며 말했다.

"깔깔깔, 마교도 별거 아니군. 겨우 두목이 죽었다고 상대에게 목숨을 구걸하다니……. 깔깔깔, 거기에 마교의 최고고수라는 자들이 쓰는 무공이, 깔깔, 저렇듯 무식하게도 정면충돌이나 일삼다니. 무예의 기본조차 모를 줄이야, 깔깔."

묵향은 이 비남비녀(非男非女)가 누군지 궁금해졌다. 한 수 하는 작자란 것은 그의 감각이 말해 주고 있었는데, 도대체가 듣도 보도 못한 인물인 것이 수상쩍었다. 거기에 귀에 거슬리는 고음(高音)의 웃음소리…….

'3년 전에 먹은 게 올라오려고 하는군. 징그럽게…….'

묵향은 묵혼검에 쏟아 붙던 공력을 회수하며 말했다. 그와 동시에 묵혼검에서는 더 이상의 광채가 나지 않았다.

"귀하께서는 누구십니까?"

뜻하지 않은 묵향의 정중한 물음에 해공공이 말했다.

"본좌는 해공공이라고 하지."

"아! 해공공 나으리시군요. 황궁에서 무림의 일에 관여를 하시다니 의외로군요."

그 질문에 어리둥절해진 건 해공공.

'이놈이 지금 뭔 소리를 하는 거지? 무림이 황궁의 일에 관여를 한 건데……. 아하, 지금은 마교와의 은원을 매듭짓는 자리니 순순히 떠나라는 협박인가…….'

"깔깔깔, 황궁이 무림의 일에 관여할 수도 있지. 서로들 관여를 안 한다고 하지만, 예전부터 비밀리에 계속 서로가 서로에게 도움을 주거나 방해를 해 오지 않았나?"

해공공을 향해 슬그머니 공력을 뿜어내며 묵향이 아직도 공손하게 말했다.
 "그래요? 하지만 소인은 이번에는 황궁이 너무 깊게 관여하고 있다고 생각하는뎁쇼?"
 "흥! 황궁이 어떤 일에 어떻게 간섭하든 네놈이 알 바가 아냐. 무림인들은 황토(皇土) 위에 사는 신민(臣民)이 아니란 말인가?"
 "아닐 수도 있죠."
 "네놈이 뭘 믿고…, 헉!"
 펑!
 해공공이 무형의 검풍에 휘말리며 중심을 잃는 그 짧은 순간은 묵향에게 해공공을 해치우기에 충분한 시간이었다. 묵향은 순간적으로 앞으로 튕겨 나가며 진기를 극대로 뿜어 넣은 묵혼검으로 해공공을 위에서 아래로 그어 버렸다.
 "이런, 비겁한 놈……. 암수를 쓰다니."
 묵향은 발악하는 해공공의 말을 비웃음으로 묵살했다.
 "원래 나는 비겁하다구, 이 바보야. 네놈은 싸울 값어치도 없어. 나는 사람하고만 싸운다구. 너 같은 남자도 아니고 여자도 아닌 요괴와는 싸우지 않아."
 푸학!
 해공공이 이렇듯 간단히 죽을 위인은 아니었으나 직전에 묵향과의 대결에서 자신이 한 수 위라는 점을 확인하고 방심한 것이 화근이었다. 해공공이 절명(絶命)하면서 두 토막으로 쪼개지자 그 옆에 있던 적의를 입은 자들이 눈에 불을 켜고 달려들었다. 하지만 그들은 묵향의 적수가 아니었다. 남은 열한 명의 적의인들은 간단히 토막이 나 버렸고 그들을 없애 버린 묵향은 하얗게 질려서 이쪽을 보고 있는 황의를 입은 사내들을 쓱 둘러본 다음 흑의인 중 한 명에게 말했다.
"오랜만이군, 천리독행!"
그러자 두려움에 질린 목소리가 답했다.
"예."
"네 녀석은 나의 수하로서 충성을 맹세하겠느냐? 아니면 교주의 개로서 영광스럽게 여기서 죽겠느냐?"
"헤헤헤, 본교는 예로부터 약육강식의 철칙을 지키는 곳. 소인이야 당연히 강하신 묵향 나으리를 모시겠습니다요."
"좋아, 나를 척살하는 데 너희들만 왔느냐?"
"아닙니다, 염왕대도 함께 왔습니다."
"좋아, 그럼 네게 한 가지 명령을 내리겠다."
"하명하십시오."
"저 거슬리는 황의를 입은 놈들을 모두 죽여 없애라."
"존명! 나를 따르라."
1백여 명 남짓 남은 흑의인들은 천리독행의 뒤를 쫓듯 7백이 넘는 황의 입은 사내들에게 돌진해 들어갔다. 한 번도 충돌하지 않아 서로의 힘을 알 수 없던 두 세력이 부딪친 다음 벌어진 것은 놀랍게도 거의 일방적인 도살이었다. 그만큼 마교의 정예는 가공할 만한 힘을 가지고 있었다.
옥영진 대장군 겨우 한 명을, 그것도 엄승의 권력욕 때문에 척살하면서 송은 너무나 많은 것을 잃었다. 옥영진 대장군이 지휘하던 그 이름도 찬란하던 찬황흑풍단의 일부가 그와 지휘관들을 구하기 위해 출동했다가 정체를 알 수 없는 마인들과 교전하여 괴멸에 가까운 타격을 입고 뿔뿔이 흩어졌고, 옥 대장군 집에 있던 백인대장급 이상의 고위 장수들도 모두 죽음을 당했다.

그리고 남은 찬황흑풍단 5천여 명도 새로운 지휘관 엄량(嚴亮)의 능력이 너무나 형편없음에 모두 사퇴하고 초야에 묻혀 버렸다. 엄량은 옥영진 대장군처럼 무공이나 능력, 황제에 대한 충성도에 의해 임명된 것이 아니라 엄승의 친지 중 그래도 가장 뛰어난 무장이기에 임명된 것인데, 그 능력이 흑풍단원들이 보기에는 너무나 형편없었기 때문이다.

사실 흑풍단은 그 강력한 힘 덕분에 가장 위험한 곳만 골라서 파견된다고 봐야 한다. 지휘관이 멍청하면 목숨이 열 개라도 살아남을 가능성이 없으니 그들이 초야에 묻힌 것을 탓할 수는 없으리라.

옥영진 대장군을 척살하기 위해 파견되었던 금의위의 무사들 1천 명과 친황대의 무사 열두 명이 의문의 죽음을 당함으로써 친황대는 대주(隊主) 이하 거의 모든 절정고수들을 잃고 제 기능을 상실했으며 금의위 또한 회복하기 어려운 피해를 입었다. 이로써 황권을 수호하던 대부분의 세력들이 와해되었으니 그 결과는 곧 반란이라는 형태로 드러났다.

서경의 주인으로서 대 송제국 영토의 3할을 다스리던 진천왕(眞天王)은 뛰어난 모사 순유(順誘)의 조언에 따라 황권(皇權)의 약화를 틈타 정서원수부(正西元帥府)의 부수장 광해(廣海) 대장군과 모의하여 곽진(郭璡) 원수를 살해한 후 반란을 일으킨다. 송군의 주력은 모두 요와의 전쟁터에 파견되어 있었으므로 이번 원정에 각종 핑계로 한 명의 병력도 보내지 않았던 정서원수부의 20만 정병(精兵)을 막을 세력은 거의 없었다. 반란 앞에 모든 지방군이 속수무책으로 무너져 내리니 반란 세력은 욱일승천(旭日昇天)의 기세를 타고 사방으로 뻗어 나갔다.

조정은 아쉬운 대로 몽고의 약체를 기회로 정북원수부의 20만을 뽑아내어 전선을 고착시키며 요와의 전쟁이 끝나기를 기다렸다. 요와의 전쟁은 곧이어 종결되었으나, 본국의 내란으로 진길영 원수와 이창해 원수는 눈물을 머금고 여진 토벌 계획을 중지할 수밖에 없었다. 토벌은 고사하고 여진을 적당히 무마해 군사를 빼는 것이 더 급했던 것이다.

그래서 송화강 동쪽의 영토를 여진의 것으로 한다는 파격적인 제안을 하여 여진을 만족시킨 후 회군한 군세는 반란 세력과의 오랜 전쟁에 들어간다. 송요전쟁에서 집단전의 기법을 배운 아골타가 송이 반란 진압에 정신을 못 차리는 동안 여진을 통합하고 금을 세우니, 훗날 이들이 원에게 멸망할 때까지 동북방의 호랑이로서 이름을 떨치게 된다.

『〈묵향〉 3권에서 계속』

한중길 교주의 마교 세력 편제

✤ 한중길 교주의 마교 세력 편제 ✤

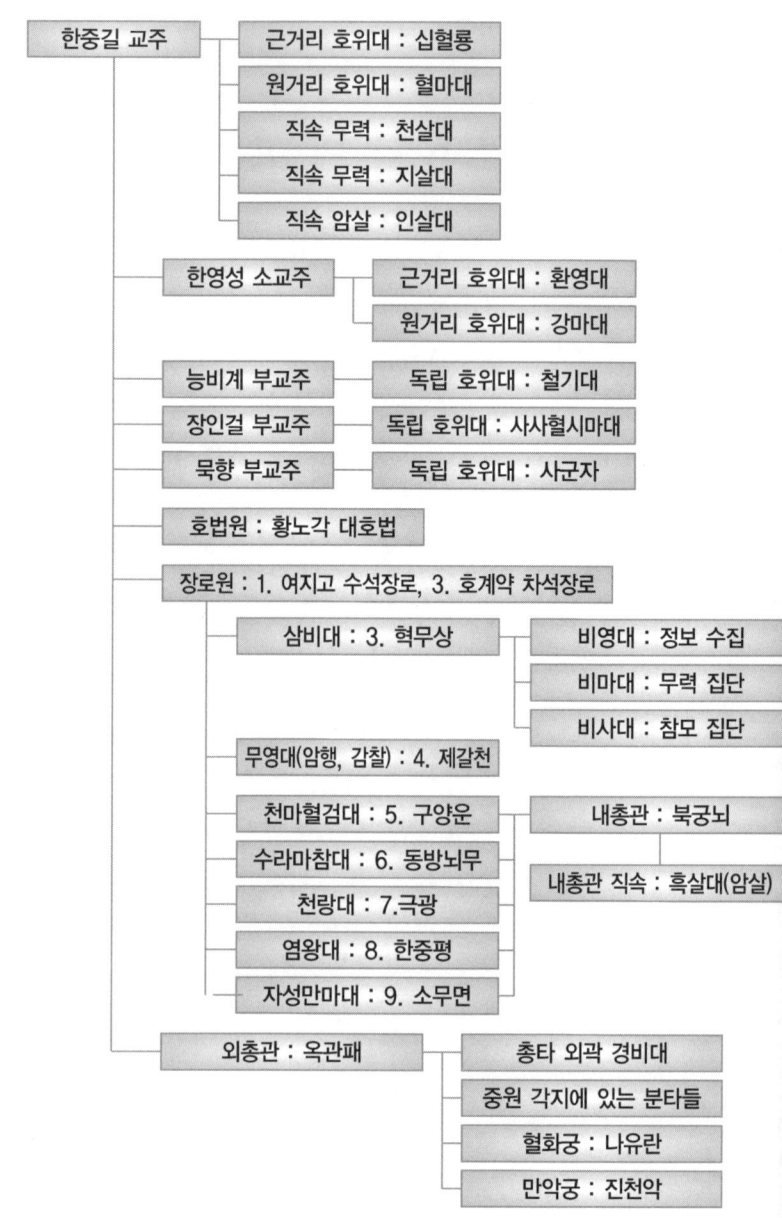

- 한중길 교주
  - 근거리 호위대 : 십혈룡
  - 원거리 호위대 : 혈마대
  - 직속 무력 : 천살대
  - 직속 무력 : 지살대
  - 직속 암살 : 인살대
  - 한영성 소교주
    - 근거리 호위대 : 환영대
    - 원거리 호위대 : 강마대
  - 능비계 부교주 — 독립 호위대 : 철기대
  - 장인걸 부교주 — 독립 호위대 : 사사혈시마대
  - 묵향 부교주 — 독립 호위대 : 사군자
  - 호법원 : 황노각 대호법
  - 장로원 : 1. 여지고 수석장로, 3. 호계약 차석장로
    - 삼비대 : 3. 혁무상
      - 비영대 : 정보 수집
      - 비마대 : 무력 집단
      - 비사대 : 참모 집단
    - 무영대(암행, 감찰) : 4. 제갈천
    - 천마혈검대 : 5. 구양운
      - 내총관 : 북궁뇌
      - 내총관 직속 : 흑살대(암살)
    - 수라마참대 : 6. 동방뇌무
    - 천랑대 : 7. 극광
    - 염왕대 : 8. 한중평
    - 자성만마대 : 9. 소무면
  - 외총관 : 옥관패
    - 총타 외곽 경비대
    - 중원 각지에 있는 분타들
    - 혈화궁 : 나유란
    - 만약궁 : 진천악

묵향 : 부록

* 마교의 전통적인 체제는 9명의 장로다. 편제도에서 장로들의 이름 앞에 붙어 있는 숫자는 그들의 서열을 나타내는 것이다.

* 마교가 강자지존의 세계라고 하지만, 암살을 당해 죽은 교주도 많았고, 부하들의 모반에 의해 처형당한 교주도 많았다. 그렇기에 한중길 교주는 그런 것들을 방지하기 위해 휘하의 호위 세력과 직속 무력 세력을 꽤나 큰 규모로 유지하고 있다.

* 마교는 전통적으로 장로원의 세력이 막강했고, 장로원의 수장인 수석장로는 사실상 마교의 2인자라고 할 수 있었다. 그렇기에 한중길 교주는 장로원을 견제하기 위해 내총관이라는 직책을 뒀다. 내총관은 장로가 아니었지만, 장로들이 맡고 있는 5대 무력 세력의 지휘 통제권을 가졌다. 내총관은 교주의 명령만을 받기에, 5대 무력 세력이 수석장로 한 사람의 독단에 의해 움직이지 못하도록 막을 수 있었다.

※ 독립 세력은 ◆로, 예속된 단체는 ◇, ⊙로 표시했다. 장로 서열은 그 장로가 지니고 있는 발언권과 교주로부터의 신뢰도를 나타낸다.

- **서열 1위 흑마대제(黑魔大帝) 한중길(韓中吉) 교주**
  ※ 교주 부인 : 빙옥마후(氷玉魔后) 옥미요(玉美妖)
- ⊙ 십혈룡(什血龍) : 초절정고수 10명 → 근거리에서의 교주 호위
- ⊙ 혈마대(血魔隊) : 절정고수 1백 명 → 원거리에서의 교주 호위
- ⊙ 천살대(天殺隊) : 초절정고수 20명 → 직속 무력 단체
- ⊙ 지살대(地殺隊) : 초절정고수 20명 → 직속 무력 단체
- ⊙ 인살대(人殺隊) : 초특급살수 10명 → 직속 암살대

* 편제상 공식 서열 2위는 부교주들이다. 그들은 동일한 권력을 가지며, 휘하에는 2~5명으로 이뤄진 독립 호위대를 가지게 되는데, 그 구성원은 상부에서 주어지는 고수들이 아닌 자신의 핵심 측근, 또는 제자들로 구성된다. 그런데 장인걸의 경우 자신이 데려온 호위대가 따로 있었기에, 교주의 허락을 얻어 그들을 호위대로 사용했다.

◆ **벽안독군(碧眼毒君) 능비계(凌非癸) 부교주**
⊙ 철기대(鐵起隊) : 절정고수 5명으로 구성된 독립 호위대. 보통 위에서 주어지는 고수들이 아닌 자신의 핵심 측근, 또는 제자들로 구성되는 경우가 많다.

◆ **흑살마제(黑殺魔帝) 장인걸(張仁傑) 부교주**
⊙ 사사혈시마대(邪死血屍魔隊) : 3백 명의 사이한 술법을 익힌 고수들로 구성된 독립 호위대

◆ **묵향(墨香) 부교주**
⊙ 사군자(四君子) : 4명의 고수로 구성된 독립 호위대

◆ **원로원(元老院)** : 은퇴한 노고수들로 구성. 은거한 노고수들 중 최고위직에 있는 일부만이 차출되어 원로원의 멤버로 구성되며 은거한 노고수들의 의견을 반영한다. 그 수는 부교주를 포함하여 11명이 되며 부교주의 수에 따라 은거 고수들의 수는 가감된다. 사실상 장로급 이상의 고수들은 호위가 필요 없을 정

도로 강력한 초절정고수들이므로 호위 무사들의 수는 별로 없고 거의 형식적인 숫자들의 호위를 가진다. 원로원의 힘은 이빨 빠진 호랑이라고 얕잡아 볼 것이 아니다. 이들이 거느리는 은거한 노고수들은 모두가 초절정고수이며 그들의 힘은 거의 마교의 드러난 세력, 즉 원로원 이하 은거고수를 뺀 힘의 30퍼센트와 맞먹는다.

◆ 서열 3위 한영성(韓永省) 소교주

다음의 교주가 될 사람으로서 서열상으로는 부교주들의 밑에 있다. 하지만 실질적으로는 교주 다음 가는 힘을 행사할 수 있다. 보통 교주의 아들이 되며 간혹 딸이 되는 경우도 있지만 그 정도의 능력이 없이는 불가능하다. 그 이유는 마교라는 단체 자체가 강한 자가 교주가 되도록 선택되어지므로, 장로원의 허가가 없이는 교주라 해도 마음대로 선택할 수 없다. 그리고 교주의 사망 후 소교주의 무공이 약하다면 장로원에서 더욱 강한 자를 택하게 된다(간혹 부교주가 교주로 취임하기도 한다). 소교주는 때에 따라 2명 이상이 될 수도 있다. 그때는 소교주 독립 호위단이 구성되며 호위단에서 외출하는 소교주들 만을 호위하는 형식으로 직속이 아닌 구성으로 된다.

⊙ 환영대(幻影隊) : 초절정고수 20명으로 이뤄진 독립 호위대로 근거리 호위
⊙ 강마대(强魔隊) : 절정고수 1백 명으로 이뤄진 독립 호위대로 원거리 호위

◆ 호법원(護法院) : 각 요인들에 대한 호위가 주 임무로서 각 주요 인물들이 교외(敎外)로 외출 시 인력을 파견하여 호위한다.

• 서열 7위 흑풍마령(黑風魔靈) 황노각(黃老角) 대호법 : 초절정고수 10명을 직속으로 거느림

-서열 18위 묵인겁마(墨刃劫魔) 초진걸(楚眞杰) 좌호법 : 절정고수 5백 명을 휘하에 거느림
-서열 19위 은편패왕(銀片覇王) 여문기(呂文起) 우호법 : 절정고수 5백 명을 휘하에 거느림

◆ **장로원** : 통상 9명의 장로들로 구성된다. 각 장로들은 서열에 따라 일부 수하들을 제외하고는 서열의 변동에 따라 혼자서 자신이 맡은 단체로 이동해야 한다. 이 방식은 한 사람이 너무 오랫동안 한 단체를 지휘하다 보면 일어날지도 모를 반란에 대비한 것이다. 그 때문에 강대한 무력을 지닌 단체의 수장은 교주의 상당한 신임을 얻지 못한다면 오르기 힘들다.

• 서열4위 천도왕(天刀王) 여지고(黎志高) 수석장로(장로 서열 1위) : 전체 장로원의 통제, 장로원의 수장. 마교 내외의 모든 일을 통괄 관리

• 서열 5위 사혈천신(蛇血天神) 호계악(胡戒惡) 차석장로(장로 서열 2위) : 여지고 장로의 보좌로서 여장로가 내부의 일에 비중을 둔다면 외부의 일에 비중을 두고 처리함

◇ **삼비대(三秘隊)** : 교내 모든 정보를 다루는 단체. 필요시 암살 임무도 수행

• 서열 6위 적미살소(赤眉殺笑) 혁무상(赫武相) 장로(장로 서열 3위)

⊙ 비영대(秘影隊) : 000명의 고수들로 이루어지며 그들이 하는 일은 정보 수집에 있다. 정확한 수는 알려져 있지 않다.

⊙ 비마대(秘魔隊) : 각자의 능력이나 수, 임무에 대해서는 외부에 알려지지 않았음. 삼비대 중에서 가장 강력한 전력을 보유하고 있음.

⊙ 비사대(秘邪隊) : 모사들로서 마교의 나갈 길을 제시하는 참모들의 집단으로 현재 212명이 있으며 무공보다는 그 지략이나 술수 등의 능력이 우선된다.

◇ 무영대(無影隊) : 30명 정도의 초절정고수들로 구성되며 암행, 감찰, 암살 등의 임무
• 서열 8위 멸절신장(滅絕神掌) 제갈천(諸葛天) 장로(장로 서열 4위)

◆ 내총관 : 마교 내부의 5대 무력 단체들을 총괄 지휘하게 됨. 장로는 아니지만, 5개 무력 세력을 총괄 지휘하는 권력을 지니고 있음. 교주의 최측근
• 서열 9위 수라혈신(修羅血神) 북궁뢰(北宮雷)
◉ 흑살대(黑殺隊) : 내총관 직속 암살대
◉ 천마혈검대(天魔血劍隊) : 1백 명의 초절정검수
• 서열 10위 환영비마(幻影飛魔) 구양운(丘陽雲) 장로(장로 서열 5위)
◉ 수라마참대(修羅魔斬隊) : 5백 명의 절정고수
• 서열 11위 인도(人屠) 동방뇌무(東方雷武) 장로(장로 서열 6위)
◉ 천랑대(千狼隊) : 1천 명의 절정고수
• 서열 12위 천리독행(千里獨行) 철영(鐵營) 장로(장로 서열 7위)
◉ 염왕대(閻王隊) : 2천 명의 고수
• 서열 14위 염왕적자(閻王笛子) 한중평(寒重平) 장로(장로 서열 8위)
◉ 자성만마대(紫星萬魔隊) : 5천 명의 고수
• 서열 15위 삼면인마(三面人魔) 소무면(簫無面) 장로(장로 서열 9위)

◆ 외총관 : 대외의 모든 업무를 총괄해서 수행하는 직책이다.
• 서열 13위 고루혈마(枯僂血魔) 옥관패(玉冠覇)
-서열 20위 지옥혈귀(地獄血鬼) 천진악(天進惡) 좌외총관
-서열 21위 음희(淫嬉) 설약벽(薛若碧) 우외총관

⊙ 총타 외곽 경비대

⊙ 중원 각지에 위치한 분타들

⊙ 혈화궁(血花宮) : 여인들로만 구성되며 화류계에 진출하여 돈벌이 말고도 외부 고수들의 포섭이나 정보 입수, 요인 암살 등을 행한다. 그리고 마교 내의 각 고수들에게 섹스와 향락을 제공함으로써 하층부 고수들의 불만을 해소시켜 주는 데 큰 힘이 된다. 마교 전체 수입의 45퍼센트를 차지한다.

• 서열 16위 사망혈매(死亡血梅) 나유란(羅幽蘭)

⊙ 만악궁(萬惡宮) : 표국, 전당포, 각종 상행위, 밀무역 등을 통해 교내 최대의 자금줄로서 마교 전체 수입의 50퍼센트를 차지한다. 그 외에 마교가 가지고 있는 전답 등을 소작하여 거두어들이는 일도 만악궁에서 책임지며 거기서 나오는 수입은 전체 수입의 5퍼센트 정도다.

• 만묘서생(萬妙書生) 진천악(陳天岳)